FRANZISKA STEINHAUER

Gurkendeal

AUF IMMER UND EWIG Mirko hat es schon beim Aufstehen gewusst: Dies ist nicht sein Tag. Und das bewahrheitet sich auf dramatische Weise, als er unter der Plane in seinem Kahn zwischen Picknickgeschirr und Speiseresten eine männliche Leiche entdeckt. Sein erster Verdacht: Zu viel Schnaps. Doch damit liegt er falsch. Der herbeigerufene Arzt hält eine Vergiftung für möglich. Und tatsächlich: Das Gift befand sich in den Spreewaldgurken. Welch ein Frevel! Der Tote ist Tourist, handelte beruflich mit Waffen und verbrachte zum ersten Mal seinen Urlaub in der Region. Ein Fall für Peter Nachtigall, der sich außerdem mit der neuen Kollegin im Team zusammenraufen muss. Schnell findet der Mörder ein zweites Opfer, den lokalen Spreewaldgurken-Hersteller – wieder nutzt er die Gurken als Tatwaffe. Ein Feldzug gegen den Exportartikel aus der Region? Hat die Tat mit der Tätigkeit des Opfers zu tun? Die Friedensaktivisten geraten in den Fokus der Ermittlungen. Doch der Täter hat noch nicht genug …

© privat

Die Forensikerin Franziska Steinhauer lebt seit mehr als dreißig Jahren in Cottbus. Ihr Ermittlerteam um Peter Nachtigall löst Mordfälle in Cottbus und Umgebung – beispielsweise dem Spreewald. Kritisch setzt sie sich in ihren Büchern mit gesellschaftlichen Aspekten auseinander, verwickelt ihre Figuren in spannende Fälle, verstrickt Verdächtige in Falschaussagen – bis das Team alle Fäden in der Hand hält und den Täter überführen kann. Psychologische Aspekte und menschliche Verhaltensmuster beobachtet Steinhauer genau und lässt ihre Figuren so glaubhaft agieren, dass der Leser das Gefühl hat, er kenne den einen oder anderen persönlich. So entstehen scharf gezeichnete, lebendige Charaktere und eine authentische, gut recherchierte Krimihandlung.

FRANZISKA STEINHAUER

Gurkendeal

PETER NACHTIGALLS 13. FALL

GMEINER

Bei Fragen zur Produktsicherheit gemäß der Verordnung über die allgemeine Produktsicherheit (GPSR) wenden Sie sich bitte an den Verlag.

Immer informiert

Spannung pur – mit unserem Newsletter informieren wir Sie regelmäßig über Wissenswertes aus unserer Bücherwelt.

Gefällt mir!

Facebook: @Gmeiner.Verlag
Instagram: @gmeinerverlag

Besuchen Sie uns im Internet:
www.gmeiner-verlag.de

© 2020 – Gmeiner-Verlag GmbH
Im Ehnried 5, 88605 Meßkirch
Telefon 0 75 75 / 20 95 - 0
info@gmeiner-verlag.de
Alle Rechte vorbehalten
3. Auflage 2026

Lektorat: Claudia Senghaas, Kirchardt
Satz: Mirjam Hecht
Umschlaggestaltung: U.O.R.G. Lutz Eberle, Stuttgart
unter Verwendung eines Fotos von: © madredus / stock.adobe.com
Druck: Custom Printing Warschau
Printed in Poland
ISBN 978-3-8392-2573-8

Grau war eine gute Farbe.

   Je dunkler, desto besser.

   Sicher.

   Manchmal nicht sicher genug.

Sie tastete mit geschlossenen Augen nach dem Leben neben ihr. Atmete auf, als sie die krabbelnden Finger des Bruders unter dem Ärmel ihrer Jacke spürte, fühlte, wie sie auf ihrer nackten Haut kalt in Richtung Ellbogen huschten.

   »Bleib geduckt!«, zischte sie mahnend.

   »Meine Beine tun so weh«, quengelte der Kleine.

   »Das kannst du schon noch aushalten!«, behauptete die Schwester unbeeindruckt. »Du willst doch leben?«

Der junge Mann, dessen Namen sie nicht kannte, hatte sie gewarnt.

   Ernst. Eindringlich.

   »Wir können nicht mehr helfen. Die Lieferung ist überfällig. Bleibt lieber hier.« Unter dem mattgrauen Metallhelm sah sein jungenhaftes Gesicht sehr besorgt aus.

   »Das geht nicht. Wir müssen in die Schule. Wir gehen sowieso viel zu unregelmäßig hin! Wenn wir zu viel verpassen, lernen wir nicht genug. Und unsere Cousinen warten auf uns«, hatte sie geantwortet. Selbstbewusst.

   Mit Stolz wies sie auf ihre Bauchtasche: »Er hat uns genug Geld gegeben. Extra zwei Ziegen verkauft, damit es wirklich reicht – für uns beide.«

Er, das war ihr Vater. Und natürlich war es ihm nicht leichtgefallen, das Geld für die Kinder aufzubringen. Die Ziegen würden als Proviant für die harte Zeit schmerzlich fehlen, das war ihr sehr bewusst. Sie freute sich darauf, in die Schule zurückkehren zu dürfen, zu einem eigenen Schlafplatz, geregelten Abläufen, einer warmen Mahlzeit am Tag und Sicherheit. Was sie tun würde, wenn das Geld aufgebraucht war, daran wollte sie gar nicht denken.

»Es ist zu gefährlich, Mayla. Ich kann dir keinen meiner Männer mitgeben.«

Sie hatte genickt.

Die kleine Hand ihres Bruders fest umklammert.

War an das scheibenlose Fenster getreten.

»Grau. Das ist doch gut!«

»Wenn du das sagst.« Der junge Mann in Uniform hatte ihnen zum Abschied einen Bruderkuss gegeben, einmal links, einmal rechts, einmal links – war dann verschwunden. Nicht ohne noch einmal mahnend »Lass es bleiben!« zu sagen.

»Was geschieht denn jetzt?«, fragte der zarte Junge an ihrer Hand unruhig.

»Wir machen uns auf den Weg!«, entschied Mayla. »Es wird alles gut gehen. In ein paar Stunden sind wir an der Schule. Dann geben wir der Rektorin, Frau Meyers, das Geld und bekommen unsere Schlafplätze zugewiesen, ein Heft und Stift. Und ab morgen haben wir Unterricht. Du wirst sehen, es gefällt dir bestimmt. Und vielleicht bekommen wir sogar Schlafplätze nebeneinander, dann kannst du dich abends an mich kuscheln.« Natürlich war ihr sehr bewusst, dass sie für den Schulweg diesmal mehr als die sonst üblichen sechs Stunden Fußmarsch brauchen würde. Der Kleine konnte weder ihr normales Tempo mithalten, noch war er es gewohnt, so weit zu gehen. Sie würde ihn streckenweise huckepack nehmen müssen.

Er schwieg bedrückt.

»Ich weiß, das Dorf fehlt dir jetzt schon. Aber wenn du ein paar Tage in der Schule bist, hast du neue Freunde. Du kannst spielen und toben, brauchst keine Angst mehr zu haben. Es ist toll dort, glaub mir!«, hatte sie noch beteuert und ihn mehr aus dem Dorf gezogen denn geführt.

Und nun hockten sie hier, in diesem widerlich stinkenden Loch, spähten von Zeit zu Zeit über den Rand. Hörten das Pfeifen der Kugeln, wenn sie über ihre Köpfe zischten.

»Sie sehen uns nicht.« Mayla erneuerte diese Behauptung wie ein Mantra.

Der Kleine schmiegte sich fest an ihren Oberarm.

»Es ist zu grau. Wenn der Himmel so voller Wolken ist, können ihre Brummer uns nicht sehen. Sie glauben nur, dass wir hier in diesem Loch sind. Der Kerl hat uns direkt gesehen – aber nun fehlt ihm sein brummender Partner, um uns wirklich zu finden. Bleib geduckt und nichts passiert.«

»Es tut so weh«, flüsterte er.

Mayla reckte vorsichtig den Hals, versuchte im Dickicht etwas zu erkennen.

Schon flogen erneut Geschosse in ihre Richtung.

Zu spät, viel zu spät bemerkte sie, dass der Kleine aufgestanden war.

Jeder Treffer fand einen schrecklichen, wuchtigen Nachhall in seinem Körper.

Kein Schrei.

Das hatte sie ihm immer wieder erklärt.

Bloß nie ein Geräusch machen.

Und selbst jetzt ...

Seine letzte Sekunde in völliger Stille.

Noch Stunden später hielt sie seinen erkaltenden mageren Körper im Arm, fest an ihre Brust gedrückt.

Weinte, flehte, betete, fluchte – wollte ihr Leben gegen seines tauschen – vergebens.

Der Kleine schwieg für immer.

1

Später würde er, Mirko, sagen, er habe es schon vor dem Aufstehen gewusst: Es wäre besser im Bett zu bleiben. Ein Scheißtag!

Das Aufstehen fiel ihm ungewohnt schwer, leichter Kopfschmerz drückte hinter der Stirn, und als er im Badezimmer vor dem Spiegel stand, war ihm schwindlig.

Als dann auch noch beim Zähneputzen plötzlich Blut die Zahnpasta verfärbte, war eigentlich schon alles klar.

Aber zu diesem Zeitpunkt wusste er die Warnzeichen nicht in ihrem ganzen Schrecken zu deuten.

Also brach er nach dem Frühstück auf, ignorierte die Verbrennung am Finger, die er sich zugezogen hatte, als das heiße Wasser aus dem Topf mit dem weichgekochten Ei beim Abgießen einen unorthodoxen Weg genommen hatte.

»Morgen! Na, schlecht geschlafen?«, begrüßte ihn Richie, ein Kollege im Verwaltungsgebäude.

»Nö. Ganz normal.«

»Siehst aber ziemlich schlecht aus, Alter!«, beharrte der andere.

»Gibt sich«, verkündete Mirko fast schon fröhlich und zog die Jacke aus.

»Die kannst du gleich anbehalten. Du hast doch die ›Start in den Tag‹-Tour. Der Kahn ist noch nicht vorbereitet.«

»Okay. Ich nehme vorsichtshalber auch Decken mit, oder? Ist ja im Schatten noch verflixt kühl. Manch einer friert dann und beschwert sich.« Mirko grimassierte wild. Er hatte all das schon tausendmal erlebt. »Die könnten sich natürlich selbst 'ne Jacke mitbringen, aber es ist ihnen lieber, wenn ich dann schuld an ihrer Gänsehaut bin.«

»Ja, wahrscheinlich ist es besser, du nimmst welche mit. Ich bringe dir Kaffee und für die, die morgens schon was vertragen können, Schnapsfläschchen vorbei. Mein Kahn ist schon eingerichtet. Habe ich gestern Abend noch gemacht.« Richie grinste unfroh. Dachte an den Streit, den er wegen des späten Heimkommens mit seiner Frau gehabt hatte.

Mirko grunzte nur. Machte sich auf den kurzen Weg zum Anleger am Fließ.

Nebelfetzen versuchten, sich in der Frühe des Morgens vor seinem derben Schuhwerk in Sicherheit zu bringen, waberten zur Seite, fluteten erneut zusammen.

Eigentlich für zarte Gemüter sicher wildromantisch, überlegte Mirko. Ihm eher lästig. Schließlich war er zum Arbeiten hier, nicht zum Vergnügen.

»Nanu? Wer hat denn den Kahn vertäut? Schlamperei! Mann, der hätte sich losreißen können.«

Er bückte sich leise stöhnend, zog den Kahn näher zu sich heran. »Und die Plane ist auch nicht ordentlich rübergezogen! Wenn es geregnet hätte, wäre jetzt auch noch Ausschöpfen angesagt. Mann!«

Er löste das Tau.

Befreite es vom Rand des Kahns.

Packte die Plane.

Zerrte sie prustend ans Ufer.

Ächzte, als er sich umdrehte.

»Was ist denn das? Verdammte Scheiße!« Ganz offensichtlich hatte hier ein privates Picknick stattgefunden!

Schnell erfasste Mirko: zwei Gläser, zwei leere Champagnerflaschen, ein großer Picknickkorb aus Weidengeflecht, Plastikteller mit Brot, Käse, Aufstrich, sogar Besteck.

»Alles da für ein Schwarzpicknick. Ein lauschiges Treffen für zwei.« Dazwischen ein bewegungsloser Körper. »Na, da liegt der Arsch ja. Volltrunken, würde ich meinen. Das wird teuer, Freundchen!«

Was nun? Er brauchte den Kahn. Die Tour war vorab bezahlt worden. Konnte weder abgesagt noch verschoben werden, ohne gewaltige Verärgerung beim Kunden auszulösen. Undenkbar.

Entschlossen fischte er das Handy aus der Gesäßtasche, fotografierte, was er gefunden hatte, und teilte das Bild mit seinem Chef. Na, der wäre sicher nicht begeistert.

Danach begann er beherzt damit, den Müll aus dem Kahn zu räumen.

Nicht ohne den regungslosen Mann kräftig zu beschimpfen. »Du Vollpfosten! Du Blödmann! Erst sich volllaufen lassen und dann zufrieden einpennen. Den Rest anderen überlassen. Ich darf jetzt hinter dir herräumen, während du deinen Rausch auspennst. Die Rechnung, mein Lieber, die wird horrend sein!«

Die Plastikteller landeten am Uferrand. Im Vorbeigehen trat er nach dem Schläfer.

Der blieb cool.

Im wahrsten Sinne des Wortes.

Zuckte nicht. Grunzte nicht.

»Wenn du auch noch irgendwo hingekotzt hast, kriegst du einen Spezialtarif, das ist mal sicher!«, fauchte Mirko, guckte unter jede Bank, kontrollierte jeden Tisch, inspizierte auch die Außenwand kritisch. »Na, das wenigstens nicht. Glück für dich!«

Gerade ließ er die Gläser und Flaschen den Tellern folgen,

wollte sich dem Volltrunkenen widmen, da sah er Richie anhetzen.

»Halt! Halt! Hör sofort damit auf! Der Chef hat die Polizei verständigt.«

»Hä? Wegen eines Typen, der sich auf dem Kahn zusäuft? Ist doch Quatsch mit Gurkensud, wenn du wissen willst, wie ich darüber denke.«

»Will ich nicht wissen. Aber die Plane war drüber, oder habe ich das falsch verstanden?«

»Ne, ne, ist schon richtig. Unordentlich rübergezogen und festgezurrt.«

»Na siehste! Das kann er wohl schlecht allein bewerkstelligt haben. Haste mal geguckt, ob der Kerl verletzt ist?«

»Nö! Für so was habe ich keine Zeit. Ich brauch den Kahn. Mann!«

Richie war inzwischen mit dem reglosen Mann beschäftigt. »Lass mal sehen«, murmelte er dabei. »Kennst du den?«

»Nie gesehen, du?«

»Ne. Der ist sicher ein Tourist.« Richie betastete den Hals des Unbekannten, legte Zeige- und Mittelfinger an die Carotiden, schüttelte ratlos den Kopf.

Sah ruckartig auf.

Auch Mirko war sofort klar, dass irgendetwas gar nicht stimmte.

»Ey, Mirko, der ist tot«, flüsterte der Kollege, als wolle er den Mann nicht stören.

»Quatsch. Der simuliert bloß. Ich hab ihm mit 'ner gewaltigen Rechnung gedroht.«

»Nee. Der ist tot. Schon ein bisschen kalt. Und wird bestimmt bald steif.«

»Echt jetzt? Na, wahrscheinlich war der mit 'ner heißen Braut zugange und dann ihrem Temperament nicht gewachsen. Hat sich übernommen. Irgendwie könnte man fast neidisch werden – ist ja ein schöner Tod.« Mirko trat ungeduldig von einem Fuß auf den anderen.

»Er hat seine Kleidung vollständig am Leib. Wenn du recht hast, war das Schäferstündchen lange vor dem ersehnten Höhepunkt zu Ende.« Richie sah plötzlich sehr beunruhigt aus.

»Dann muss die Dame aber sehr scharf gewesen sein – oder sein Herz sehr schwach. Schade für ihn.«

»Vielleicht hatte er einen Schlaganfall. Habe ich in meiner Familie so erlebt. Mein Onkel. Steht von der Weihnachtskaffeetafel auf, torkelt ein bisschen, stürzt. Tot.«

»Ist mir eigentlich auch egal. Er muss weg hier!« Mirkos Stimmung war nicht mehr zu retten. Er war stinksauer. Was feiert der auch auf meinem Kahn 'ne Party. Ich muss los. Er muss weg.« Mirko machte Anstalten, den Toten vom Kahn zu zerren.

Am Ende bliebe der Ärger der Kunden an ihm hängen, wenn er nicht rechtzeitig am Steg war.

»Nee! Hör auf damit. Polizei kommt. Sicher ist sicher. Stell dir nur vor, der wurde ermordet – du hast schon genug Spuren vernichtet, würde ich mal sagen.«

»Und die Leute, die auf ihre Tour warten?«

»Nimm den Kahn am Ende. Der ist schon vorbereitet. Ist meiner für die Mittagsfahrt. Ich bleibe hier und warte auf die Polizei.«

Mirko knurrte etwas, das ausgesprochen übellaunig klang und von dem er nur hoffen konnte, der freundliche Kollege habe es wegen seines Genuschels nicht verstehen können.

Dann trabte er los.

Wünschte sich inständig, unter der nächsten Plane nicht noch eine unangenehme Überraschung zu finden.

2

Lars Friedrich vom Polizeiposten Burg war mäßig begeistert.

Starrte auf den Mann im Kahn und das Chaos am Ufer.

»Wer hat denn den Kahn ausgeräumt?«, wollte er wissen und machte aus seiner Verärgerung keinen Hehl. »Weiß doch heute jeder Idiot, dass man bei so was die Polizei ruft und nichts anfasst.«

»Ja, schon klar. Der Kollege, der die Reste der Party hier vorgefunden hat, nahm eben an, der Typ sei betrunken und schlafe seinen Rausch aus. Der dachte nicht eine Sekunde, dass der tot sein könnte.«

»Aber helfen wollte er dem mutmaßlich Betrunkenen auch nicht, oder? Dann wäre ihm der unnatürliche Zustand sicher gleich aufgefallen.«

Gereizt warf der Beamte einen Blick auf das Foto, das immerhin eine Momentaufnahme des Fundorts lieferte.

»Das hat er gleich nach seiner Ankunft hier gemacht?«

»Nein. Er zog die Plane runter, fand die Bescherung, machte das Bild und schickte es dem Chef. Sicher, um zu erklären, warum er für das Einrichten des Kahns mehr Zeit als gewöhnlich benötigen würde.« Richie zuckte mit den Schultern. »Hätte er geahnt, dass der Mann nicht mehr lebt …«

»Wo ist Ihr Kollege denn jetzt? Die Polizei schätzt es nicht, wenn Zeugen den Fundort einer Leiche ungebeten verlassen. Kennen Sie den Toten?«

Richie sah unglücklich auf den Leichnam hinunter. »Nein. Den haben wir noch nie gesehen. Sicher ein Tourist oder ein Tagesausflügler.«

Friedrich lud das Foto per Bluetooth auf sein eigenes Gerät. Trat zur Seite und telefonierte aufgeregt.

»So, der Arzt vom Dienst wird so schnell wie möglich herkommen. Es darf unter keinen Umständen noch mehr verändert werden. Die Kriminalpolizei ist informiert, es kommen Beamte, nehmen alles auf, sichern den Fundort. Ich bleibe natürlich ebenfalls hier.«

»Wegen eines Todes durch Schlaganfall? So ein Auftrieb?«, staunte Richie. »Bei meinem Onkel lief das ganz anders. Viel ruhiger.«

»Mag sein. Wir haben keinen Anhalt für einen Schlaganfall, nicht wahr? Es könnte sich also auch um einen nicht natürlichen Tod handeln. Wir klären das ganz sauber ab. Erst danach kann weiter entschieden werden. Mord bleibt bei so einer unübersichtlichen Lage immer eine Option. Schließlich wissen wir mit Sicherheit, dass mindestens eine weitere Person in das Geschehen hier verstrickt ist.« Lars Friedrich straffte seinen Körper im Bewusstsein der eigenen Wichtigkeit, dehnte den Brustkorb.

»Mord? Echt jetzt?« Richie war beeindruckt. »Hier bei uns? An einem Fremden?«

»Wäre nicht der erste Mord in Burg«, wusste Friedrich und erkundigte sich: »Stand in der Nähe ein Ihnen unbekanntes Fahrzeug?«

Der Arzt füllte die Todesbescheinigung aus.

Friedrich warf nur einen flüchtigen Blick darauf, nickte verstehend. »War ja klar. Die Kripo kommt gerade, wie ich sehe.«

»Könnte sich wirklich um einen Fall für die Rechtsmedizin handeln. Alles unklar. Ich tippe auf Gift.«

Der Cottbuser Hauptkommissar Peter Nachtigall trat hinter den Arzt, sah in das Gesicht des Toten.

Gepflegte Haut, perfekt rasiert. Vielleicht sogar leicht geschminkt. Sein Blick wanderte über den Körper.

Anzug von einem extrem teuren Label, die Schuhe ganz sicher italienisch, die Krawatte französisch, die Uhr eine exquisite Schweizer Marke.

»Es war mit Sicherheit eine zweite Person hier. Picknick für zwei – und jemand hatte die Plane über den Kahn gezogen und gesichert, bestimmt, um die Leiche zu verbergen«, sprudelte Friedrich die Informationen hervor.

»Brieftasche haben wir nicht?«, fragte Nachtigall leise.

»Nein, die Taschen sind leer.« Der Kollege des Erkennungsdienstes zuckte mit den Schultern. »Wäre es Raubmord, hätte der Täter doch die Uhr sicher mitgenommen.«

»Schlecht verkäuflich«, mischte sich die harte Stimme der neuen Kollegin ein. »Seriennummer.«

Nachtigall zuckte zusammen.

Maja Klapproth, der »Ersatz« für seinen Freund Michael Wiener, bereitete ihm Kopfschmerzen, war schwierig im Umgang, ihr Ton gewöhnungsbedürftig, kurz: Sie war nicht der Typ Mensch, den er sich als Partner wünschte.

»Möglich«, gab er einsilbig zurück, ohne sich zu ihr umzudrehen.

»Beim Kauf werden Name und Nummer des neuen Besitzers registriert«, erklärte die kalte Stimme weiter.

»Schon. Aber sobald man die Uhr privat weiterverkauft, sie über Ecken erneut den Besitzer wechselt, wird die Spur unscharf.«

Klapproth schwieg.

Warf einen Blick auf die im Gras liegenden Reste des Picknicks.

Enttäuschend.

Auf jeden Fall nicht das, was sie sich unter einem romantischen und geheimen Treffen vorstellen würde. Keine Kerzen? Keine Musik? Sie versuchte zwischen den anderen Dingen einen mobilen Lautsprecher zu entdecken. Aber da war keiner. Nicht einmal ein vergessenes Verbindungskabel, das beweisen könnte, es habe den Versuch gegeben, eine Playlist von einem Handy abzuspielen.

Sie seufzte leise.

»Teures Outfit, keinen Stil«, fasste die Neue ihren Eindruck zusammen.

Sah nachdenklich auf den Hinterkopf ihres Kollegen.

Er konnte sie nicht ausstehen.

Dabei brauchte er einen verlässlichen Partner nach der langen Rekonvaleszenz. Von der Reha gleich wieder an den Schreibtisch, nun, das musste jeder für sich selbst entscheiden, aber ihr schien, dieser Peter Nachtigall war einfach unflexibel. Das würde sich vielleicht noch geben, wenn er sich an sie gewöhnt hatte.

»Saure Gurken für ein Picknick mit romantischen oder rein sexuellen Absichten? Grässliche Vorstellung. Ist das bei euch im Spreewald als Verführerli bekannt? Er flüstert ihr ins Ohr: ›Warte nur, wenn ich die Gurke auspacke …‹ – und schon schmilzt sie dahin? Gurke statt Sterneküche? Immerhin gab es Champagner – und die Fläschchen Spreewaldbitter haben die beiden einfach über Bord geworfen.«

»Du magst keine sauren Gurken?«, fragte Nachtigall.

»Nicht die Spreewaldgurke. Könnte schon sein, dass er daran gestorben ist. Ganz ohne Zusatz von Gift.«

Sie unterdrückte ein Seufzen. Schließlich wollte sie hierher. Hatte extra um ihre Versetzung nach Cottbus gebeten, als man dort einen neuen Ermittler suchte. Offizielle Begründung ihrerseits: Sie wolle dem Stress in Köln endgültig den Rücken kehren, Abstand gewinnen nach dem letzten dramatischen Fall.

Inoffiziell waren das nicht die wirklichen und nicht die einzigen Gründe. Aber das musste hier niemand erfahren.

»Die Gurken aus der Region sind inzwischen fast weltweit ein Hit. Selbst im arabischen Raum werden sie gern gegessen, und neulich erzählte mir jemand, einige afrikanische Staaten seien ebenfalls interessiert. Bei großer Hitze, eine Gurke aus dem Kühlschrank, in Essig – ist möglicherweise so anders als das Übliche und deshalb toll«, verteidigte Nachtigall das Produkt und kam sich plötzlich albern dabei vor. »Fakt ist, dass mindestens zwei Menschen diesen Kahn für eine Verabredung genutzt haben. Ob es ein Stelldichein oder ein berufliches Date war, können wir noch nicht entscheiden. Wäre möglich, dass hier ein Vertragsabschluss gefeiert wurde. Gab es in den letzten Tagen eine Konferenz oder einen kleinen Kongress?«, fragte er den überraschten Lars Friedrich.

»Kläre ich«, gab der verdattert zurück und begann sofort damit, die Webseiten der Hotels zu durchforsten. »In der Bleiche nicht. Mal sehen …«

Peddersen trat neben Nachtigall.

»Wir sollten den Kahn beschlagnahmen. Alles wird mitgenommen und im Labor genauer untersucht. Was die Spuren auf dem Rasen angeht – wir geben unser Bestes, aber hier sind so viele Leute durchgelaufen, dass wir Schwierigkeiten haben werden, die Schuheindrücke zuzuordnen.«

»Vielleicht lassen sich ja Spuren finden, die von einer Frau stammen könnten. Tiefe kleine Löcher zum Beispiel, von hochhackigen Pumps. Könnte ja so eine Art von Verabredung gewesen sein. Idyllisch, lauschig, romantisch«, der Hauptkommissar schmunzelte, als er an die Temperatur der letzten Nacht dachte und ergänzte, »und kühl. Habt ihr schon die Umgebung abgesucht? Vielleicht parkt sein Auto unweit von hier.«

»Ja, wir sind dabei. Den Kahn werden wir natürlich auch gründlich nach Fasern und anderen Hinterlassenschaften absuchen.«

Richie war entsetzt. »Hey! Ihr könnt doch nicht den Kahn beschlagnahmen! Womöglich einpacken und mitnehmen!«, kreischte er. »Was wird denn der Chef dazu sagen? Wir brauchen den doch!«

»Sie bekommen eine Quittung. Wäre sicher eine gute Idee, sich bei einem Kollegen für ein paar Tage einen Kahn auszuleihen. Für alle Fälle. Aber wir beeilen uns, versprochen!« Peddersen nickte dem Mann aufmunternd zu und drückte ihm einen kleinen Zettel in die Hand. Ließ ihn grußlos stehen.

Dr. März, Staatsanwalt, Ende 40, erwartete seine Ermittler bereits neben deren Wagen.

»Verdacht auf Tötung durch Gift? Opfer noch unbekannt? Der Tote ist bereits auf dem Weg in die Rechtsmedizin?«, sprudelten die Fragen aus ihm heraus. Die Spannung im Team teilte sich ihm deutlich mit, und er wollte den beiden gar nicht erst die Gelegenheit geben, sich schon wieder wechselseitig bei ihm zu beschweren.

»Ja. Ja. Ja. In genau dieser Reihenfolge«, gab Klapproth in patzigem Ton zurück.

»Unklare Situation, mindestens eine weitere Person muss hier gewesen sein. Der Arzt konnte bei einem oberflächlichen Blick keine äußeren Verletzungen erkennen, er wollte natürlich auch keine relevanten Spuren vernichten, war deshalb vorsichtig. Den Rest klärt in diesem Fall wohl die Obduktion?« Nachtigall zog eine Augenbraue hoch. »Dr. Pankratz wird eingebunden, oder?«

»Na ja, ich denke schon«, antwortete Dr. März nach kurzem Zögern. »Fälle aus Cottbus interessieren ihn immer besonders. War das Opfer jung?«

»Sah aus, als habe er die 40 noch nicht geknackt«, antwortete Klapproth und lachte leise. »Teure Kleidung, teure Uhr, keine Brieftasche. Trug Krawatte. Hermes würde ich annehmen. Ich finde, Pappgeschirr und Auswahl der Speisen – mal abgesehen vom Champagner – passten nicht zum edlen Outfit.«

»Was hast du erwartet?«, fragte Nachtigall gereizt. »Kaviar und Hummer auf einem Spreewaldkahn?«

Schnell schaltete sich Dr. März dazwischen: »Tatsache ist, dass wir über das Opfer noch keine Aussage treffen können. Frau Dreier sucht in den Abgängigkeitsanzeigen. Aber dafür könnte es schlicht noch zu früh sein, womöglich wird er noch gar nicht vermisst.«

»Irgendjemand wird sich schon Sorgen um ihn machen. Solche Typen kenne ich gut. Die haben gern Bewunderer, es fällt auf, wenn sie nicht mehr dabei sind.« Damit drehte Klapproth sich um, ließ die beiden Männer stehen und wandte sich an einen der Beamten des Erkennungsdienstes.

3

Lange Zeit später, als die letzten Stunden des Lichts längst verkümmert waren, legte sie ihn zur Seite.

Stand auf.

Sah über den Rand der Kuhle.

Nichts.

Was nun?

Die Hälfte des Weges war schon geschafft. Sollte sie wirklich umkehren? Was erwartete sie im Dorf?

Natürlich würde man ihr Vorwürfe machen. Wider besseres Wissen gäbe man ihr die Schuld am Tod des Kleinen. Egoistisch habe sie gehandelt, sein Leben gefährdet und verloren. Kein Unterricht der Welt rechtfertige es, den Tod eines Kindes in Kauf zu nehmen. Und ihr Vater würde weinen. Das wäre unerträglich. Es wäre wie damals, als Mama gestorben war.

In der Schule wurde sie erwartet.

Dort gab es einen Schlafplatz für sie, eine Mahlzeit am Tag. Im Dorf ihres Vaters waren alle Vorräte fast aufgebraucht. Selbst die Kleinsten bekamen nicht mehr genug zu essen.

Als sie über ihre Bauchtasche strich, knisterte das Geld darin leise. Wie ein Versprechen auf Zukunft, die sie in ihrem Dorf nicht haben würde. Nur wenn sie Lesen, Schreiben und Rechnen konnte, hatte sie eine Chance.

Das Geld reichte pro Kind für drei Monate ...

Sie schluchzte angewidert auf, verachtete sich selbst, als der Gedanke, es würde nun für sechs Monate die Schule bezahlen, plötzlich hinter ihrer Stirn zu toben begann. Hasste sich für das kleine Gefühl der Freude, das sich in ihr ausbreitete.

Umständlich zog sie seinen erstarrenden Körper über den Rücken hoch, bis sein Kopf gegen ihren stieß. Umfasste seine Handgelenke fest und lief los. Ohne das Gefühl abschütteln zu können, schon im Visier des nächsten Rebellen zu sein, dessen Kugel auch ihr bisschen Hoffnung auf Leben verlöschen lassen würde.

Schnell kam sie nun nicht mehr voran.

Seine Beine behinderten ihre beim Laufen.

Sie weinte vor Trauer, Hass, Wut, Erschöpfung und haderte mit sich selbst, ihrer Entscheidung, ihrem Handeln.

Als der Proviant aufgebraucht war, suchte sie nach Beeren, die sie im Vorbeigehen ernten konnte, nahm einen kleinen Umweg in Kauf, um an einem Wasserlauf rasten und trinken zu können.

Die Angst trieb sie auf die Beine, zwang sie weiterzugehen.

Kurz vor Einbruch der Finsternis konnte sie die Gebäude der Schule in der Ferne erkennen.

Wusste, dass sie zu spät kam.

Zum Schutz der Kinder und Lehrer wurden die schweren Tore bei Einbruch der Nacht geschlossen und für niemanden geöffnet.

Dennoch trottete sie langsam weiter.

Das Gewicht des Toten auf dem Rücken. Die Last meiner Schuld, dachte sie, hätte ich doch bloß auf den Soldaten gehört!

Stunden später, vor dem Tor angekommen, lehnte sie sich erschöpft an die Bretterwand, legte den kalten Bruder über den Schoß, bettete seinen Kopf in ihre Ellbeuge, als sei er nur eingeschlafen.

Weinte.

Bis die Sonne aufging.

4

Silke Dreier erwartete die Kollegen im Büro. »Guten Morgen! Ich habe schon alle gecheckt, aber dieser Mann war bisher noch nicht dabei. Drei Männer im entsprechenden Alter, der eine Barkeeper, der andere Schrotthändler und der dritte Finanzberater. Der letzte hatte allerdings eine deutlich sichtbare Narbe von der linken Stirnhälfte über das Auge bis zur halben Wange. War ein Messerangriff. Enttäuschter Kunde. Der Schlitzer sitzt noch ein.«

»Aha! Dann hat der ja das beste Alibi, das einem einfallen kann.«

Klapproth nickte der jungen Kollegin freundlich zu.

»Nur, dass er es nicht braucht. Sinnlose Gedankenspiele! Der Kunde hätte ihn ja wohl kaum verwechselt, selbst wenn sie sich erst im Dunkeln getroffen haben sollten.« Nachtigall war verärgert. »Das bringt uns nicht weiter. Die anderen beiden kommen auch nicht in Betracht?«

Klapproth sah aus, als wolle sie nun ebenfalls zu einer verbalen Attacke ausholen, atmete dann aber nur tief durch.

»Nein, die anderen auch nicht«, räumte Silke seufzend ein. »Die sehen ihm so wenig ähnlich, dass man von einer Maßnahme der Plastischen Chirurgie ausgehen müsste, plus Korrektur der knöchernen Struktur.« Sie drehte den Monitor so, dass die beiden Kollegen die Fotos der Vermissten gut sehen konnten.

»Okay. Ist mit ein bisschen Make-up nicht zu schaffen«, lachte Klapproth rau. »Der Rechtsmediziner würde Narben eines solchen Eingriffs ohnehin finden.«

Nachtigall unterdrückte ein gequältes Aufstöhnen.

»Zurück zur Ermittlung«, forderte er, »der Tatort wurde ja leider vor dem Eintreffen der Polizei gründlich beräumt, so bleibt uns also nur dieses etwas unscharfe Handyfoto als Beleg für den Zustand, in dem der Kahn vorgefunden wurde. Bisher wissen wir noch nicht, ob das Bild gleich nach dem Zurückziehen der Plane entstand oder später. Das ist noch zu klären.« Er griff nach dem Abzug, nahm eine Lupe und inspizierte ihn millimetergenau.

»Hm«, meinte er dann, »könnte sein, dass dieses Sterben kein angenehmes war, ganz unabhängig davon, ob es sich tatsächlich um einen Mord handelt. Um den Körper herum wurden einige Dinge zu Boden gerissen.«

Das Foto wanderte von Hand zu Hand, die Lupe folgte.

»Im Sterben? Dann hätte es einen heftigen Todeskampf gegeben? Aber über Bord ist niemand gegangen. Die Kleidung war laut erstem Tatortbericht nicht nass, nur morgenfeucht.« Silke war skeptisch. »Wäre also auch denkbar, dass die Teller und das Brot durch das Runterzerren der Plane über den Kahn verteilt wurden.«

Klapproth ergänzte: »Vielleicht ist es auch nur typisch männliches Chaos nach einer Party, die nicht den gewünschten Verlauf genommen hat.«

»Ob er wohl aus Burg stammt? Lars Friedrich hatte wohl bisher in keinem Hotel einen Treffer.« Silke checkte ihren Posteingang. »Ne. Noch nichts von ihm.«

»Wäre doch auch möglich, dass er speziell zu diesem heimlichen Treffen auf dem Kahn anreiste und direkt danach zurückfahren wollte. Dresden, Leipzig, Berlin. Alles erreichbar.«

Nachtigall betrachtete das Foto erneut eingehend. »Alles für zwei, stimmt. Aber eigentlich deutet nichts darauf hin, dass es sich um eine romantische Verabredung gehandelt hat.

Keine Blumen, keine Schokoherzchen, ihr wisst schon, all das, was dekoriert wird, um die gewünschte Stimmung zu erzeugen. Ging es also um Geschäfte? Heimliche Absprachen nachts auf einem Kahn. Ohne Zeugen, ohne andere Beteiligte.«

Silke war nicht überzeugt. »Auf den Fließen tragen die Stimmen weit. Gerade die von Männern, die oft ohnehin lauter sprechen. Es herrscht, also so empfinde ich das wenigstens, eine unheimliche Stille über dem Wasser.« Sie schauderte.

Klapproth hakte nach: »Unangenehme oder sonderbare Erlebnisse gehabt?«

»Ach, na ja. Eigentlich nicht, es ist mehr eine unbehagliche Vorstellung. Mir wäre es unheimlich, mit einem flüchtigen Bekannten oder gar Fremden dort entlangzugleiten. Im Dunkel der Nacht. Klar, überall am Ufer wohnen Menschen, aber im Zweifel müssten die Helfer erst mal ins Wasser. Kostet Überwindung und ist nicht jedermanns Ding.«

»Es gab vor ein paar Jahren eine Gruselnacht zu Halloween, glaube ich. Da haben Gespenster am Ufer gehockt und die Kähne abgepasst, um die Gäste zu erschrecken. Hat prima funktioniert, besonders, als sie den abgeschlagenen Kopf in Richtung der Gäste …« Nachtigall seufzte. »War nichts für zarte Gemüter. Und das, obwohl alle wussten, dass alles nur Show war.«

Er drehte sich um: »Silke, frag doch bitte mal nach, wann unser Zeuge es denn bis zu uns ins Büro geschafft haben wird! Seine Tour wird ja wohl nicht bis zum Nachmittagskaffee dauern.«

5

Eine Stunde später saß Mirko Fleischer in einem kleinen Verhörzimmer. Nervös nestelte er an seiner Kleidung, legte sein Brillenetui mal auf die linke, mal auf die rechte Hälfte des Tisches und wartete.

Seufzte tief.

Wartete.

Nahm das Etui in die Hand, öffnete es, guckte hinein, klappte es zu, legte es zur anderen Seite.

Seufzte tief.

Streckte erneut die Hand nach der Box aus.

Beinahe erleichtert hörte er, dass jemand die Klinke herunterdrückte.

Dann betraten zwei Beamte den Raum: Noch während der ohne Uniform am Tisch Platz nahm, folgte eine Frau.

Der Uniformierte nickte den beiden Ermittlern kurz zu, signalisierte, er würde warten, um den Zeugen wieder hinaus zu begleiten. Platzierte sich auf dem Gang neben der Tür auf einem Stuhl, der sehr unbequem aussah, zog einen Krimi aus der Jacke und hoffte, die Befragung würde eine nennenswerte Weile dauern.

»Guten Tag. Mein Name ist Nachtigall, dies ist meine Kollegin Klapproth.«

»Mirko Fleischer.« Der Zeuge widerstand erst im letzten Moment dem Drang, aufzuspringen und sein Gegenüber mit einer respektvollen Verbeugung zu begrüßen. Wäre sowas von uncool gewesen, regelrecht peinlich. Er atmete erleichtert auf. Gerade nochmal gut gegangen.

»Herr Fleischer, Sie wurden bereits über Ihre Rechte belehrt. Im Augenblick sind Sie hier, um als Zeuge Ihr Erlebnis von heute Morgen zu schildern.«

Maja Klapproth ruckelte sich auf ihrem Stuhl zurecht, die Lehne drückte ins Kreuz.

Der Zeuge betrachtete sie interessiert. Die ist nicht von hier, erkannte er sofort vorurteilstreu. Zu selbstbewusst, zu unerschrocken, zu tough.

»Warum wollten Sie ausgerechnet diesen Kahn für Ihre Tour herrichten? Sie hätten jeden anderen nehmen können – was Sie ja später auch getan haben«, begann Nachtigall und versuchte gar nicht erst seinen Ärger darüber zu verbergen, dass der Zeuge am Tatort nicht zur Verfügung stand.

»Ja, ich hab' ja verstanden, Sie sind sauer, weil ich meine Tour gemacht habe. Aber dafür werde ich bezahlt! Ich kann die Gruppe nicht einfach stehen lassen. Und der Kahn wurde mir zugewiesen.«

»Warum dieser?«

»Hä?« Mirko sah die Frau verständnislos an.

»Warum sollten Sie ausgerechnet diesen Kahn benutzen?«

»Wollt' ich doch gar nicht! Das stand so auf dem Plan. Den macht der Chef. Der weiß auch, wie viele Touren geplant sind, wann und wer sie staken soll.« Fleischer wurde unruhig, empfand die Situation offensichtlich als kompliziert. »Die haben zum Beispiel nicht alle gleich viele Bänke, manche gar keine, nur Relaxliegen. Das muss einer im Auge behalten und richtig zuweisen. Dafür ist bei uns der Chef zuständig! Wenn da was schiefgeht, haben die Gäste schon schlechte Laune, bevor es überhaupt mit der Fahrt losgeht. Sie würden ja auch nicht zu viert auf eine Dreierbank gequetscht werden wollen, das ist unbequem, so viel Nähe und Körperkontakt zu einem unbekannten Menschen ist nicht jedem behaglich. Das will eigentlich niemand!«

»Als Sie zum Kahn kamen, ist Ihnen gleich aufgefallen, dass etwas nicht stimmt?«, wechselte Klapproth den Fokus.

Mirko nickte aufgeregt.

»Ja! Er war nicht richtig vertäut. Der Bug hatte sich schon vom Ufer gelöst, ich musste ihn ranziehen.« Gestenreich unterstrich er die damit verbundene Anstrengung. »Hat ordentlich Gewicht so ein Kahn. Etwa zwei Tonnen. Und die Plane ist auch schwer. Etwa einen Zentner.« Fleischer musterte Klapproth. »Eine wie Sie könnte das vielleicht schaffen, aber eine normale Frau, die kriegt die Plane da nie drüber.«

Der Blick der Ermittlerin verfinsterte sich. Wurde zu Nachtfrost.

»Also, eine so starke und gut trainierte Frau wie Sie«, ergänzte der Zeuge eilig.

»Der Kahn war also ein bisschen vom Ufer abgetrieben. Kommt so was öfter vor?«, schaltete Nachtigall sich hastig ein.

»Nein, nein! Wäre ja gefährlich, wenn sich so einer losreißt und herrenlos im Fließ treibt. Könnte ja Bootsstege oder andere Boote beschädigen.«

»Wissen Sie, wer den Kahn gestern festgemacht hat?«, hakte sich Nachtigall sofort wieder ein.

»Der Kurt, denke ich. Auf den ist eigentlich immer Verlass. Der ist schon so lange im Geschäft, dem passiert so ein dummer, leichtsinniger Fehler nicht. Ist einer von der pingeligen Sorte, der alles dreimal kontrolliert, bevor er Feierabend macht.«

»Was dachten Sie, könnte passiert sein, wenn Kurt solch ein Fehler nicht unterläuft?«

»Ich hab' gar nichts gedacht. Meine Tour war wichtig. Also zog ich das Tau ab und die Plane runter. Dabei habe ich gemerkt, dass auch hier schlampig gearbeitet worden war. Aber ganz ehrlich, es hat mich in dem Moment nicht unbedingt interessiert. Vor allem, als ich die Bescherung gesehen hab'. Ich habe das Foto gemacht und angefangen aufzuräumen. Der Typ hat sich nicht gerührt, aber dabei hab' ich mir auch nichts gedacht. Mein Bruder zuckt auch nicht, wenn der sturzbesoffen untern Tisch rutscht. Mir war nur wichtig, dass ich alles sauber kriege, deshalb kontrollierte ich gleich, ob der Kerl irgendwo hingekotzt hat. Stinksauer war ich auf den Sack, das können Sie mir glauben!« Mirkos Stimme hob sich, war draußen auf dem Gang deutlich zu hören. »So eine Riesensauerei. Plötzlich kam der Richie angerannt, mein Kollege, rief, ich solle sofort mit dem Räumen aufhören, der Chef habe die Polizei verständigt.«

»Und?«

»Na, meine Tour! Ich durfte dann Richies Kahn nehmen, der war sogar schon vorbereitet, er blieb bei dem Mann und dem Dreck. Er war es, der gesagt hatte, der Typ habe den Löffel abgegeben. Mausetot.«

»Sie wussten doch, dass ursprünglich eine Plane über …«

»Ja, schon. Richie und ich dachten an ein Rendezvous. Heimlich. Ohne Kosten für die Kahnmiete. Wir sind davon ausgegangen, dass der eine besoffen eingepennt ist, der oder die andere sich aus dem Staub gemacht hat.«

»Wie schwierig ist es, die Plane über den Kahn zu ziehen?«, wollte Klapproth wissen. »Besonders, wenn man keine Ahnung hat, wie es genau funktioniert? Und womöglich im Dunkeln?«

Mirko Fleischer überlegte. Intensiv. Seine blauen Augen begannen zu rollen, die Augenbrauen zuckten abwechselnd Richtung Haaransatz, seine Kiefer mahlten geräuschvoll.

Dann rang er sich zu einer Antwort durch. »Schwierig.«

»Aber zu schaffen?«

»Wie gesagt, man braucht schon Kraft. Und in einem eng anliegenden Kleid könnte es sehr schwierig sein. Da haben Sie einen eingeschränkten Bewegungsradius, die meisten High Heels sind nicht rutschfest. Haben eben kein Profil.« Er wies auf seine eigenen schweren Boots.

Grinste.

Sah Klapproth abschätzig an. »Bei Frauen geht es immer nur um schick.«

Klapproth legte ihre Füße auf den Tisch.

Boots. Rutschsicher.

»Ich weiß ja nie, was mich erwartet. Vielleicht muss ich einem wie Ihnen nachlaufen.« Dabei zog sie die Lippen breit, und ihre Augen funkelten warnend.

»Warum haben Sie nicht selbst sofort den Notarzt verständigt, als sie den Mann reglos im Kahn haben liegen sehen? Er hätte ja möglicherweise gerettet werden können, was Sie nicht beurteilen konnten, weil Sie sich um ihn gar nicht gekümmert haben.«

Nachtigalls Ton hatte deutlich an Schärfe zugenommen.

Mirko überlegte kurz, ob er ehrlich sagen sollte, dass man ja jetzt sehe, wozu ein Anruf bei der Polizei führe: Zeitverlust, kein Mittagessen, Verspätung zum Sport. Er hatte schon Luft geholt, doch dann verwarf er diese Absicht schnell wieder. Ehrlichkeit brächte sicher nur noch mehr Ärger. Also wählte er eine andere Variante. Immerhin hangelte sich diese nahe an der Wahrheit entlang.

»Nun, ich dachte, der pennt seinen Rausch aus. Weiter habe ich gar nicht gedacht. Komasaufen? Danach sah der Typ nun wirklich nicht aus.«

»Sie überprüften nicht, ob er vielleicht Hilfe brauchte?« Klapproth war mit der Antwort des Zeugen offensichtlich nicht zufrieden. »Unterlassene Hilfeleistung. Und wenn sich rausstellt, dass der Mann erst gestorben ist, nachdem

Sie schon den Kahn entrümpelt hatten: Tötung durch Unterlassung. Wir haben also noch länger Interesse an Ihnen.«

Langsam ging Mirko diese Frau gewaltig auf die Nerven.

»Nun ist es aber gut! Ich lass mir doch nicht die Schuld am Tod von diesem Vollpfosten unterschieben. Wenn der sich nicht auf meinem Kahn hätte umbringen lassen, wäre ich jetzt gar nicht hier«, wurde Mirko laut. Der uniformierte Beamte schob sich zur Tür herein, bereit, sofort einzuschreiten, sollten sich Handgreiflichkeiten anbahnen. Nach einem prüfenden Blick über die Gesprächsrunde zog er sich wieder zurück.

»Nein. Ich dachte eben, der wacht schon noch auf, wenn ich jetzt hier aufräume.« Den Tritt würde er besser nicht erwähnen, entschied er, auch nicht die Coolness des Mannes, die … na ja irgendwie biologisch war.

»Und tatsächlich haben Sie sich nicht gefragt, wie der Mann die Plane hatte über sich und den Kahn ziehen und festzurren können?« Nachtigall klang überrascht. »Darüber hätten Sie sich zumindest wundern müssen.«

Mirko stöhnte.

»Ich hab das Ding zur Seite gelegt und nicht mehr dran gedacht. Gut, vielleicht habe ich mich kurz darüber amüsiert, dass ihn jemand versteckt hatte. Aber ich war so was von sauer! Schnell ein Foto, war mir klar, dann an die Arbeit.«

»Die Teller haben Sie auf die Wiese geworfen.«

»Ja, logisch. Raus aus dem Kahn.«

»Beim Räumen sind Sie ganz sicher gegen den Körper gestoßen. So viel Platz ist da ja nicht«, bohrte Nachtigall weiter.

Mirko überlegte. Im Fernsehen hatten die Kommissare neulich nachgewiesen, dass eine Verletzung erst nach dem Tod zugefügt worden war. Vielleicht wäre das in diesem Fall auch möglich? Dann fänden die beiden das eh heraus. Besser, er sagte die Wahrheit, beschloss er dann.

»Ja, bin ich. Aber der blieb ganz cool liegen, hat nicht mal gegrunzt. Kein Ton kam von dem Vollpfosten!«

Plötzlich begannen die Finger des Zeugen leicht zu zittern. Er schlug die Rechte vor den Mund, als könne er die Worte zurückpressen und verschlucken. »Ich wusste ja nicht, dass er tot ist«, setzte er unsicher hinzu.

»Hm.« Klapproths Miene verriet deutliche Skepsis. »Man merkt doch, dass mit einem was nicht stimmt, wenn er keinen Laut von sich gibt und nicht einmal geräuschvoll atmet.«

»Nö! Ich hab' keine Erfahrung mit Toten. Sie müssen mir das schon glauben, dass ich nichts gemerkt habe. Erst als mein Kollege … na ja, da war dann schnell klar, dass was nicht stimmt. Aber der hatte erst vor ein paar Monaten einen Todesfall in der Familie, kennt sich ein bisschen aus damit.«

»Und statt auf uns zu warten, sind Sie einfach losgefahren. Mit einem anderen Kahn.« Nachtigall warf dem Zeugen einen missbilligenden Blick zu. »Wir wollten Ihnen dort unten am Fließ begegnen. Ihr Kollege hätte ja für Sie einspringen können.«

»Ne! Der fährt die Mittagstour. Wir begegnen uns auf dem Fließ. Und der Chef hätte so schnell niemanden als Ersatz finden können. Das funktioniert nicht.«

»Wenn Sie nicht zum Dienst hätten kommen können?«

»Wäre der Chef gefahren. Aber das tut er nur ungern, der hat so viel anderes um die Ohren.«

»Kannten Sie den Toten?«, stellte Nachtigall die Frage, die Mirko aus den Fernsehkrimis kannte und längst erwartet hatte.

»Aber nein!«, antwortete er mit treuherzigem Blick. »Der war doch bestimmt nicht von hier. Sicher ein Tourist, so wie der angezogen war.«

6

Sabine klopfte.

»Guten Morgen! Housekeeping!«, verkündete sie fröhlich, lauschte kurz auf eine Antwort. Als alles ruhig blieb, öffnete sie mit der Steckkarte langsam die Tür von 127 und trat ein.

»Na so was«, staunte sie und sah sich in dem aufgeräumten Zimmer um. »Da bin ich heute fix durch. Der Herr hat wohl auswärts geschlafen. Nun ja«, murmelte sie schnippisch, wischte nachlässig über die Oberflächen und ging ins Bad.

»Muss wohl eine ungeplante Übernachtung gewesen sein. Nicht mal die Zahnbürste hat er eingesteckt.« Ordentlich wischte sie die Oberflächen ab, reinigte Waschbecken, Dusche und Toilette. »Wahrscheinlich hat er immer eine für den Notfall bei sich. Innentasche des Sakkos zum Beispiel. Falls sich Angebote finden, die man nicht abschlagen kann.« Ihre Laune sank von Schritt zu Schritt, als sie frische Handtücher vom Servicewagen holte und ordentlich im Bad aufstapelte.

Natürlich, ein so gut gekleideter, gut aussehender smarter junger Mann fand schnell Kontakt. Vor ihrem inneren Auge sah sie ihn in intimem Tanz mit einer großen, gertenschlanken, biegsamen Frau.

»Es sei ihm gegönnt«, spuckte sie verärgert durch den Raum. »Hoffentlich war sie eine große Enttäuschung!«

Während sie den Staubsauger durchs Zimmer schob, wischte sie sich immer wieder eine lästige, nachrollende

Träne ab. Das Leben ist aber auch ungerecht, dachte sie bitter, ich bin stabil, kann zupacken, bin ehrlich, an mir ist keine falsche Haarfarbe, meine Falten habe ich nicht »weg-bügeln« lassen, meine Hände sind rau und rissig von der Arbeit – aber an so einer Frau bist du ja nicht interessiert!

Zum Schluss fuhr ihre Hand wehmütig über sein unbe-nutztes Kopfkissen.

Dann riss sie sich los – und putzte das nächste Zimmer.

Auf dem Rückweg, Stunden später, kam sie noch einmal an 127 vorbei.

Sie zögerte.

Lauschte an der Tür.

Nichts.

Erneut trat sie ein, sah sich prüfend um. Er war noch immer nicht zurückgekehrt. Hoffentlich ist ihm nichts zugestoßen, breitete sich als beunruhigender Gedanke aus. Gerade war im lokalen Sender … Oh, nein!

Sie griff zum Zimmertelefon und informierte die Rezep-tion.

Dem musste unbedingt nachgegangen werden! Immerhin war in dem Bericht nicht nur vom Fund einer Leiche, son-dern auch von Mordverdacht die Rede gewesen.

Er ist es!, wusste sie plötzlich mit der Gewissheit der Liebenden, lehnte sich an die Tür, schlug die Hände vors Gesicht und begann hemmungslos zu schluchzen.

»Kann ich mal stören?« Silke schob den Kopf durch eine spaltbreit offene Tür.

Nachtigall nickte, zog ungelenk seine Beine unter dem Tisch hervor und trat auf den Gang hinaus.

»Was Neues?«

»Vielleicht. Das Hotel ›Glücksmoment‹ hat sich gemeldet. Bei ihnen ist ein Gast nicht ins Haus zurückgekehrt. Das Zimmer war nach Aussage des Housekeepings unbenutzt, zum Frühstück ist er nicht erschienen, im Spa oder Fitnessbereich hatte er sich auch nicht eingeloggt. Ein Leopold Bäumler. Die Dame an der Rezeption beschreibt ihn als gut aussehend, ausgesprochen geschmackvoll und teuer gekleidet, Haare gestylt, Schuhe italienisch. Sie schickt uns das Foto von seinem Ausweis.«

»Könnte gut sein, dass er unser Opfer ist. Die edle Kleidung ist uns sofort aufgefallen. Die Hände manikürt, der junge Mann hat großen Wert auf sein Erscheinungsbild gelegt. Gut. Check mal, ob du Informationen über ihn findest. Ein Foto wäre hilfreich. Manchmal sieht man diesem biometrischen Ausweisbild nur sehr entfernt ähnlich.«

Silke nickte und huschte ins Büro zurück.

»Und?« Klapproth sah auf.

»Vielleicht haben wir einen Namen. Mal sehen.«

Mirko Fleischer wartete.

Hätte gern mit den Fingerkuppen auf die Tischplatte getrommelt, traute sich aber nicht.

»Sie können gehen. Aber sorgen Sie dafür, dass wir Sie jederzeit erreichen können. Es werden sich ganz sicher weitere Fragen ergeben.«

Der Zeuge schnellte hoch, entschlossener als ein Pfeil von der Bogensehne, nickte kurz und rannte über den Gang davon.

»Der hat es aber verflixt eilig, ich fürchte, freiwillig kommt er nicht noch einmal zurück.« Klapproth zuckte die Schultern. »Haben wir erste Befunde aus der Rechtsmedizin?«

»Nein. Aber einen Namen. Leopold Bäumler, ein Hotelgast, der vermisst wird. Wir fahren hin. Die erste Beschreibung trifft schließlich auf das Opfer ziemlich gut zu.«

7

»Boah! Es gab schon wieder einen Übergriff. Na, da läuft die Stadt ja sicher wieder heiß!«, Jarek warf wütend den Rucksack auf den Sessel in Jörns Zimmer und setzte sich zu den anderen auf den Boden.

»Echt! Das kann doch nicht sein! So viel Polizei unterwegs und doch ...?« Manuela seufzte. »Was war es denn diesmal?«

»Schlägerei. Ein Syrer hat sich wohl in der Straßenbahn mit Jugendlichen geprügelt. Vielleicht wurde er ja angemacht und verstand nicht, was die anderen von ihm wollten. Da war die Faust eben schneller als der Verstand! Auf beiden Seiten« Jarek stöhnte. »Nun schreit natürlich wieder dieser rechte Verein nach Abschiebung.«

»Warten wir ab, was die Videoüberwachung der Bahn tatsächlich zeigt«, mahnte Felix vernünftig. »Am besten, wir schicken ihm unseren Rechtsbeistand vorbei. Wenn wir genauso vorschnell urteilen wie die anderen, sind wir nicht besser als die.«

»Ja, mag ja sein. Aber die Leute, die vor ein paar Wochen noch nach mehr Polizeipräsenz geschrien haben, die sich durch die vielen Dreierstreifen gut beschützt fühlten, haben nun plötzlich den Eindruck, sie lebten in einer Stadt mit hoher Kriminalitätsrate. Und warum?« Jarek sah fragend in die Runde. Alle zuckten die Schultern. »*Weil* so viel Polizeipräsenz ja bedeuten muss, dass es in der Stadt tatsächlich sehr gefährlich ist! Ich glaub es nicht!«

»Ach! Echt jetzt? Erst nach der Polizei krähen und sich

dann fürchten, weil sie kommt? Ey! Bescheuert, oder?«Jörn schlug sich kräftig auf die Oberschenkel.

»Na ja, das ist ein psychologisches Phänomen. Erst fürchtest du die anderen, dann schickt man dir die Polizei, doch nach einiger Zeit denkst du, okay, die Tatsache, dass die Beamten noch immer Dreierstreife gehen, muss bedeuten, dass die Gefahr unverändert an der Ecke auf dich lauert. Das ist menschliche Denke, schwer zu ändern.« Maria lächelte ein wenig schief. »Gefahr wird durch unsere eigene Bewertung größer oder kleiner. Objektiv sind die Spinnen und Mäuse in diesem Land keine Gefahr, sind nicht wirklich giftig oder so. Und doch – die Hysterie ist häufig um Potenzen größer als die winzige Spinne hinter dem Kühlschrank, oder die kleine Maus draußen im Garten. Es gibt keine direkte Relation.«

»Was bedeutet das nun für uns? Wir haben ja auch Redner aus aktuellen Kriegsgebieten zu unserer Kundgebung eingeladen. Müssen wir mehr Sicherheitskräfte einplanen, weil es sonst Störungen durch die gibt, die unsere Veranstaltung für ihre Forderungen missbrauchen wollen?«

»Ach, du meinst, dieser ›Verein‹ läuft hier auf? Das glaube ich eher nicht. Unsere Kundgebung ist nicht direkt in der Stadt, wer sollte sich die Mühe machen, herzukommen? Sie denken noch immer, das Weiterweg betreffe sie nicht. Ist wie beim Klimaschutz.«

»Waffen sind eine grundsätzliche Gefahr für alle. Für jedes Leben, egal, wo es wohnt, was es tut, wovon es sich ernährt. Waffen aus Deutschland bedrohen das Leben von Menschen, deren Existenz uns egal ist, weil sie weit weg wohnen, eine fremde Sprache sprechen, eine andere Hautfarbe haben. Erst wenn das Leben vor den Waffen zu uns flieht, nehmen wir es wahr – und dann möchten wir es nicht schützen, sondern zurück in den Krieg schicken. Die Kundgebung ist wichtig, sie zwingt den Zusammenhang zwischen Waffenverkäufen, Krieg und Flucht zu sehen.« Marias Stimme war eindringlich, mahnend, ihre Miene bitter. »Kinder sind unter den Opfern. Gerade können sie laufen, schon werden sie um ihre Zukunft betrogen und getötet oder verstümmelt.«

»Also«, durchbrach Jörn das lastende Schweigen nach diesen Worten, »wie organisieren wir die Kundgebung so, dass sie sicher ist und viele Leute kommen? Vorschläge? Wir brauchen Plakate und ein äußeres Zeichen des Zusammenhalts. Etwas, das wir an die Besucher verteilen können und so eine Gemeinschaft generiert. Vorschläge? Bitte nicht wieder Sticker, die bringen nichts, verschwinden viel zu schnell im Müll.«

»Genau. Und dort belasten sie die Umwelt, bei der Herstellung auch. Keine Anstecknadeln!«

Doris grinste: »Sollen wir vielleicht Schals stricken?«

8

Julia Sommer starrte eine gefühlte Ewigkeit auf das Bild des Toten.

Ihr streng nach hinten gebundener Pferdeschwanz zitterte leicht.

»Ja«, sagte sie dann gedehnt mit schwerer, schwankender Stimme, »sieht so aus, als handle es sich um unseren Gast von 127. Leopold Bäumler.«

Sie legte den Meldezettel vor sich auf den Tresen. »Alles ausgefüllt. Er war ja zum ersten Mal Gast in unserem Haus.« Der Kugelschreiber in ihrer Hand zuckte über das Papier, als sie auf die einzelnen Eintragungen wies. »Leopold Bäumler aus München.«

»Er hat schon seit fast zwei Wochen bei Ihnen gewohnt«, stellte Nachtigall fest. »Ist Ihnen in der Zeit aufgefallen, ob er häufiger außer Haus übernachtet hat? Oder war dies das erste Mal?«

»Wir kontrollieren doch unsere Gäste nicht!«, wehrte die Rezeptionistin ab. »Bei uns muss der Gast nicht Bescheid geben, wenn er mal nicht zum Übernachten ins Hotel zurückkommt. Natürlich ist es uns angenehm, wenn der Gast sich vom Frühstück abmeldet, falls er weiß, dass er erst später wiederkommt. Manche brechen von hier aus zu mehrtägigen Kahntouren oder Wanderungen auf, nutzen unser Hotel quasi als Basislager.«

»Aber heute ist Ihnen doch aufgefallen, dass der Gast von 127 nicht ins Hotel zurückgekehrt war«, bohrte Klapproth mit harter Stimme weiter. Gefühlsduseliges Gebaren konnte sie nicht ausstehen. Und diese Frau kannte den Gast erst seit ein paar Tagen, ihre Trauerreaktion war unpassend, überzogen. »Und nach dem ersten Blick auf ihn kam er uns nicht wie ein Rucksacktourist vor. Er passt nicht in die Kategorie ›Wanderlust‹!«

»Ja«, quetschte Frau Sommer mühsam hervor, »das stimmt natürlich. Unser Housekeeping bemerkt selbstverständlich, wenn ein Zimmer nicht benutzt wurde. Susanne hat mich informiert, nachdem Herr Bäumler auch gegen Mittag nicht erschienen war und wir von dem Leichenfund …« Sie nestelte eilig ein Taschentuch hervor, wischte über die Wangen, putzte die Nase. »Entschuldigung!«, quietschte sie dann.

»Schon in Ordnung«, behauptete Nachtigall empathisch. »Ist ja sicher für Sie das erste Mal, dass Sie einen Gast auf so tragische Weise verlieren.«

Klapproth musterte den Kollegen missmutig vom Scheitel bis zur Schuhspitze. Ob der wohl schon immer so war – oder resultierte dieses Gesülze aus der lebensgefährlichen Situation, die er gerade überstanden hatte? Dann würde sich das hoffentlich wieder geben. Vielleicht könnte sie Silke bei Gelegenheit danach fragen.

»Ja, schön«, schaltete sie sich in das Gespräch ein, das in Unsachlichkeit abzugleiten drohte. »Sie kannten ihn kaum, waren nicht mit ihm verwandt oder verheiratet – ich denke, Sie sollten jetzt einmal tief durchatmen und uns dann all die Informationen geben, die wir für unsere Ermittlungen benötigen.«

Julia Sommer lief rot an. Ihre Lippen flatterten, sie räusperte sich, suchte offensichtlich nach einer festeren Stimme, um zu antworten.

Nachtigall stöhnte unhörbar. Mit dieser Frau konnte er nicht zusammenarbeiten! Ausgeschlossen. Die passte nicht zu ihm!

»Ich rufe Susanne über den Pieper an. Sie wird dann sicher all Ihre Fragen beantworten können. Ich selbst habe – wie Sie ja wohl schon wissen – nur ab und zu Kontakt mit den Gästen«, gab die Rezeptionistin patzig zurück und beorderte Susanne in die Halle. »Setzen Sie sich doch dort drüben. Ich schicke Ihnen das Zimmermädchen.«

Die beiden Ermittler nahmen in einer bequemen Sitzgruppe Platz.

Grün der Bezug, pink die plüschigen Kissen.

Blümchen auf dem Tisch.

»Biedere Gemütlichkeit!«, kommentierte Klapproth verdrießlich.

Nachtigall warf der Neuen einen angewiderten Blick zu, den diese entweder nicht bemerkte oder schlicht übersehen wollte.

»Hältst du es für strategisch klug, die Leute so vor den Kopf zu stoßen?«, brodelte es aus ihm heraus, leise und gefährlich. Ein Vulkanologe hätte zu großem Abstand oder gar sofortiger Flucht aus der Gefahrenzone geraten.

»Ach, was soll das? Sie kannte ihn doch gar nicht! Ein gut aussehender Mann, der offensichtlich finanziell gut ausgestattet war. Und dann heult sie rum, nur weil er nicht wiederkommt? Das erscheint mir mehr als übertrieben. Und du steigst auch noch auf die Show ein!«

Bevor Nachtigall eine impulsive Antwort geben konnte, die er später vielleicht bereut hätte, trat eine junge Frau zu ihnen und stellte sich als Susanne vom Housekeeping vor.

»Sie sind wegen Leopold Bäumler hier, nicht wahr?«, fragte sie leise und wischte vorsichtig unter den Augen entlang, um nichts von der Wimperntusche zu verschmieren. »Er war ein sehr netter Mann. Immer freundlich, höflich«, dabei streifte ihr Blick tadelnd über Klapproth, die das professionell ignorierte.

»Er war häufiger über Nacht unterwegs?«, erkundigte sich Nachtigall.

»Nun ja. So jede zweite Nacht war er bei Kunden zu Gast. Und wenn er getrunken hatte, fuhr er nicht zurück. Er sagte mir, das sei mit seinem Beruf nicht vereinbar, er müsse stets seriös und integer agieren.«

»Ach – was war er denn von Beruf?«, hakte Klapproth ein.

»Das hat er mir nicht wirklich erzählt. Er blieb nebulös bei Formulierungen wie, er sei im Außenhandel für eine große Firma tätig. Seine Kunden erzählten offen über Führerscheinpausen und Geldstrafen – er selbst allerdings dürfe sich so etwas nicht anmaßen.«

»Hat er das so gesagt?«

»Ja. Er hat sich immer so ausgedrückt. Das hat wohl die Frauen beeindruckt.«

»Sie auch, nicht wahr?«, lächelte Klapproth und konnte doch nicht verbergen, was sie von Schwärmerei dieser Couleur hielt.

»Nun«, gab Susanne kalt zurück, »Ihnen hätte er auch gefallen. Charmant und immer korrekt. Keiner, der sich auf die Schenkel haut, weil er seinen eigenen Witz unwiderstehlich findet.«

Nachtigall bekämpfte ein hartnäckig an den Mundwinkeln zerrendes Grinsen. »Wenn er bei Kunden zu Gast war, dann handelte es sich wohl um Partys, oder liege ich damit falsch?«

»Nein, genau richtig. Es waren offensichtlich tolle Partys. Einmal hat er Fotos auf dem Schreibtisch liegen gelassen, das oberste zeigte Frauen in tollen Kleidern mit prächtigem Schmuck. Er war sicher der Hahn im Korb.«

»Wie kommen Sie darauf? Es waren doch Feste bei Kunden.«

»Schon! Aber es gibt Männer ... na ja ... denen können Frauen nur schlecht widerstehen. Und der Herr Bäumler ...« Wieder zuckten die Finger unter den Augenlidern entlang. »Ja, ich weiß, es ist dumm. Natürlich habe ich nicht erwartet, dass er mich in sein Handgepäck steckt und mitnimmt. Aber auch Frauen wie ich träumen manchmal. Bei der schwedischen Königin und ihrem König hatte es ja auch gefunkt.«

Es entstand eine peinliche Pause.

»Nun, jedenfalls kam er manchmal so spät zurück, dass er am nächsten Morgen keine Lust auf Frühstück hatte, so kurz nach dem Schlafengehen. Aber bis Mittag war er in der Regel wieder hier. Außerdem hatte ich von dem Toten gehört, den man heute Morgen in einem Kahn ...« Sie schniefte.

Nachtigall überlegte, wie lange es her war, dass er zur Frühstückszeit erst ins Bett gekommen war. Sehr lange, dachte er wehmütig, viel zu lange.

Klapproth beobachtete sein Mienenspiel.

»Vielleicht kannst du es wieder aufleben lassen«, meinte sie trocken, und der Kollege zuckte ertappt zusammen.

»Hat er Ihnen gegenüber zufällig erwähnt, bei wem die Party stattfinden sollte?«, fragte Nachtigall eilig.

»Nein, natürlich nicht. Er war sehr diskret. Es könnte aber sein, dass er bei Gisbert Krauts war. Meine Schwester arbeitet bei der Firma, die das Catering organisiert hat, und meinte, sie habe ihn dort gesehen.«

»Eine Adresse haben Sie auch für uns?« Der Cottbuser Hauptkommissar lächelte die junge Frau an, wollte den scharfen Ton der Kollegin vergessen machen.

»Oh ja. Meine Schwester war total begeistert von dem Anwesen. Er hat ein wunderbares Haus an einem der Fließe.

Mit zurückgesetzten und verschobenen Etagen, viel Glas ... na, Sie wissen schon, hypermoderne Architektur.«

Sie zog ihr Handy hervor und begann auf dem Display zu tippen. »Entschuldigung. Ich weiß die Adresse natürlich nicht auswendig, aber meine Schwester hat mir eine WhatsApp geschickt. Da steht sie drin. Ich hab's gleich...Hier!« Sie hielt Nachtigall das Smartphone hin, damit er sich die Anschrift notieren konnte.

»Danke.«

»Wir würden uns gern in Herrn Bäumlers Zimmer umsehen.« Klapproth war dieses Geplänkel leid und versuchte ein bisschen mehr Tempo in die Ermittlung zu bringen. Sie sprang energisch aus dem Polster der Couch und sah die junge Frau ungeduldig an.

Susanne nickte. »Ich lasse Sie rein. Allerdings habe ich natürlich heute Morgen alles sauber gemacht.« Sie zuckte die Schultern. »Was soll ich sagen? Das ist mein Job. Ich konnte doch nicht wissen, dass er nie mehr kommen wird.«

9

Am nächsten Morgen wurden die beiden gefunden.

Als man das große, massive Tor aufschloss und den schweren Flügel in die Umgebung drückte.

Ein Posten bezog Stellung und sein weitschweifender Kontrollblick entdeckte das Häufchen bunter Kleidung.

»He!«, sprach er die beiden an. »He! Du!«

Mayla schlug widerstrebend die Augen auf. Sie war also leider nicht gestorben, bedauerlicherweise nicht die Beute eines Raubtieres geworden.

Saß noch immer hier.

Schuldig.

»Was tust du hier?«

»Er ist tot«, war alles, was sie sagen konnte. Tränen rollten über ihre Wangen, als das Grauen des vergangenen Tages sie ansprang wie ein böser Schatten. »Er ist tot!«

Wenig später eilte die Leiterin der Schule, Josefine Meyers, hinzu, beugte sich zu dem Mädchen und ihrem Bruder hinunter, tastete nach dem zarten Körper, den die Schwester entschlossen umklammerte.

»Getötet? Von den Kämpfern?«

Mayla nickte. »Sie haben uns mit dem Brummding ...«

Schluchzen ergriff ihren gesamten Körper wie ein Krampf, Tränen kamen nicht mehr, ihr Körper war leer geweint.

»Kannst du aufstehen?«

Das Mädchen schüttelte den Kopf.

»Du bist auch verletzt?«

»Nein«, flüsterte sie, »am liebsten tot.«

Mit vereinten Kräften gelang es, Mayla und den Körper des Kleinen aufzustellen.

»Lass ihn los«, bat Josefine Meyers, »dann tragen wir ihn in den Hof. Du musst etwas essen und trinken.«

Mayla schwankte wie eine willenlose Hülle auf dem gro-ßen Hof, von dem sie ihrem Bruder so oft erzählt hatte. Ein Platz voller Kinder sei hier, die miteinander spielten oder sich unterhielten.

Frei von Angst.

Frei von zu harter Arbeit.

Sie sah zu ihm hinüber.

Winzig sah er aus, wie er da im Schatten lag, sie fühlte sich wie eine Verräterin.

Er würde nichts von dem erleben, was sie ihm verspro-chen hatte.

Noch am Abend kam ihr Vater.

Er sah sie nicht an, hatte kein Wort für sie, nahm den Klei-nen auf seine starken Arme und trug ihn fort.

Mayla wusste, dass sie ab sofort keine Familie mehr hatte.

Sie war verstoßen.

Die Worte der Leiterin erreichten erst später ihr umfins-tertes Denken, nachts, als sie auf der Matte im Schlafraum lag, ohne sich an den Körper des Bruders drücken zu können.

»Dein Vater will das Geld nicht zurück. Es sei nun blu-tig. Das ist natürlich nicht wahr und dich trifft keine Schuld an dem, was geschehen ist. Aber in all dem Elend sollte es dir ein Trost sein, dass du nun lange hier bleiben kannst.«

10

Dr. Pankratz sah auf den durchtrainierten Körper, der beinahe anklagend auf dem breiten Edelstahltisch lag.

»Tja, da hat sich der ganze Sport nicht lebensverlängernd ausgewirkt. Ein Opfer der Statistik«, murmelte er unzufrieden. »Nun gut, Opfer eines Mordes.«

Der zweite Rechtsmediziner trat neben ihn.

»Durchtrainiert, jung, attraktiv – tot.«

»Sind die Ermittler schon da?« Dr. Pankratz war ungeduldig. »Das Blut für die toxikologische Analyse ist schon abgenommen und in Arbeit?«

»Ja. Mal sehen, ob Sie recht haben.«

»Ich bin neugierig, wo wir die Substanz finden. Wer weiß, vielleicht im Gurkensud. Im Spreewald trinken sie die Essigmischung manchmal sogar pur.«

»Brrrrrrrr!« Der Kollege schüttelte sich. »Ich kann mich noch gut erinnern, vor ein paar Jahren war es hipp, wenn man zur Disko eine Einzelgurke in Dose mitnahm. Ich glaube, es machte ein Gerücht unter den jungen Leuten die Runde, das behauptete, der Essig senke den Blutalkohol.«

»Ah! Was therapeutisch schmeckt, muss auch eine medizinische Wirkung haben!«

»In der Art. Ja.«

Dr. Pankratz schmunzelte zufrieden, als er die beiden Ermittler den Gang entlangkommen sah.

»Ahhh, ein neues Gesicht«, begrüßte er Maja Klapproth. »Ich hoffe, Sie sind …«

»Obduktionsfest«, unterbrach sie ihn und schlüpfte in einen der Kittel. »Keine Sorge.«

»Na, Peter – wie fühlt es sich an, wieder zu arbeiten?« Der Blick, mit dem er den Freund streifte, war kritisch. »Alles so weit klar?«

»Ja. Fürs Erste ist alles in Ordnung. Darf ich vorstellen: Maja Klapproth, sie wechselt aus Köln in die Lausitz.« Nachtigall schlüpfte in den zweiten Kittel.

»Ach, aus Köln? Hoffentlich werden Sie sich hier nicht langweilen.« Damit trat der Rechtsmediziner an den Tisch heran. »Ein Opfer im Spreewaldkahn …, Auffindesituation war verdächtig?« Der asketische Mediziner schob die Haube auf der Glatze zurecht. »Nun, wir haben einen jungen Mann, gut trainiert, Mitte bis Ende 30, schätzungsweise. Im Moment gehen wir von einer Vergiftung aus. Mal sehen, ob die Obduktion das bestätigen kann.«

Der zweite Obduzent schaltete sich ein: »Äußere Inspektion altersentsprechend, keine Einstichverletzungen, keine Nadeleinstiche. Ich habe gründlich gesucht. Wenn man ihm Gift verabreichte, dann wurde es nicht injiziert.«

Dr. Pankratz übernahm an dieser Stelle wieder: »OP-Narbe rechter Unterbauch, Blinddarmnarbe. Keine Hauterkrankungen, Narbe über dem rechten Schlüsselbein nach Fraktur. Größe 1,85 Meter, Gewicht 80 Kilogramm.« Er griff zum Skalpell. »Hat er schon einen Namen?«

»Leopold Bäumler«, antwortete Klapproth.

Nachtigall versuchte seinen Blick an etwas zu kleben, das entfernt von diesem kalten Körper war. Doch dann begegnete er den eisigen Augen Klapproths und sah stattdessen auf die blaubehandschuhten Hände des Obduzenten.

Klappernd richtete der zweite Rechtsmediziner einige Edelstahlschüsseln, die entnommene Organe aufnehmen würden.

Konzentriert eröffnete Dr. Pankratz den Körper mit einem Schnitt vom Kinn bis zum Schambein.

Griff nach einer kleinen Autopsiesäge, die sich Sekunden später durch das Sternum fraß.

Nachtigall hätte gern ein Ausweichmanöver unternommen, seinem Geist gestattet abzuschweifen, um sich vor dem Grauen, das ihn in diesen Momenten stets erfasste, zu schützen.

Doch ein Blick auf die Neue, deren Augen voller Interesse auf das Geschehen gerichtet waren und deren ganze Körperhaltung ihre Neugier bekundete, hielt ihn davon ab.

Er gab sich Mühe, den Menschen auf dem Tisch zu übersehen, was natürlich nicht einfach war, schließlich lag außer ihm dort nichts anderes zur Ablenkung Geeignetes, und sich ganz auf die Hände der beiden Rechtsmediziner zu konzentrieren.

»Atemwege sind nicht verlegt.«

Ein Telefon schrillte weit entfernt.

»Herr Dr. Pankratz!«, rief eine Stimme, die wie die eines Schwergewichtsboxers klang.

»Hier. Was ist denn so wichtig?«

»Der Erkennungsdienst hat sich gemeldet. Für die Beamten, die mit dem Tod eines Herrn Bäumler befasst sind.« Offensichtlich wollte der Mann nicht näher kommen.

»Und?«

»Ein Herr Peddersen lässt ausrichten, man habe ein kleines Tütchen Crystal Meth in einer versteckten Tasche der Hose entdeckt. Ohne einen einzigen Fingerabdruck, soll ich ausdrücklich bestellen.«

»Danke«, brüllte Dr. Pankratz zurück.

»Ach ja – Designerdroge zum Designeranzug.« Klapproth war anzuhören, was sie von solchen Typen hielt.

»So ganz einfach ist es wohl nicht«, meinte Nachtigall

und hoffte, seine Stimme klang nicht allzu hohl. »Keine Fingerabdrücke. Wenigstens die des Opfers hätten sie ja finden müssen, wenn er es sich selbst in die Tasche geschoben hat.«

»Was dafür spricht, dass uns jemand mit der Nase auf eine Todesursache stoßen wollte.« Der Rechtsmediziner klang plötzlich schlecht gelaunt. »Solche Tricks verfangen bei mir nicht. Bei uns wird gründlich gearbeitet.«

»Dass man daran sterben kann, weiß ich natürlich, aber ich dachte, es ist ein langer, qualvoller Prozess.« Der zweite Obduzent sah etwas ratlos auf den nackten, eröffneten Körper.

»Nun, wenn die Dosierung hoch genug ist, spart es den langen Weg!« Der Mageninhalt glitt in eine der glänzenden Schalen. »Mal sehen«, meinte Dr. Pankratz und beugte sich neugierig darüber.

Diskreter Essiggeruch breitete sich aus.

Klapproth verzog das Gesicht. »Jetzt erzählen Sie uns bloß nicht, das Methamphetamin sei in dem Gurkenglas gewesen!«

»Wir geben das in die Analyse. Blut und Urin überprüfen wir auch. Die toxikologische Analyse läuft schon – und ich bin sicher, sie wird sich mit den Ergebnissen der Lebensmitteluntersuchungen decken.«

Nachtigall runzelte die Stirn. »Du glaubst, er hat das Crystal während des Picknicks zu sich genommen, ist daran gestorben. Danach schob man ihm ein Tütchen in die Tasche – warum? Damit wir annehmen, er habe Suizid begangen? Eine Dosis in der Tasche vergessen?« Er sah in die Runde. »Sicher, einen Versuch wäre es wert. Die Täuschung hätte auch gelingen können. Aber weshalb hat der Zweite dann die Persenning über den Kahn gezogen? Damit geht die Planung nicht mehr auf!«

»Beihilfe zum Suizid. Nach Eintritt des Todes breitet der Begleiter die Plane wie ein Leichentuch über die ganze Szene und verlässt den Ort des Geschehens.« Klapproth zuckte mit den Schultern. »Wäre doch möglich.«

»Welche Dosierung wäre denn tödlich?«, fragte sie nach einer Pause, in der nur die knirschenden Geräusche zu hören waren, die beim Herauslösen der Organe entstanden.

»Wenn das Crystal das Hirn hochdosiert trifft«, der Rechtsmediziner runzelte die Stirn bis unter den Rand der Haube, die er wie immer über seine Glatze gezogen hatte. »Falsche Impulse, Hirn läuft über sozusagen, nichts funktioniert mehr richtig. Denken nicht, Sprechen nicht, Atmen nicht. Ich denke nicht, dass man von einem schönen Tod im Drogenrausch ausgehen kann. Tachykardie. Hyperthermie über 40 °C ist möglich. Das ergibt für uns ein Problem bei der Festlegung des Todeszeitpunkts. Ist eine ungewöhnliche Mordmethode, aber ich denke, man braucht ziemlich viel von der Substanz. Ganz sicher bewegen wir uns im Gramm-, nicht im Milligrammbereich.« Dr. Pankratz wog die Leber. »Noch gut in Schuss. Keine Verfettung, keine Fibrose. Normbereich. Wenn er Alkohol konsumierte, dann in Maßen.«

»In Cottbus ist Crystal Meth weit verbreitet. Eine Droge, die man ganz sicher problemlos auch in größeren Mengen bekommt.« Nachtigall seufzte. »Ist eigentlich eine alte Droge. Das wissen die jungen Leute nur nicht. Sonst würden sie das Zeug vielleicht nicht mehr für cool halten – oder was man sonst heute so sagt. Großvater hat das schon eingeworfen! Panzerschokolade!«

»Ja«, bestätigte Dr. Pankratz. »Du hast recht. Im Zweiten Weltkrieg spielte das Zeug eine große Rolle. Wie viele andere Drogen übrigens auch. 1937 entdeckt von … na, wie hieß der noch gleich?«

»Hauschild«, wusste der Freund. »Dr. Fritz Hauschild. Der nannte die Wunderdroge gegen Müdigkeit und ultimativen Schlafzwang ›Pervitin‹. Beim Blitzkrieg gegen Frankreich kam es zum Einsatz. Deutsche Truppen unaufhaltsam und in unbegreiflichem Tempo auf dem Vormarsch – dank Chemie.«

»Pharmazie«, korrigierte der Rechtsmediziner automatisch, während er die Nieren entnahm. »Wehrmacht voll auf Droge.«

»Davon hat mein Großvater nie was erzählt«, murmelte Klapproth.

»Methamphetamin ist dem Adrenalin ähnlich und überwindet mühelos die Blut-Hirn-Schranke, die sonst unser Hirn vor vielen schädlichen Einflüssen schützt.«

»Man hat die Krankenakte von Hitler ausgewertet. Der hat sich so ziemlich alles spritzen oder anderweitig verabreichen lassen, was putscht und berauscht, Schmerzen nimmt oder beim Einschlafen hilft. Was dem so alles injiziert wurde – mir ist fast übel geworden, als ich das gelesen habe. Besonders die Potenzmittel! Gruselig.«

Jetzt blieb Nachtigall keine Wahl. Er konnte den Anblick nicht ertragen, der sich ihnen gleich bieten würde. Als Dr. Pankratz die Kopfschwarte eröffnete und die Haare von der Schädelbasis weit über das Gesicht klappte, hatte er einen Fixpunkt so entfernt wie nur möglich vom Opfer gefunden und seine Augen an einem Kalender festgeklebt.

Das Aufsägen der Schädeldecke. »Dicke im Normbereich.«

Der Rechtsmediziner entnahm das Hirn, legte es zur Seite, griff nach einem großen Messer und begann das Organ zu lamellieren.

»In der rechten Hemisphäre findet sich eine mandarinengroße Einblutung mit Einbruch in den rechten Ventrikel. Das umgebende Hirngewebe ist deutlich ödematös.«

Er warf einen raschen Seitenblick auf Nachtigall, der vielleicht noch ein paar Grade blasser geworden war. Das würde nicht leicht für ihn zu ertragen sein.

»Heißt?«, fragte Klapproth.

»Exitus.«

Der zweite Obduzent legte die Schale mit dem Organ zur Seite.

»Ich sehe mir das später genauer an – vielleicht hatte er da eine Aneurysmablutung. Ausgelöst durch den plötzlichen Blutdruckanstieg, der von der Droge verursacht wurde.«

Dr. Pankratz stutzte, griff nach dem rechten Arm des Opfers. Tastete ihn ab, suchte offensichtlich etwas. Leuchtete auf einen zerklüfteten Leberfleck. Warf dem Kollegen einen kritischen Blick zu.

»Hier! Doch eine Einstichstelle. In einem Naevus. Kaum zu sehen. Wahrscheinlich hat er die Droge eben nicht nur oral aufgenommen, dann dauert es nämlich länger, bis sie anflutet. Man hat sie ihm zusätzlich auch noch gespritzt.«

11

Gisbert Krauts Anwesen war schon seiner schieren Größe wegen sehr beeindruckend.

»Hypermoderne Architektur – das ist eine gute Beschreibung, denke ich.« Nachtigall seufzte, stoppte den Wagen, sah neugierig zum entfernt liegenden Gebäude. »Für wie viele Bewohner mag dieses Haus wohl konzipiert sein? Da braucht man sicher einen ganzen Schwarm von aufmerksamen Mitarbeitern, die alles sauber und in Schwung halten. Offensichtlich ist man an unangemeldeten Besuchern nicht interessiert. Was für eine Einfriedung. Rüberklettern ausgeschlossen. Wahrscheinlich steht alles unter Strom.«

Klapproth schwieg.

Schwang sich vom Beifahrersitz.

Hielt mit hartem Schritt auf das abweisende, kühl metallisch schimmernde Tor zu, welches die Zufahrt meterhoch versperrte.

Klingelte anhaltend.

Nun machen wir uns gleich so richtig beliebt, dachte Nachtigall gereizt, immer mit Kraft statt Einfühlung. Schließlich ist der Mann bisher nur Zeuge, wir wollen nur eine Auskunft.

Er wartete zwei Schritte hinter der Neuen.

Sportliche Erscheinung, entschlossen, ungezogen und gelegentlich anmaßend, konstatierte er. Jeden Morgen kam sie mit dem Fahrrad zum Dienst, ihr Ton war unnahbar bis vernichtend und ihr Blick schaffte eine deutliche Distanz zwischen ihr und ihrem Gegenüber. War das nun typisch Großstadt, typisch Köln oder einfach nur typisch Klapproth, überlegte er.

Gerüchte kursierten.

Selbst ihn hatten sie schon erreicht.

Demnach galt sie als verwegen, schonte sich nicht und scheute kein Risiko bei den Ermittlungen. Angeblich war sie vor ein paar Jahren sogar unter Lebensgefahr an einer Hausfassade entlanggehangelt, um einen tödlichen Anschlag durch einige radikalisierte Satanisten zu verhindern.

Hatte funktioniert.

Nun ja, gewaltbereite Satanisten, er unterdrückte ein Schmunzeln, im Spreewald nicht unbedingt das, was zu erwarten war.

Klapproth löste die Fingerbeere nicht von der Klingel.

Im Inneren des Hauses musste der Lärm unerträglich sein.

»Hallo! Sagen Sie mal, Sie sind offensichtlich nicht bei Trost«, empörte sich eine männliche Stimme aus der Gegensprechanlage. »Wenn Sie nicht sofort verschwinden, alarmiere ich die Polizei.«

»Die ist schon da! Kriminalpolizei Cottbus! Wir haben ein paar Fragen zu Ihrer Party gestern Abend.«

»Ist einer der Gäste in einer Ihrer Alkoholkontrollen hängen geblieben? Dann geht mich das wohl kaum etwas an. Lauter erwachsene Menschen.«

»Nein. Einer Ihrer Gäste ist überraschend gestorben. Es besteht Gesprächsbedarf, Herr Krauts!«

»Wer? Unfall auf dem Weg nach Hause?«, erkundigte sich die Stimme aufgeregt.

»Sagen wir Ihnen, sobald Sie uns reingelassen haben.« Klapproth schien vom Ton des Mannes unbeeindruckt.

Der Summer ertönte, das Tor schob sich geräuschlos zur Seite.

»Geht doch!«, kommentierte die Neue kalt.

Gisbert Krauts erwartete die beiden Ermittler im Eingangsportal.

Dunkler Anzug, weißes Hemd, graue Krawatte, Schuhe wohl italienisch, konstatierten Klapproth und Nachtigall, als sie aus dem Wagen stiegen.

»Hat er den noch von gestern Abend an?«, flüsterte Klapproth.

»Nein, sicher nicht. Frisch geduscht und gestylt«, entschied der Kollege nach kurzem Blick auf die grau-weiß melierten Locken, die sorgsam nach hinten gebürstet waren. Haarfestiger, sonst hält das nicht, überlegte er. Wer für solche Spielchen im Bad Zeit hatte … »Ein Mann von Bildung. Das will er uns jedenfalls glauben machen«, murmelte er vor sich hin, ein wenig abgestoßen von dem blasierten Auftreten des Mannes, der auf sie zugeeilt kam, die Hand zur Begrüßung weit ausgestreckt.

Zu nah möchtest du uns nicht an dich ranlassen, aber wir rücken dir auf die Pelle, da nützt der lange Arm auch nichts, dachte er amüsiert.

»Guten Tag! Das sind ja fürchterliche Neuigkeiten! Einer meiner Gäste ist gestorben?« Die sorgfältig manikürten Finger drehten und wendeten die Dienstausweise, die grauen Augen huschten über die Gesichter der Besucher. »Das hatte doch hoffentlich nichts mit unserer kleinen Feier zu tun?«

»Ja, sicher ein Schock für Sie«, kam Nachtigall dem großen, schlanken Mann entgegen, den er selbst um Haupteslänge überragte. »Was wurde denn gefeiert? Ein Geburtstag?«

Irritiert schüttelte Krauts den Kopf. »Nein. Es war nur ein gemütlicher Abend mit vielen, zum Teil illustren Gästen, die sich in meinem Haus gut unterhalten haben. Wer ist denn gestorben?« Er führte die Ermittler ins Haus, atmete tief, bevor er auf dem Weg in den Salon klarstellte: »Das Catering hatten wir bestellt. Natürlich bei einem außerordentlich bekannten, geradezu berühmten Anbieter aus Cottbus. Wenn wider Erwarten damit etwas nicht in Ordnung war, müssen wir die anderen Gäste warnen!«

Klapproth war ziemlich beeindruckt. Panoramafenster, natürlich bodentief, gaben den Blick auf einen japanisch angelegten Garten frei. Wege führten durch die sorgfältig arrangierte Landschaft, in den kleinen Teichen tummelten sich sicher wertvolle Kois.

»Ich denke, da können wir Sie beruhigen. Eine Warnung wird nicht notwendig sein.« Nachtigall ließ den Blick des anderen nicht entkommen. »Ihr Gast hatte noch ein privates Treffen. Man fand seinen Leichnam heute Morgen. Leopold Bäumler.«

Gisbert Krauts zuckte merklich zusammen.

»Um Himmels willen! Das ist ja furchtbar. Es war ein schöner Abend, Herr Bäumler guter Dinge. Es gab interessante Gespräche und viel Gelächter. Wir hatten eine Sängerin hier, am Piano einen begabten jungen Nachwuchsmusiker. Die beiden boten eine wunderbare Vorstellung. Ein perfekter Abend. Und nun ist Leopold Bäumler plötzlich tot – Sie verstehen sicher, dass es mir schwerfällt, diese Information einzuordnen.« Die Atemfrequenz des Hausherrn hatte sich hör- und sichtbar erhöht. Offenbar war er tatsächlich etwas aus dem Tritt geraten.

»Ihnen ist also keine ungewöhnliche Unruhe an Ihrem Gast aufgefallen?«, hakte Klapproth ein.

»Nein, nein. Er war fröhlich und entspannt. Sollte ihn

etwas beschäftigt oder gar beunruhigt haben, so ließ er sich das nicht anmerken.«

»Wie kam es denn, dass Herr Bäumler eine Einladung zu Ihrer Party bekam? Kannten Sie ihn schon länger?« Klapproth musterte Krauts scharf.

»Ja. Wir kennen uns schon seit einigen Jahren. Flüchtig. Und als ich hörte, er mache bei uns in der Gegend Urlaub, lud ich ihn selbstverständlich ein.«

»Woher kannten Sie ihn denn?«

»Geschäftlich. Ich habe bei ihm eine größere Bestellung aufgegeben. Seit Jahrzehnten besitze ich ein größeres Stück Land in Afrika. Man kann sich in einem Gästehaus einmieten und begleitete Ausflüge in die Umgebung buchen. Für meine Ranger wurde eine neue Ausrüstung notwendig, und ich bestellte sie bei ihm.«

»Waffen?«, legte Nachtigall nach.

»Nicht nur. Auch Nachtsichtgeräte und ähnliche Dinge.«

»Wir haben gehört, Herr Bäumler übte eine gewisse Faszination auf Frauen aus?«, wechselte der Hauptkommissar aus Cottbus das Thema.

»Ja, das war ganz bestimmt so. Kaum betrat er einen Raum, waren die Damen sofort elektrisiert. Das lag zum einen an seinem unbestreitbar guten Aussehen, zum anderen aber an seiner Persönlichkeit. Er verfügte über eine unglaubliche Präsenz. Will sagen: Sobald er irgendwo auftauchte, wurde er bemerkt. Alle Blicke zog er auf sich – unmittelbar.«

»Ein arroganter Schnösel!«, vermutete Klapproth getreu ihrem Vorurteil gut aussehenden Männern gegenüber.

»Nein. Genau so eben nicht. Er agierte vollkommen natürlich, war charmant, eloquent. Seine Manieren perfekt. Und bei allem immer ansprechbar, immer unkompliziert.« Er verstummte, atmete tief durch, setzte nach: »Aber was heißt, sein Leichnam wurde heute Morgen gefunden? Wo? Und wie ist er eigentlich gestorben?«

»Wir gehen von einer Vergiftung aus.«

»Welchen Grund sollte jemand haben, Herrn Bäumler zu vergiften? Hier war er Tourist und Gast. Meinen Sie, man hat ihm das Gift auf unserer Party …?« Krauts atmete diesmal gleich mehrfach tief durch, versuchte offensichtlich mit Mühe die ruhige Fassade aufrecht zu halten. »Von den Gästen kannte ihn doch keiner. Und selbst wenn jemand ihn überraschend erkannt hätte, der noch eine Rechnung mit ihm offen hatte, denken Sie, meine Gäste tragen Gift bei sich? Zum spontanen Einsatz? Im Champagner?«

»Worin sich das Gift befand, finden wir gerade heraus. Wir brauchen die Liste Ihrer Gäste!«, antwortete Klapproth unbeeindruckt.

»Selbstverständlich. Ich lasse sie sofort für Sie ausdrucken.« Seine Hände klopften systematisch die Taschen des Anzugs ab. »Ach, da ist es ja«, seufzte er erleichtert und tippe eine Kurzwahltaste auf dem Display des Smartphones an.

»Hallo, Mariella. Ich brauche dringend die Gästeliste von der Party gestern Abend. Können Sie die bitte umgehend an meine Privatnummer faxen? Danke. Oh, nein, nein. Es hat sich niemand beschwert. Ich erkläre es Ihnen, sobald ich im Büro bin.«

Er hatte kaum das Telefon zurückgeschoben, da hörte man in der Ferne das Faxgerät rattern und schnurren.

»Meine Assistentin. Prompt und zuverlässig. Eine echte Perle – sehr selten.« Damit rauschte der Hausherr zur Tür hinaus, kehrte umgehend mit einigen bedruckten Seiten Papier zu den Ermittlern zurück.

»Wenn Sie mich jetzt entschuldigen würden, …ich muss ins Büro. Natürlich stehe ich Ihnen für weitere Fragen zur Verfügung, das gilt gewiss auch für meine Frau.«

Mit diesen Worten begleitete er die beiden ungebetenen Besucher zur Tür hinaus.

»Wann hat Herr Bäumler Ihre Party verlassen?«, fragte Nachtigall, als er schon auf dem Treppenabsatz stand.

»Genau weiß ich das leider nicht. Wie Sie der Liste unschwer entnehmen können, waren es sehr viele Gäste, die bei mir gestern einen entspannten Abend verbracht haben. Gegen 22.00 Uhr muss er schon weggewesen sein, da rief jemand für ihn an, aber Herr Bäumler war nicht zu finden.«

»Kennen Sie den Namen des Anrufers?«

»Ich kann bei meinem Hauswirtschafter nachfragen, der hatte das Gespräch angenommen.«

»Er war gegangen, ohne sich zu verabschieden? Ist das nicht unüblich, ja, sogar unhöflich?« Klapproth bohrte unfreundlich nach.

»Er hat sich vielleicht bei meiner Frau … das weiß ich nicht. Aber definitiv war er um diese Zeit nicht mehr unter den Gästen. Wenn Sie mich jetzt entschuldigen würden …«

»Eine Frage hätte ich noch: Könnte es sein, dass Herr Bäumler Ihre Party so früh verlassen hat, weil es irgendwelche – nun, sagen wir – Ungemütlichkeiten gab?«

»Fragen Sie beim Catering-Service nach. Mir ist nichts aufgefallen oder zugetragen worden.« Dabei sah Krauts zu Boden, studierte intensiv die Spitzen seiner auf Hochglanz polierten Schuhe, hob sie sogar von innen mit den Zehen ein wenig an, damit das Tageslicht jeden Winkel erreichen konnte. Dann hob er den Blick, suchte die Augen Nachtigalls, fixierte sie. »Wie gesagt, ich kann ja nicht überall gleichzeitig sein.«

Nachtigall nickte verständnisvoll.

Wusste, dass er gerade belogen worden war, entschied sich dafür, die Behauptung erst mal stehen zu lassen, gab Klapproth ein Zeichen und stapfte zum Wagen zurück.

Bevor die Kollegin ihrem Ärger Luft machen konnte, erklärte er schmunzelnd: »Manchmal ist Schweigen besser. Taktische Maßnahme.«

12

Silke Dreier sah überrascht auf, als sich die Tür zu ihrem Büro öffnete und ein Kollege eine junge Frau vor sich her ins Zimmer schob.

»Nun haben Sie sich mal nicht so! Sie wollten doch mit der zuständigen Beamtin sprechen. Und da sitzt sie! Also los!«, kommandierte er.

Silke wurde von einer Parfumwelle angespült, schaffte es mit Mühe, eine heftige Reaktion zu unterdrücken, schließlich hatte man zu jeder Zeit ein Auge auf sie. Bei ihrem letzten Fall war sie mit einer Zeugin in einen lauten Disput geraten, was die zickige Alte sofort für eine Beschwerde ganz oben genutzt hatte! Also war Leisetreten angesagt.

Sie schälte sich hinter dem Schreibtisch vor, zog einen Stuhl an die Schmalseite und gab sich große Mühe, ihr »Nehmen Sie doch bitte Platz« einladend und höflich klingen zu lassen.

Der Kollege nickte ihr kurz zu und war wieder verschwunden.

»Mein Name ist Silke Dreier. Sie möchten mir etwas erzählen?«, begann sie zurückhaltend.

»Nein!«

Etwas irritierend war diese Antwort schon, fand Silke und glitt hinter den Tisch zurück.

Wartete. Auch deshalb, weil ihr im Moment keine schlagfertige Antwort einfiel.

Während die Besucherin schwieg, suchte Silke nach weiteren Informationen zum Mordopfer auf dem Kahn. Sie vertiefte sich so sehr, dass sie förmlich erschrak, als die junge Frau doch zu sprechen anfing.

»Leonie. Leonie Hanke. Vom Hostessenservice.«

»Aha.« Das erklärt Duft und Outfit, konstatierte Silke und begann unauffällig zu tippen.

»Ja. Hostessenservice, Begleitservice – wie auch immer Sie das nennen wollen.« Die Stimme der Blondheit war piepsig, der Ton patzig. Nervös begann sie nun, an den Henkeln ihrer Tasche zu nesteln. Fummelte aus der Jacke ein Taschentuch hervor. Tupfte theatralisch unter beiden Augen entlang.

»Wie heißt denn der Service?«

»Gala«, gab die junge Frau zurück, als gäbe es nur den einen und jedermann müsse der Name geläufig sein.

»Gala also. Sie haben eine Verabredung mit Leopold Bäumler gehabt?«

»Woher wissen Sie das?«, fragte Leonie entsetzt. »Hat mich jemand angeschwärzt? Ja? Diese andere Frau etwa?«

»Andere Frau?«

»Na die, wegen der er mich weggeschickt hat! Einfach so. Cash auf die Hand und tschüß Leonie, nimm dir ein Taxi. So was!«

Silke legte die Hände verschränkt unter das Kinn, damit sich das Grinsen aus den Mundwinkeln verzog. Rieb dann die Wangen.

»Sie waren der Begleitservice für Herrn Bäumler für gestern Abend? Und er traf auf der Party eine andere Frau, schickte Sie weg und verbrachte den Abend mit der anderen?«

Leonie nickte. »Und nun ist er tot!«

»Sie glauben, die andere Frau habe etwas mit seinem Tod zu tun?«

»Nun ja, obwohl …«, druckste die Hostess, »obwohl vielleicht eher ihr Mann … Sie wollte ihn haben, den Leopold mein ich, für eine Nacht vielleicht. Aber Ehemänner sind da bekanntermaßen eigen. Teilen ihre Beute nicht gern mit Wilderern, wenn Sie verstehen, was ich meine!« Der Augenaufschlag war sicher erst durch langes Üben vor dem Spiegel so perfekt geworden. Silke unterdrückte einen Schauder.

»Wissen Sie, wie die Frau heißt?«, erkundigte sie sich fast beiläufig.

»Aber! Das ist vielleicht eine blöde Frage! Sie war die Gattin des Gastgebers. Gisbert Krauts. Der hat sich bestimmt schnell darüber geärgert, dass er den Leopold eingeladen hat. Ganz sicher. Das Geturtel fing an, kaum dass wir angekommen waren.«

»Hm. Ziemlich ärgerlich für Sie, könnte ich mir denken.«

»Logisch. Die hat sich ihm ja förmlich an den Hals geworfen! Verheiratete Frau ohne jeden Anstand. Immerhin stand ihr Ehemann die ganze Zeit nur ein paar Schritte von uns entfernt!«

»Und hat nicht interveniert?«

»Hä?«

»Er ist nicht eingeschritten? Hat seine Frau vielleicht untergehakt und zur Seite geschoben? Zum Beispiel, um ein paar Takte mit ihr zu reden. So machen das manche Männer. Ist zwar nicht vollkommen unauffällig, funktioniert aber in den meisten Fällen ganz gut.«

»Ne. Der stand mit seinem Champagnerglas ein Stück abseits und beobachtete aufmerksam. War mir direkt ein bisschen unheimlich.« Leonie schüttelte sich etwas theatralisch.

»Hat der Gastgeber mitbekommen, dass Herr Bäumler Sie nach Hause geschickt hat?«, bohrte Silke weiter und Leonie lief puterrot an.

»Klar! Sie wissen schon: Große Geste für die kleine Hure! Ich denke, alle auf der Party haben es mitgekriegt. Er sprach laut, zahlte mich öffentlich bar aus, heißt, er zählte mir die Scheine in die Hand! Es war unglaublich peinlich. Hätte auch ihm peinlich sein können – war es aber nicht. Manche Gäste sahen betreten zur Seite, als ich an ihnen vorbeirauschte. Kein Abgang, auf den ich stolz sein könnte.«

»Und dann haben Sie das Haus verlassen und sind in ein Taxi gestiegen?«

»Ne, so einfach war das nun auch wieder nicht. Irgendjemand im Haus, vielleicht irgendeiner der Kellner, hat mir eins gerufen. Ich musste warten, etwa eine Viertelstunde. Erst dachte ich, ich könnte die Straße hinuntergehen, aus dem Blickfeld verschwinden. Aber das ging nicht, weil die High Heels … na ja, und teuer waren die auch. So was riskiere ich nicht.« Sie reckte das Kinn hoch und warf Silke kampfeslustige Blitze zu.

»Haben Sie noch einmal zurückgesehen?« Silke beugte sich weit über den Tisch.

»Ja. Da standen die beiden auf der Terrasse und stießen miteinander an! Schamlos!« Für einen winzigen Moment senkte Leonie den Kopf. »Wahrscheinlich hatten mich zu dem Zeitpunkt alle schon vergessen.«

»Hm. Wohin sind Sie gefahren? Nach Hause?«

»Ja. Wohin sonst?«

»Vielleicht sind Sie in der Nähe ausgestiegen. Haben abgewartet, was passiert.«

»Wie ein Spanner? Ich bin doch nicht bescheuert! Der Abend ist scheiße gelaufen, da vergrößere ich das doch nicht noch und warte auf eine Fortsetzung!«

»Wie hieß denn die Taxifirma, die Sie gefahren hat?«

»Taxi mit Herz. Und falls ich jemanden brauche, der meine Heimkehr bezeugen kann, der Typ unter mir kann die Uhrzeit bestätigen. Der hat gleich hinter mir hergebellt, ich solle bloß sofort die blöden Schuhe ausziehen!

Er habe keine Lust auf Geklacker, wolle gefälligst seine Ruhe haben!«

»Gut. Dann brauche ich jetzt ein paar persönliche Angaben von Ihnen. Den Namen des Mieters unter Ihnen hätte ich auch gern. Und danach drucke ich das Protokoll Ihrer Aussage aus und Sie unterscheiben. Fertig.«

»Sie haben das alles so schnell mitgeschrieben? Wow!« Leonie war sichtlich beeindruckt. »Ich kann nur Zweifingersystem. Das dauert. Und dann sind noch jede Menge Tippfehler drin.«

13

Jörns Telefon vibrierte in der Jackentasche.

»Ja?«

»Weißt du, wer der Tote ist?«, keuchte es aufgeregt in sein Ohr.

»Nein. Woher?«

»Der Leopold Bäumler! Waffenhändler. Und was man so hört: Die Polizei geht von Mord aus!«

»Aha. Wer hat denn so was erzählt?«

»Hab ich beim Bäcker aufgeschnappt. Aber die Frage, die wir uns stellen sollten, ist doch: Was zum Teufel macht der hier bei uns im Spreewald?«

»Äh – Urlaub?«, antwortete Jörn gelassen.

»Ach was! Der doch nicht! So einer ist immer und jederzeit auf Kundenfang. Von wegen Urlaub. Das ist alles Tarnung.«

»Meinst du? Also ehrlich, hier bei uns ist es so friedlich, dass ich nicht glaube, es könnte sich ein großer Kundenkreis für einen Waffenhändler erschließen.«

»Du bist einfach zu naiv!«, beschwerte sich die Stimme aus dem Lautsprecher. »Solche Leute reisen im Urlaub an exotische Ziele: einsame Strände, weißer Sand, niemand da außer mir.«

»Aha. Solche Leute? War es nicht eine unserer Regeln, solche Verallgemeinerungen zu unterlassen? Pfarrer Polster mahnt auch immer eine Kontrolle unserer Wortwahl an! Auch bei der Demo gegen Rechts zum Tag der Bombardierung von Cottbus. Mann! Und außerdem: Wenn außer mir keiner da ist, wer hält dann mein Hotel sauber, kocht das Essen, mixt die Drinks?«

»Als ob du nicht genau wüsstest, was ich meine. Der verdient doch sicher genug, um an einen Ausnahmeort zu reisen, der kommt nicht her«, beharrte der andere bockbeinig.

»Der Spreewald ist beliebt. Es ist ruhig hier. Landschaft und Natur pur, das Essen schmeckt. Die Hotels erfüllen alle Erwartungen, die Therme ist zur Entspannung toll und das Radwegenetz lädt zu Ausflügen ein. Alles gut, würde ich meinen. Für Träge und Sportliche.«

»Klar. Machst du jetzt auf Marketing?«, maulte es aus dem Telefon.

»He, M., woher kennst du einen Waffenhändler?« Jörn klang plötzlich misstrauisch. »Also ich persönlich kenne nur wenige Namen und keinen von Angesicht zu Angesicht. Ist das bei dir anders?«

»Ja. Allerdings. Den Bäumler kenne ich. Skrupellos. Geldbesessen.«

»Wie kommt's?«, hakte Jörn nach, fühlte sich unbehaglich. Konnte es sein, dass jemand ihre Antiwaffengruppe unterlaufen hatte?

»Ich habe früher für eine Zeitung Interviewaufträge erledigt. Und einmal wurde ich zu einem Gespräch mit Leopold Bäumler geschickt. Ich traf ihn in einer Hotellobby, wir durften einen kleinen Seminarraum nutzen und ich führte das verlangte Gespräch. Für den waren Waffen wie Brötchen. Kein Gewissen, der Kerl. Aber im Auftreten: sympathisch, jovial, verbindlich, zugewandt. Beherrschte das aktive Zuhören perfekt, tat so, als sei er selbst an dem privaten Hintergrund eines so kleinen Presselichts wie mir interessiert. Fassadentechnik pur.«

»Du bist so sauer, weil er dich getäuscht und eingelullt

hat«, konstatierte Jörn und dachte an Formulierungen wie beleidigte Leberwurst und Ähnliches.

»Ja, mag sein. Ich habe das ja nicht gleich durchschaut. Kam erst später.«

Nach einer Pause meinte er: »Ich wollte ja nur, dass du es weißt. Wenn die Polizei rauskriegt, dass es hier eine Anti-waffenbewegung gibt, geraten wir vielleicht alle in deren Fokus. Und ich bin dem Typen tatsächlich schon begegnet. Wer weiß … vielleicht schießen die sich auf mich oder die ganze Gruppe ein.«

»Wortwahl! Wortwahl! Mann! Du denkst, die verdächtigen dich, nur weil du dem Kerl schon mal begegnet bist? Wie lange ist das denn her?«

»Da war ich Praktikant. Ist also schon ziemlich lange her.«

»Der wird sich verändert haben. Vielleicht hättest du ihn gar nicht mehr erkannt. Bleib mal ganz ruhig.«

»Wie kann ich da ruhig bleiben? Ich versuche gerade einen Karriereleiteraufstieg. Wenn ich nun in einen Mordfall verwickelt werde …«

»So was nennt man Psychose. Am Ende war es doch ein Infarkt.« Jörn beendete das Gespräch kopfschüttelnd, überlegte, ob der andere nicht in Wahrheit Angst hatte, ein ganz anderes Geheimnis könnte bei den Ermittlungen aufgedeckt werden, eines, das tatsächlich die Karriere eines Journalisten abrupt beenden konnte. Was zum Teufel konnte das sein?

14

Dr. März wartete.

Schon seit etwa einer halben Stunde.

Silke Dreier, die sich wie immer unwohl mit ihm allein in einem Zimmer fühlte, tat nur so, als arbeite sie konzentriert. Hoffte, es werde ihm nicht auffallen. Spähte von Zeit zu Zeit über den Rand des Monitors, um zu kontrollieren, was der Staatsanwalt gerade machte.

Doch der stand nur vor Klapproths Schreibtisch und warf gelegentlich einen Blick auf seine Uhr.

Als Silke die Schritte der Kollegen hörte, atmete sie verstohlen auf.

»Also, ich weiß nicht. Wir werden die weitere Analyse abwarten müssen. Wenn wir durchgreifende Maßnahmen einsetzen wollen, sollte unser Standbein festes Terrain unter sich haben«, erklärte Klapproth selbstbewusst und stieß die Tür zum Büro auf.

Blieb wie angewurzelt auf der Schwelle stehen.

»Aber hallo! Die Staatsanwaltschaft! Überfälle dieser Art begeistern uns nicht gerade«, schaltete die Neue sofort auf Angriff.

»Oh, Dr. März!« Nachtigall nickte dem Besucher zu. »Wir wissen noch nicht viel mehr als das Offensichtliche: Es gab einen Toten. Todesursache unklar. Toxikologische Analyse läuft noch.« Er warf einen Blick auf die große Uhr an der Wand. »Eigentlich müsste das Ergebnis bereits vorliegen.

Dr. Pankratz geht von Vergiftung aus. Er hat Hinweise auf eine Crystal Meth-Überdosierung gefunden.«

»Leopold Bäumler, geboren am 17.4.1978 in Berlin. Haben Sie den Namen schon überprüft?« Dr. März konnte seine Gereiztheit nicht verbergen – vielleicht wollte er es auch nicht.

Warum ist er nur so schlecht gelaunt, überlegte Nachtigall, wir hatten doch bisher kaum Zeit für Ermittlungsfehler!

»Klar. Ich habe den Kollegen die Informationen auf die Handys geschickt und die Ausdrucke auf die Schreibtische gelegt. Leopold Bäumler ist geschieden, hat einen Sohn, der bei der Mutter lebt. Seit mehr als 15 Jahren arbeitet er für Hauser, Ploch & Co, das ist ein Waffenhersteller, dessen Systeme weltweit nachgefragt werden. Bäumler arbeitet im Bereich Vertrieb, betreut Großkunden von der Bestellung über die Auslieferung bis zum Training am Gerät. Er schnürt für jeden ein individuelles Rundum-Sorglos-Paket.«

Einen Moment lang wirkte der Staatsanwalt irritiert, dann wandte er sich zur Kollegin Dreier um und meinte: »Genau das. Er war ein Waffenhändler. Und nun ist er ein ermordeter Waffenhändler! Was wollte er hier im Spreewald?«

»Im Geheimen Kunden treffen«, mutmaßte Klapproth.

»Urlaub machen«, hielt Nachtigall dagegen. »Wir haben bisher keinen Anhalt dafür, dass er aus geschäftlichen Gründen hier war.«

»Und die Party?«, fragte Klapproth aggressiv. »Da ging es doch nicht nur um privates Vergnügen! Und warum ist er so früh von dort verschwunden? Denkbar wäre, dass er jemanden auf der Party getroffen hat, mit dem er gern unter vier Augen weiterdiskutieren wollte. Schließlich wurde er bei Krauts angerufen. Möglicherweise weggelockt?«

»Die Partys! Ja. Aber selbst im Hotel wurde der private Charakter dieser Einladungen betont. Offensichtlich übte er eine bemerkenswerte Faszination auf Frauen aus. Keine Feierlichkeit ohne den Beau. Wegen des Telefonats wurden wir an den Hauswirtschafter verwiesen, der es wohl angenommen hat. Wir fragen nach.« Der Cottbuser Ermittler grinste leise.

»Aha. Dann brauchen wir eine Liste aller Events, an denen er teilgenommen hat. Gästelisten. Und: Ja, ich weiß, Sie sind erfahrene Ermittler, ich brauche Ihnen nicht zu erklären, wie Sie Ihren Job zu machen haben, welches Vorgehen das beste ist.«

»Ganz genau. So sehen wir das auch«, bestätigte Klapproth deutlich zu laut. »Wir machen unseren Job schon, ganz ohne Einpeitscher.«

Dr. März' Blick war unergründlich.

»Und die Rechtsmedizin vermutet tatsächlich Crystal Meth?« Etwas ratlos murmelte er: »Ich dachte eigentlich nicht … also, es überrascht mich etwas. Bisher ging ich von einer langen Phase der Abhängigkeit aus, ehe es zum Tod kommt.«

»Nun, laut Dr. Pankratz braucht man schon eine ziemliche Dosis. Aber man schmeckt es ja nicht. Zumindest nicht, wenn es gut gemacht ist. Das Labor wird uns anrufen, sobald …«

»Ja. Gut. Ich möchte auf dem Laufenden gehalten werden. Dieser Fall könnte großes mediales Interesse wecken …«

»Und da möchten Sie nicht wie ein uninformierter Staatsanwalt aussehen. Schon klar: Sobald wir etwas Greifbares haben, wissen Sie es auch«, schloss Klapproth die Unterhaltung ab.

Dr. März nickte in die Runde und rauschte mit raumgreifenden Schritten davon, die noch längere Zeit auf dem Gang nachhallten.

»Okay. Silke, wir möchten gern wissen, wo Herr Bäumler sonst so seine Urlaube verbracht hat. Mir scheint unsere Gegend doch als Wahlort sonderbar. So viele tolle Partys, an denen der Jetset teilnimmt, gibt es hier doch sicher nicht. Oder täusche ich mich und Berlin kommt her, um ungestört zu feiern?«

»Ich kläre das. Und wo die letzte Party stattgefunden hat, wisst ihr ja schon. Vorhin war eine junge Frau hier. Von einem Hostessen-Service. Ihr glaubt ja nicht ...« Silke fasste das Gespräch mit Leonie kurz zusammen.

»Ach. Uns hat der Herr des Hauses nicht ein Wort von diesem Zwischenfall erzählt. Warum ist sie eigentlich zu dir gekommen?«

»Sie wollte nicht, dass die Ermittlungsbehörde davon ausgeht, sie habe Herrn Bäumler in sein Hotel begleitet. Nur keinen falschen Verdacht aufkommen lassen. Schließlich konnte ja jemand ihren wütenden Abgang beobachtet haben. Dann hätte mancher glauben können, sie sei ihm gefolgt, habe sich für die unglaubliche Demütigung gerächt.«

»Und nun geht sie davon aus, sie sei nicht mehr verdächtig? Nun, ob sich das bewahrheitet, wird sich erweisen«, orakelte Nachtigall. »Die Adresse haben wir?«

Silke nickte. »Alles notiert. Auch die Adresse von diesem Escort-Service.«

»Klassisches Motiv. Eifersucht«, konstatierte Klapproth und lachte laut, was Nachtigall erschrocken zusammenzucken ließ. »Also ehrlich, ich hätte ja nicht ihn, sondern die Frau, die sich an ihn rangemacht hat, beseitigt. Oder am besten beide!«

Das glaubte der Kollege aufs Wort.

Das Handy unterbrach das leicht aggressive Geplänkel.

»Oh, die Rechtsmedizin«, erklärte Nachtigall nach einem

kurzen Blick aufs Display. Er hörte gespannt zu, als Dr. Pankratz ihn informierte, dann bedankte er sich hastig.

»Okay, es war tatsächlich Crystal Meth. Und das Zeug war in den Gurken. Hätte wahrscheinlich für einen ausgewachsenen Elefanten gereicht. Dann besteht natürlich die Möglichkeit, dass jemand …«

»Genau!«, fiel ihm die Kollegin ins Wort. »Diese Gurkenhersteller!«

»Kasimir Knappe, stimmt doch, Silke?«

»Yupp«, antwortete die Kollegin und war schon mit der Überprüfung der Gästeliste beschäftigt. »Ich schick euch die genaue Adresse aufs Handy.«

»Bis dann!« Damit waren Nachtigall und Klapproth schon aus dem Büro gestürmt.

Silke Dreier gestattete sich ein kurzes Aufatmen.

Endlich hatte sie das Büro wieder für sich allein!

15

»Wir möchten gern mit der Firmenleitung sprechen. Kriminalpolizei Cottbus, mein Name ist Nachtigall, dies ist meine Kollegin Klapproth.«

Mit lautem Klicken sprang das Tor auf, schob sich leise protestierend zur Seite.

Kaum hatten sie das Firmengelände betreten, stürmte ein junger Mann in Anzug, Hemd und Krawatte auf sie zu.

»Noch nicht richtig trocken hinter den Ohren«, konstatierte Klapproth und lachte leise. »Läuft wie einer, der seinen Körper noch nicht kennt, obwohl er seit Jahren 24 Stunden am Tag darin verbringt«, flüsterte sie weiter in Nachtigalls Nacken. Seine Haare stellten sich reflexartig auf. »Kein Sport. Ich wette, der fährt nicht mal gelegentlich mit dem Rad.«

»Mario Knappe. Juniorchef.« Er reichte den Ermittlern eine feuchte, kalte Hand. Schweißperlen standen auf seiner Oberlippe und am Haarsaum. Offensichtlich war er im Kontakt mit der Kriminalpolizei ungeübt.

»Herr Knappe, wir sind hier, weil jemand einem Glas Ihrer Gurken eine gefährliche Substanz beigemischt hat«, erklärte Nachtigall.

»Was? Oh, Gott! Es wurde doch hoffentlich niemand ernsthaft krank?« Aufgeregt wedelte Knappe Junior mit den Armen, als könne er dadurch das Schlimmste einfach wegscheuchen.

»Es ist jemand gestorben«, stellte Klapproth unnötig hart klar.

»Gestorben?«, piepste der junge Mann, wurde erst kreidebleich, dann kräftig rot im Gesicht. »Woher wollen Sie überhaupt wissen, dass es an unseren Gurken lag? Und wie soll diese Substanz in unsere Gurken gelangt sein? Unsere Verarbeitungsprozesse unterliegen permanenter Kontrolle – so etwas kann gar nicht passieren!«

»Davon möchten wir uns selbst überzeugen. Wir brauchen eine Liste Ihrer Mitarbeiter, der Zwischenhändler, Verbrauchermärkte und aller sonstigen Verkaufsstellen!« Nachtigall wusste, was zu tun war.

Und was noch nicht möglich war. Ohne die genaue Zusammensetzung zu kennen, wäre eine Untersuchung der Mitarbeiter und deren Kleidung ziemlich sinnlos, würde zum jetzigen Zeitpunkt bestenfalls Konsumenten der Droge enttarnen. Und das ohne konkreten Verdacht.

Inzwischen telefonierte Mario Knappe ziemlich aufgelöst mit seinem Vater. »Nein, kein Scherz! Ehrlich! Gift in den Gurken aus unserem Betrieb. Jemand ist angeblich daran gestorben. Ja! Vater, es wäre besser, wenn du ab sofort übernimmst. Ich stehe direkt vor dem Verwaltungsgebäude.«

Die Ortsangabe wäre wohl nicht vonnöten gewesen, denn der Senior bog schon bei den letzten Worten um die Hausecke.

»Kasimir Knappe. Gift?«

»Ja.«

»Nachweis ist offensichtlich erfolgt. Wie?«

»Toxikologische Analyse in einem unserer Labors.«

»Okay. Ich nehme an, Sie gehen davon aus, dass jemand uns aus dem Markt drängen will?« Die volltönende Stimme des Mannes mit beeindruckendem Bauchumfang dröhnte mühelos über das gesamte Gelände. Beim Atmen verursachte er ein besorgniserregendes Geräusch zwischen Rasseln und Pfeifen mit tiefen, grollenden Anteilen. Sein Gesicht lief ebenso rot an wie das des Sohnes.

»In einem solchen Fall wird der Betrieb in der Regel im Vorfeld erpresst«, stellte Klapproth klar. »Haben Sie Drohungen von Unbekannten bekommen, Anonym oder mit einem Fantasienamen?«

»Aber nein! Dann hätten wir sofort die Polizei verständigt«, entrüstete sich der Junior. »Wir gefährden doch nicht unsere Kunden!«

»Gut, dann möchten wir gern Proben aus der Produktion entnehmen und gern Ihr Büro durchsuchen. Die Kollegen sind schon auf dem Weg, den Beschluss bringen sie sicher mit.«

»Selbstverständlich können Sie tun, was Ihnen notwendig erscheint«, murmelte der Senior nun sehr viel leiser. »Aber ich werde unser eigenes Labor auch mit Kontrollen beauftragen. Nicht auszudenken, wenn durch meine Gurken jemand zu Schaden gekommen ist.«

»Welche Charge ist denn betroffen?«, fragte der Junior beflissen. »Nur, damit wir mit der verdächtigsten beginnen können.«

Nachtigall rief das Bild des Gurkenglases in seinem Handy auf.

Kurze Zeit später trafen Beamte ein, die sich über den Betrieb verstreuten, um Gespräche zu führen, Unterlagen zu sichten und Proben zu nehmen. Gleichzeitig beauftragte auch der Firmenchef das betriebseigene Labor mit der Suche nach Fremdsubstanzen in der Produktion.

Der Leiter des »Prima«-Markts Wladimir Müller staunte nicht schlecht, als Beamte der Polizei vor seinem Laden standen und hineindrängten.

»Ich habe keinen Diebstahl gemeldet, keinen Überfall und keine Bombendrohung. Womit also verdiene ich dieses Maß an Aufmerksamkeit der Ermittlungsbehörde?«

»Jemand starb an vergifteten Gurken. Wir möchten gern Ihre Gläser im Sortiment und im Lager überprüfen.«

»Da laust mich doch … Vergiftet mit Gurken? Aus meinem Laden?«

»Mit Gurken, ja – aus Ihrem Laden, wissen wir noch nicht.«

Offensichtlich verstand der Einsatzleiter das Ganze nicht als Scherz.

Wladimir Müller trat zur Seite. »Drittes Regal. Links. Die vom lokalen Anbieter auf Griffhöhe, die anderen darüber.«

»Hier sind alle gut verschlossen.« Der Einsatzleiter machte eine Stunde später einen erleichterten Eindruck. Sowohl im Regal als auch in den Lagerbeständen keine auffälligen Gläser. Alle Deckel leicht eingesunken, fest, nicht drehbar – und keine Einstichstellen zu finden.«

»Na, dann ist ja wohl nix.« Müller grinste zufrieden.

»Wahrscheinlich nicht. Es wäre dennoch besser, Sie nähmen die Gläser aus dem Regal. Sobald wir Genaueres wissen, geben wir Ihnen Bescheid. Wenn alles klar ist, können Sie die Gurken wieder ins Regal räumen.«

»Na ja. Die Presse wird wohl über das Gift in den Gurken berichten. Dann hat eh keiner mehr so richtig Appetit auf das saure Zeug. Absatzflaute in Sicht, würde ich mal vermuten.« Müller zuckte mit den Schultern. Sorgen bereitete ihm das nicht wirklich. Er wusste um die Schnelllebigkeit der Zeit und die Tatsache, dass eine andere spektakuläre Nachricht den Gurkenschock bald überdecken würde.

16

»Hast du auch schon von dem Toten gehört?«, fragte Traudel aufgeregt bei ihrer Freundin nach.

»Welchen Toten meinst du genau? Vor zwei Tagen ist der Heinrich gestorben und gestern mein Nachbar, der Jochen. Der war ziemlich krank, glaube ich. Hatte einen bösen Husten. Kam sicher von der ewigen Raucherei. Aber lassen wollte er das ja auch nicht. ›Lohnt jetz eh nich mehr‹, hat er gesagt.«

»Nein! Keinen von hier. Ich meine den Toten vom Kahn!«

»Ach – na der ist doch schon vorletzte Woche gestorben! Herzinfarkt auf dem Kahn. Der ist sicher längst beigesetzt! Ist doch so üblich, oder? Nach drei Tagen mit der Kiste unter die Erde!« Susis intensiv rote Lippen lächelten.

Traudel verdrehte die Augen.

Sah sich in ihren Befürchtungen bestätigt.

Ganz offensichtlich wurde ihre Freundin zur Beute von Alois. Alois Alzheimer. Eigentlich, überlegte sie weiter, dachte Susi nur noch in Toten, Sterbedaten und Beerdigungsterminen. Was dazwischen passierte, war ihr offensichtlich egal.

Kritisch musterte sie das Outfit ihrer Freundin.

Irgendwie schien sie ihren Stil verändert zu haben.

Statt hochgeschlossenem Grau von Kopf bis Fuß in Edeloptik trug sie heute einen schreiend bunten Stilmix. Sommerbluse mit üppigem Blumendekor zu dickem beigefarbenem Wollrock und folkloristisch angehauchten Stiefel mit lappländischem Anklang. Als i-Tüpfelchen wippte auf ihrer Dauerwelle ein roter Strohhut mit angesteckten, giftgrünen Äpfeln.

Susi bemerkte den Blick natürlich.

»Schick, nicht wahr? Und viel fröhlicher als dieses ewige Grau. Mein Frisör hat eine neue Mitarbeiterin, und die bietet als neuen Service im Salon eine umfassende Stilberatung an.« Dabei drehte sie den Oberkörper leicht von links nach rechts und wieder zurück. Musterte Traudel streng. »Vielleicht solltest du auch mal bei ihr vorbeigehen. Es lohnt sich!«, flötete sie fröhlich. »Vielleicht hilft es auch gegen die Folgen der Durchstrahlung.«

Aha, dachte Traudel, nicht Alois, sondern Alfons Schnurrs Neue. Glück gehabt.

Laut sagte sie: »Nein, da wird eine Stilberatung sicher nicht helfen. Seit Jahren quälen mich diese Schmerzen nun schon. Im ganzen Körper. Aber die Ärzte finden ja nichts. Ist eben wie immer, was nicht wahr sein darf, macht auch keine Schäden! Aber ich weiß, was ich durchlitten habe – und die Folgen davon werden mich bis ins Grab begleiten. Wer hätte auch gedacht, dass man unsere Autos am Grenzübergang durchleuchtet, röntgt! Kein Wunder, dass mir jede Faser meines Körpers Schmerzen verursacht. Und alles nur, um Republikflüchtlinge zu entdecken, die sich zwischen Gepäck oder im Sitzpolster versteckt haben. Und harmlose Leute wie ich sind nun gezeichnet.«

»Na, meine Liebe, damals wusste man nicht, wie schädlich das sein würde. Und außer dir habe ich noch keinen anderen über dieses Leiden klagen hören. Muss doch eigentlich viele Menschen betreffen.«

»Mein Heilpraktiker meint, ich hätte wohl besonders viel Pech gehabt. Zum einen, weil ich so häufig dort durchfahren musste, und zum anderen, weil ich so klein bin und damals noch zart war. Dadurch hat sich die Strahlung auf ein kleines Volumen konzentriert. Die Trucker hat es nicht so erwischt.«

»Aha. Und was unternimmt dein Heilpraktiker, um dir zu helfen?«

»Man kann nicht viel tun. Aber gegen die Schmerzen bekomme ich Lichtanwendungen und speziell für mich hergestellte Kügelchen, die langsam die Strahlung aufnehmen und aus dem Körper schleusen sollen. Es wirkt. Aber wird eben noch lange dauern. So viel kann ja ein einziges Kügelchen nicht einfangen.«

»Na, wenn er das sagt. Zu deinem Hausarzt gehst du nicht mit diesem Problem?«, fragte Susi.

»Ach, der. Ich habe ihm alle Symptome geschildert. Und er ist auch ziemlich blass geworden bei meiner Aufzählung. Und am Ende meinte er, keine meiner Beschwerden könne von der Röntgerei kommen. Da habe ich sofort gewusst, dass er mir nur die Wahrheit nicht zumuten will. Er hat gelogen, um meine Psyche zu schonen. Schon wegen der Stimmen, die ich manchmal höre, war er sehr um mich besorgt, und er weiß ja, dass er mir nicht so viel zumuten kann. Danach habe ich mir den Heilpraktiker gesucht. Der hat nicht versucht, mir was auszureden. Sondern für den war sofort klar, dass dieses Röntgen die Ursache für alles ist. Endlich einer, der mir nicht Honig ums Maul schmiert, sondern die Sache benennt und eine Therapie einleitet.« Sie streichelte ihre Promenadenmischung unter dem Stuhl liebevoll zwischen den Ohren. Rau leckte die Zunge als Dankeschön über ihre Finger. Traudel warf ihrem Liebling einen verzückten Blick zu, hätte um ein Haar die Frage der Freundin nicht mitbekommen.

»Hm. Die Kügelchen und die Termine bei ihm musst du selbst bezahlen, oder?«

Traudel nickte. »Für die Gesundheit darf einem nichts zu teuer sein.«

»Aha. Und was wolltest du mir nun eigentlich erzählen? Von dem Toten?«

»Falls du es noch nicht gehört haben solltest: Heute Morgen haben sie einen Toten in einem Spreewaldkahn gefunden! War so ein gestylter Lackaffe aus der Großstadt, der in Mirko Fleischers Kahn für die Morgentour lag. Die Polizei hat das ganz große Theater veranstaltet! Du weißt schon: Männer in weißen Schutzanzügen, die wichtig umherstampfen und mit langen Wattestäbchen mal hier, mal da irgendetwas abstreifen. Sogar Leute mit einem Auto waren da, auf dem ›Forensik‹ stand. Wie in einem der schlechten Krimis aus dem Vorabendprogramm!«

»Aha. Und wer ist der Tote?«, wollte Susi nun wissen.

»Woher soll ich das denn wissen?« Traudels Ton war beleidigt. Da wartete sie mit so einer Geschichte auf – und Susi bohrte natürlich genau an der Stelle nach, an der ihre eigene Informationslage eher schwach war. »Das steht sicher morgen in der Zeitung, vielleicht kommt es heute Abend auch schon in den lokalen Nachrichten. Liesel meinte, es sei sicher so ein Tourist gewesen. Sie kam gerade mit dem Rad da vorbei und hat alles genau beobachten können. So ein Glück muss man auch erst mal haben.«

»Herzinfarkt oder so. Kommt ja mal vor.«

»Aber nein!«, spielte Traudel ihren Trumpf. »Es war Mord! Jemand hat ihn umgebracht und in den Kahn gelegt, die Plane drübergezogen und sich aus dem Staub gemacht. Ganz schön kaltblütig, was?«

Susi starrte in ihren Milchkaffee.

Rührte langsam um.

Schwieg.

Traudel dachte schon besorgt, ihre Schilderung sei vielleicht zu drastisch gewesen, habe die Freundin tief schockiert.

Doch plötzlich meinte Susi: »So ein armer Kerl. War sein plötzliches Ende zu Beginn oder zum Ende seines Urlaubs?«

»Macht das denn einen Unterschied?«, staunte Traudel.

»Na, in Bezug auf die Tatsache, dass er gestorben ist, natürlich nicht. Aber es ist doch schade, wenn jemand den ganzen Urlaub plant, bezahlt, anreist – und dann nur wenig oder gar nichts davon genießen kann.«

Die andere grübelte noch über diesen Argumentationsansatz. »Kommt darauf an.«

»Vielleicht hatte er Pläne, die er umsetzen wollte. Und dann ist es einfach schade, dass er nicht dazu gekommen ist. Und sein Arbeitgeber wird sicher ratlos sein. Er muss die Stelle neu besetzen.«

Traudel fiel ein, dass vor einigen Jahren ihre Schwester extra in den Spreewald gereist war, um das große, schwärende Missverständnis zu klären, das seit Jahren zu Schweigen zwischen ihnen geführt hatte. Nun gut, es wäre traurig gewesen, wenn es nicht zu dieser Aussprache zwischen den Schwestern gekommen wäre.

»Aber tatsächlich glaube ich nicht, dass die Firma lange mit der Neubesetzung der Stelle warten kann. Was auch in gewisser Weise schlecht ist. Ich glaube, dein Toter passt zu dem, was ich beim Bäcker gehört habe: Der Tote hat wohl Waffensysteme aller Art verkauft. Moderne Tötungsapparate. Und wenn ich auch denke, Urlaub im Spreewald ist eine wunderbare Sache, so würde ich mir nicht unbedingt so jemanden als Nachbarn bei einer Kahnfahrt wünschen.« Susis Strohhut wippte vor Aufregung.

Traudel korrigierte ihren ersten Verdacht nun endgültig. Alois war noch nicht bei Susi eingezogen.

17

Sie kamen nicht nachts.

Wäre auch dumm gewesen.

Schließlich wurde das Anwesen bewacht.

Sie kamen, als nach dem gemeinsamen Essen eine kurze Pause vor der nächsten Stunde blieb, sie in kleinen Grüppchen zusammensaßen und leise Gespräche führten.

Plötzlich standen sie zwischen ihnen. Auf dem Hof, um sie herum und mitten unter den Mädchen, Jungen und Lehrern.

Bis an die Zähne bewaffnet, die Maschinengewehre im Anschlag.

Brüllten.

Unverständliches.

Packten den einen oder die andere, warfen sie brutal zu Boden. Bohrten den Lauf ihrer Waffe tief in den Rücken des wehrlosen Opfers. Schossen wild über das gesamte Areal, als wollten sie damit ihre Gebietsansprüche deutlich machen.

Einige der Schüler wimmerten, andere kreischten.

Das Brüllen der Eindringlinge übertönte alle.

Mayla konnte am äußersten Rand ihres Gesichtsfeldes die beiden Wachmänner erkennen.

Zwei schwarze, unbewegte Berge vor dem Tor im Sand.

Unbewegt.

In ihrem Blut.

Einem See aus Blut. Zäh und dunkel.

Sie fror.

Es schien, als habe die Sonne ebenfalls ihre Kraft verloren. So wie alle, die hier hockten. Sie alle, die sich schon in ihr Schicksal ergeben hatten, ohne nur zu ahnen, was passieren würde.

Mehrere Männer waren ins Haus gelaufen und kehrten nun auf den Hof zurück.

Sie schleppten kreischende Lehrerinnen an den Haaren hinter sich her.

Manche der Frauen wanden sich.

Andere versuchten mit den Füßen Kontakt zum Boden zu finden, um mitzulaufen, damit der Schmerz nachlassen wolle.

Die meisten versuchten mit ihren eigenen Händen die Qual zu verringern, die durch den Zug am Kopf entstand, auch wenn sie alle wussten, dies war nun ein Abklatsch des Leidens, das sie alle erwartete. Einigen hatten die Männer ins Gesicht geschlagen.

Die Schülerinnen und Schüler sahen aufgeplatzte Lippen, Lücken da, wo vor wenigen Minuten noch Zähne waren. Blaue Augen, aufgesprungene Augenbrauen, geschwollene Stellen an Kinn, Stirn und Wangen. Einer Lehrerin hatte man das rechte Ohr so weit abgerissen, dass es nur noch an einem Hautfetzen baumelte. Blut überall.

Aus dem Haus waren weitere Schreie zu hören, die in Wehklagen übergingen, während die Wehrlosen vergewaltigt wurden.

Schüsse folgten.

Dann Stille.

»Hört nur gut zu! Ihr kommt alle dran«, prophezeite einer der Bewaffneten, und seine grauen Augen wanderten über alle Gesichter, als suche er sich schon jetzt sein privates Opfer aus.

Ein anderer strich die bluttropfende Klinge seines Messers am Kleid eines der Mädchen ab.

Blut von den Wachen.

Deshalb hatten sie nichts von dem Überfall gehört!

Während sie Belanglosigkeiten besprachen, leise lachten oder einfach nur vor sich hin träumten, war das Sterben schon dagewesen. Würde nun sie alle erreichen.

Vielleicht, überlegte Mayla, würden sie bald denken, das Schicksal der Wachen sei das bessere gewesen. Denn von einem schnellen Tod war nicht auszugehen. Nicht für die Mädchen und Frauen.

18

»Was haben wir?«, fragte Peter Nachtigall gerade wie gewohnt, als es kurz und hart an der Tür des Besprechungszimmers klopfte. »Ja, bitte!«

Emile Couvier, der Fachmann für operative Fallanalyse, trat zögernd in den Raum.

»Guten Abend!«

»Komm rein, Emile«, begrüßte der Cottbuser Hauptkommissar seinen Schwiegersohn herzlich und stellte ihn der neuen Kollegin vor. »Wir wollten im Moment mit der Zusammenfassung beginnen«, setzte er ergänzend hinzu.

Klapproth verzog skeptisch das Gesicht. So deutlich, dass man ihre Gedanken förmlich von der Miene ablesen konnte. ›So ein Schnösel, feiner Pinkel, soll was draufhaben? Quatsch. Der ist nur Fassade, dahinter gähnende Leere!‹

»Ihr glaubt gar nicht, wie viel Wind schon um diesen Fall entstanden ist«, begann Couvier, der, wie immer in Anzug mit Krawatte und Weste, gestylten Haaren und hochglänzend polierten Schuhen, freundlich allen zunickend in der Runde Platz nahm.

»Immerhin war dieser Bäumler ein Waffenhändler. Und nun wurde er getötet. Möglicherweise liegt das Motiv in seinem Arbeitsgebiet. Da wurde man natürlich hellhörig. Ich soll nun mit euch herausarbeiten, ob das Motiv für den Mord tatsächlich mit den Waffengeschäften zu tun hat oder er aus anderen Gründen sterben musste. Mord steht fest, oder?« Couvier nestelte ein dickes Dossier aus seiner Schultertasche. »Seine Abschlüsse der letzten sechs Monate.«

»Ja, Mord steht fest. Gift.«

Klapproth musterte den jungen Mann noch immer missmutig, geradezu feindselig. »Und warum geht man man in Potsdam davon aus, wir hätten in diesem Fall Hilfe nötig?«, erkundigte sie sich aggressiv.

»Nun, es könnten durchaus diplomatische Verwicklungen durch die Ermittlungsergebnisse entstehen.« Couvier blieb sachlich und freundlich.

»Aha! Und nun glaubt man anderenorts«, Klapproth betonte das Wort deutlich, als läge dieser Ort in einem anderen Universum, »wir wären der Sache nicht gewachsen!«

»Oh, nein, nein. So ist das nicht zu verstehen«, beeilte sich Couvier zu versichern.

Der Klang seiner Stimme war warm und weich, der Ton hart. Alles nur Masche, schloss Klapproth, nur Fassadentechnik. So was kenne ich schon!

»Es geht eher darum, eine Verstrickung mit seiner Tätigkeit frühzeitig zu erkennen – oder eben auszuschließen. So sollen Komplikationen im Vorfeld erkannt werden. Um es deutlich zu sagen: Es geht nicht darum, etwas unter den Teppich zu kehren. Im Gegenteil. Der Fall soll so schnell es geht geklärt werden. Schließlich fallen Waffengeschäfte unter das Kriegswaffenkontrollgesetz. Möglicherweise müssen im Verlauf der Ermittlungen andere Behörden involviert werden. Zum Beispiel der Zoll.«

Die Neue blieb misstrauisch und mürrisch. »Ah, und man wähnt, dazu benötige unser Team offensichtlich Unterstützung.«

»Wie gesagt, wir wollten gerade anfangen. Du kommst genau zum richtigen Zeitpunkt.« Nachtigall sah sich genötigt, eine Information nachzuschieben. »Emile Couvier ist mein Schwiegersohn.«

»Aha!«, fiel der Kommentar der Kollegin knapp aus.

»Ich habe auch Dr. Pankratz informiert. Sicher wird er auch gleich hier sein.« Couvier warf dem Hauptkommissar einen auffordernden Blick zu.

»Prima.« Dann: »Dies ist die Situation, die wir bei unserem Eintreffen am Tatort vorgefunden haben.«

Nachtigall streute Fotos über den Tisch.

»Der Tatort war demnach nicht mehr unberührt«, stellte Couvier fest. »Wurde der Leichnam bewegt?«

»Das wissen wir nicht mit Sicherheit. Der Kahnfährmann verneint, ihn angefasst zu haben, räumt aber einen Fußtritt ein. Mit dem wollte er den Mann wecken.«

»Er ging von einem schweren Rausch aus«, steuerte Klapproth bei, die sich mit einem Mal sonderbar isoliert fühlte. »Wegen der leeren Champagnerflaschen.«

»Hinweise auf die Anwesenheit einer zweiten Person?« Couvier beugte sich über die Aufnahmen.

»Man sieht zwei Teller, zwei Gläser, zwei Garnituren Besteck.«

»Nicht nur das: Die Plane war über den Kahn gezogen und festgezurrt worden. Deshalb wurde der Leichnam erst entdeckt, als man …«

»Der Grund des Treffens war demnach nicht erkennbar?«, bohrte Couvier weiter.

»Nein«, erklärte Nachtigall. »Wir wissen nicht, ob es sich um ein Tête-à-Tête handelte oder ein geschäftliches Treffen. Vielleicht gab es auch einen völlig anderen Hintergrund.«

»Aber«, mischte sich Klapproth wieder ein, um nicht vergessen zu werden, »wir wissen von einer Party, die er früher am Abend besucht hatte und bei der es zu einem interessanten Zwischenfall kam. Silke sprach mit einer Zeugin.«

Couvier hörte Silke aufmerksam zu, machte sich Notizen.

»Habt ihr den Gastgeber schon befragt?«, wollte er dann wissen.

»Ja. Allerdings ließ er diesen doch recht spektakulären Teil bei seiner Schilderung schlicht weg.«

»Das Opfer erhielt einen Anruf und verließ danach die Feier. Der Hauswirtschafter hat ausgesagt, der Anrufer habe sich nicht namentlich gemeldet, nur Herrn Bäumler verlangt. Die Nummer wurde unterdrückt, wir wissen also nicht, um wen es sich handelte.«

»Männlich oder weiblich?«

»Selbst da wollte sich der Zeuge nicht festlegen.«

Lautlos trat Dr. Pankratz ein. Setzte sich in die Gruppe, nickte kurz in die Runde. War sofort integriert.

An der neuen Kollegin nagte der blanke Neid wie die Zähne einer hungrigen Ratte an einem Leichnam.

Couvier arbeitete sich konzentriert voran. Fragte nach dem Hotel, nach den Urlaubsaktivitäten des Mordopfers.

Er trat an das Flipchart:

Motive: Beruf – Waffenhändler

Privat – Eifersucht eines gehörnten Ehegatten

Allgemein: Feinde? – Befragung des privaten Umfeldes, Ehefrau, Kollegen

Verbringt zufällig einer von ihnen seinen Urlaub auch gerade im Spreewald?

Tatwaffe: Gift (Crystal)

Beschaffung: Wo hat der Täter es gekauft? Woher stammt die Droge (Labor)?

Tathergang: Verabredung auf dem Kahn? Wie wurde dem Opfer das Gift verabreicht?

Dr. Pankratz präzisierte das Ergebnis der Obduktion, worauf die Gruppe die naheliegende Frage diskutierte, wie das Crystal Meth in die Gurken gekommen sein konnte.

Silke hatte einen ersten Bericht vorliegen. »Hier steht,

dass bisher weder am Deckel noch an der Verschraubung Spuren einer Manipulation oder etwa Reste der Droge entdeckt werden konnten.«

»Denkbar wäre natürlich, dass der Täter das Crystal schon in gelöster Form mitgebracht hat und direkt ins Glas geben konnte. Alles wurde zum Treffen mitgebracht. Der Ablauf minutiös geplant. Eine Tat im Affekt war das eher nicht. Nicht nur die Substanz selbst wurde im Vorfeld besorgt, möglicherweise vorab aufgelöst, der Täter brachte eine vorbereitete Spritze mit, die dem Opfer gesetzt wurde, um sicher den Tod herbeizuführen. Dies war im Detail sorgfältig geplant.« Couvier gestikulierte anschaulich. »Er wartet auf eine günstige Gelegenheit, das Opfer ist abgelenkt und er oder sie kann das Gift einbringen.« Er überlegte kurz. »Vielleicht ebenfalls mit einer Spritze.«

»Maja, schreibst du bitte die Aufgaben für morgen mit?« Nachtigall war aufgefallen, dass die Neue nichts notierte. Michael Wiener, sein bisheriger Partner, hatte das ganz automatisch getan, damit nichts vergessen wurde, und er war davon ausgegangen, die Kollegin handhabe das ebenso.

Klapproth nahm demonstrativ aggressiv einen Kugelschreiber vom Tisch, zog sich ein leeres Blatt Papier heran, fragte patzig: »Soll ich das nun haarklein abschreiben?«

Nachtigall beschloss, die Frage zu ignorieren.

Schon damit sein Ärger nicht aus ihm rausplatzte.

Silke verdrehte hinter geschlossenen Lidern die Augen, unterdrückte ein lautes Stöhnen. Das konnte doch so nicht weitergehen!

Auf ihrem Schoß lag ein schmaler Block – sie hatte selbstverständlich alles Wichtige notiert.

»Bleibt die Frage, wen er dort getroffen hat.« Couvier warf Silke einen fragenden Blick zu.

»Der Kahn ist natürlich voller DNA. Da sind jede Menge

Leute mitgefahren, haben Haare und Hautschuppen verloren, Fingerabdrücke hinterlassen. Die Kollegen konnten die Spuren des Opfers feststellen. Alles andere wird dauern. Und – ja, natürlich konzentrieren sie sich erst mal auf die Proben, die von den wahrscheinlichsten Stellen genommen wurden. Zum Beispiel von der Sitzbank gegenüber der, auf der das Opfer die meisten Fingerabdrücke und Anzugfasern hinterlassen hat.«

»Okay. Das kann also dauern. Nutzen wir eine andere Möglichkeit: Jäger, Vogelfreunde, Förster, Hundefreunde … Vielleicht ist jemand in der Nähe des Liegeplatzes gewesen und hat eine Beobachtung gemacht.«

»Die Kollegen werden gleich morgen die Bäckereien und andere Geschäfte aufsuchen und dort fragen, wer um diese Zeit in der Regel schon unterwegs ist.« Nachtigall runzelte die Stirn. »Könnte allerdings sein, dass niemand etwas beobachtet oder gar das Opfer gesehen hat, weil vielleicht die Plane schon über den Kahn gezogen war.«

»Ist es schwierig, die Plane ordentlich …«, begann Couvier.

»Na ja, sie wiegt zwischen 40 und 50 Kilogramm.« Nachtigall zuckte mit den Schultern. »Und unhandlich ist sie auch.«

»Für eine sportliche, muskulöse Frau kein Problem!«, stellte Klapproth klar.

»Aber man muss sie auch festzurren.« Couvier runzelte die Stirn. »Kann man das, auch wenn man noch nie zuvor so etwas gemacht hat?« Er sah fragend in die Runde. »Muss man dazu ins Wasser oder geht das trockenen Fußes?«

»Das Leergewicht des Kahns liegt bei 500 Kilogramm, manche sind auch schwerer. Mit den Aufbauten kommt man gut auf zwei Tonnen. Dieses Gewicht lässt sich vielleicht nicht ohne Probleme im Wasser drehen – aber das muss man gar nicht. Der Fährmann legt die Plane über die Bordkante zur Wasserseite, steigt aus und verfährt ebenso auf der Landseite. Danach muss er nur noch die Kordel festzurren und gut.« Nachtigall wusste Bescheid, hatte schon dabei zugesehen.

Silke notierte diesen Punkt auf der Liste, schielte dann zu Majas Blatt hinüber. Die Neue hatte einen Kahn und eine Decke gekritzelt, daneben ein Fragezeichen gesetzt. Das würde Nachtigall nicht gefallen, wusste sie.

»Also für morgen: Wir wollen wissen, wieso Bäumler sich den Spreewald als Urlaubsort ausgesucht hat. Fuhr er im Urlaub gewöhnlich an ruhigere Orte? Harz, Usedom, Hiddensee, Schwarzwald? Oder im Ausland: Schweden, Norwegen, Finnland? Dann: Wir bestellen die Gattin des coolen Gastgebers zu uns ein. Auch den Caterer bitten wir zum Gespräch. Vielleicht hat einer der Kellner oder eine Kellnerin etwas von dem Streit bemerkt. Silke? Die Kollegen, die mit der geschiedenen Ehefrau des Opfers sprechen sollten, haben sich noch nicht gemeldet? Gut, dann müssen wir auch dort gleich morgen nachfragen. Wir wissen nicht, wo Bäumlers Auto ist. Grünes Audi Cabrio, hellbraunes Dach. Kennzeichen schicke ich euch auf die Handys. Wurde es vom Tatort entfernt? Vielleicht vom Täter? Und wir möchten gern wissen, woher das Crystal kam. Können die Kollegen uns einen Tipp auf das Labor geben?« Nachtigall schrieb einige Stichworte an das Flipchart.

»Ich sehe mir morgen den Tatort an. Vielleicht finde ich Hinweise auf einen möglichen Tatablauf. Dabei kann ich auch gleich nach potenziellen Zeugen Ausschau halten. Hundeausführer befragen. Wenn ich etwas erfahre, melde ich mich sofort.« Couvier legte sich eine eigene To-do-Liste an. »Gift. Früher die klassische Waffe der Frau. Inzwischen haben sich beide Seiten emanzipiert. Männer vergiften ebenfalls und Frauen setzen Schuss-, Schlag- und Stichwaffen ein. Ich werde mich in ein Café setzen und mal hören, was so über den Fall geredet wird.«

»Okay, Silke: Wir brauchen die Partylisten und von jeder dann die Gästeliste. Versuch mehr darüber über das Hotel herauszufinden, wahrscheinlich wissen die dort sehr genau, wann und wo Bäumler zu wem eingeladen war. Kläre bitte, ob Leonie ihn öfter begleitet hat und wie weit ihr Service jeweils ging. Frag nach sexuellen Annäherungsversuchen und, wenn es die gab und sie mitgemacht hat, nach sexuellem Verhalten. Besonderen Wünschen, besonderem Verhalten. Wer weiß …«

Silke nickte. »Mach ich. Aber das geht nicht vom Büro aus. Zu Leonie muss ich hinfahren, sie wird kaum neben meinem Schreibtisch entspannt über solch intime Details plaudern wollen.«

»Ja, das ist logisch. Ich treffe intern eine Absprache. Aber … pass auf dich auf! Du weißt ja …« Nachtigall ließ das Ende schwebend im Raum parken.

»Also, ein paar Details kann ich auch noch beisteuern«, nahm Dr. Pankratz die Spannung aus dem Gespräch. »Euer Opfer hatte kurz vor seinem Tod noch Sex. Wir konnten an seinem Penis Substanzen nachweisen, die im Inneren von Kondomen zu finden sind. Spermizide zum Beispiel. Offensichtlich wollte der junge Mann keine Schwangerschaften provozieren und neigte nicht zur Vertrauensseligkeit. Er selbst ist nicht HIV-positiv, aber möglicherweise wollte er mit dem Kondom schlicht auf Nummer sicher gehen und sich vor Ansteckung schützen. Verletzungen hat er nicht, der Sex war entweder einvernehmlich oder die Partnerin hat aus anderen Gründen die Penetration zugelassen.«

Klapproth überlegte laut. »Gift in den Gurken und Sex mit Gummi! Passt das denn zusammen?«

Silke runzelte die Stirn. Worauf wollte die Kollegin denn raus?

»Na, er hat zwar Vorkehrungen getroffen für den Fall, dass sein Sexualpartner ihm die Einnahme der Pille nur vorgaukelt oder eine HIV-Infektion verschweigt. Aber auf dem Kahn fühlte er sich in der Anwesenheit der zweiten Person offensichtlich vollkommen sicher. Er hatte keine Angst davor, dass man ihm Gift ins Essen mischt, sonst hätte er es doch im Auge behalten.«

»Du meinst, das Verhältnis zu der zweiten Person war nicht von Misstrauen geprägt. Oder möglicherweise fand dieses Treffen unter einer Thematik und in einer Atmosphäre statt, die in seinen Augen keinen Anlass für Risiken bot?«

»Ja.«

»Wir behalten das im Hinterkopf.« Nachtigall schlug die Seiten des Flipcharts zurück. »Im Moment bringt es uns zu dem Punkt zurück, an dem wir stehen. Wir können nicht entscheiden, was für eine Art von Treffen auf diesem Kahn stattgefunden hat. Wenn er einen eifersüchtigen Ehemann treffen wollte, hätte er sicher keinen Champagner mitgebracht – was aber, wenn er mit der Gattin des Eifersüchtigen verabredet war und er statt ihrer kam? Wir arbeiten morgen unsere Listen ab. Vielleicht können wir dann morgen eine Hypothese entwickeln, mit der wir arbeiten können. Für heute ist Schluss. In vier Stunden sehen wir uns wieder. Vielen Dank, Thorsten, dass du so schnell kommen konntest.«

»Ich bleibe erst mal. Die Erfahrung hat mich gelehrt, nicht zu früh aus Cottbus abzureisen. Erst wenn in den kommenden Tagen keine weitere Leiche zu obduzieren ist, fahre ich zurück«, grinste der schlaksige, hochgewachsene Rechtsmediziner und strich beinahe zärtlich über seine makellose Glatze. »Ein solcher Täter hat vielleicht noch mehr zu erledigen. Möglicherweise ist ja schon der Mord an Bäumler nicht sein erster. Mir kommt es jedenfalls so vor, als sei das gesamte Handeln nur rational zu bewerten. Bei der Tat selbst spielten Emotionen keine Rolle. Bin gespannt, welches Motiv wir am Ende finden werden. Bis morgen!«

Stühle quietschten über den Bodenbelag, allgemeines Gähnen untermalte das Geräusch und allgemeines Seufzen brachte ein paar Misstöne hinein.

Dann waren Nachtigall und Couvier allein.

»Jule und die Kinder sind auch mitgekommen?«

»Ja. Sie erwarten uns bei euch.« Couvier schmunzelte.

»Bestimmt haben sie schon für ordentlich Chaos gesorgt.«

»Das ist wunderbar! Wir freuen uns immer, wenn die Bude voll ist!«

»Jule macht sich Sorgen. Du weißt, sie ist nicht die Art Tochter, die ständig bei Papa anruft oder an seinem Bett sitzt. Aber die ganze Sache hat sie ziemlich mitgenommen. Und jetzt ist auch noch Michael nach Baden-Württemberg zurückgezogen. Sie glaubt, es gibt nun keinen mehr, der auf dich aufpasst, wenn du im Dienst bist.«

»Ich weiß. Es tut mir ja auch leid. Bauchaortenaneurysma – schon das Wort kann einem Angst machen. Und ich konnte das Risiko gar nicht einschätzen, dachte, es geht schon, ich schließe erst den Fall ab, danach ist noch immer Zeit für die OP. Nun, das war ein Irrtum. Bloß gut, dass Michael Bescheid wusste und sofort reagiert hat, als das Ding riss.«

»Hast du noch Probleme mit der Narbe?«

»Geht schon. War ja ein ziemlich langer Schnitt, und rigide ist das Gewebe außerdem. Nur, ich will nicht meckern. Es war eine Not-OP! Und die Schmerzen behindern mich kaum bei der Arbeit«, behauptete der Ermittler fest.

Couvier wusste, dass er log.

Hatte ihn beobachtet, gesehen, wie er das Gesicht manchmal verzog, versuchte sich nichts anmerken zu lassen. Aber, überlegte Couvier, manchmal lügt der Mensch sich eben in die eigene Tasche – auch um sich selbst zu schützen. Und diese Schutzmaßnahme ist nicht in jedem Fall schlecht, entschied er. Es ist nicht meine Aufgabe, mehr Realitätsbewusstsein einzufordern. Weder als Fallanalytiker noch als Schwiegersohn.

»Na ja, ein bisschen Angst bleibt schon. Klar befürchte ich, dass so etwas wieder passieren könnte. Bei der Kontrolle war alles im grünen Bereich, allerdings kann sich solch ein Aneurysma auch ganz schön schnell entwickeln. Ich weiß um das Risiko.«

»Gut. Du verlierst es nicht aus dem Blick.« Couvier packte seine Akten zusammen. »Die nehme ich mit. Bis morgen muss ich alles angesehen haben.«

19

Maja folgte Silke ins Büro.

Klaubte mürrisch ihre Jacke von der Stuhllehne, zog wütend die Schublade auf, um ihre Tasche herauszuangeln, knallte sie zu. Schnaubte vor sich hin.

»Maja?« Silke klang unentschlossen. Wusste nicht, ob sie sich überhaupt einmischen sollte.

»Ja! Was?«, fauchte die Neue.

»Ich verstehe, dass dir so manches hier sonderbar vorkommt. Du findest es nicht in Ordnung, wenn verwandtschaftliche Beziehungen zwischen den Ermittlern bestehen. Aber mal ehrlich: Er kann doch nichts dafür, wenn seine Tochter sich in einen Fremden verliebt und sich später rausstellt, dass dieser Fremde ausgerechnet operative Fallanalytik betreibt. Auch noch Kollege bei vielen Fällen wird. Emile Couvier ist gut in dem, was er tut, richtig gut. Und abgesehen davon: Die beiden Männer hatten bis vor wenigen Jahren echte Probleme miteinander. Es hat nach den Erzählungen von Michael – du weißt, das ist der Kollege, der sich in die alte Heimat hat versetzen lassen – mehrere Fälle lang gedauert, bis die beiden sich angenähert haben.«

»Ja, das mag schon so sein«, grummelte Maja weiter. »Geht mich nichts an. Mir ist das nur einfach zu viel Familie an einem Tisch. Tut mir leid.«

Silke nickte der anderen kurz zu. »Bis morgen!«

Maja checkte das Display ihres Handys.

Er hatte nicht angerufen.

Den ganzen Tag über nicht.

Ob das nun gut war oder nicht, wagte sie nicht zu beurteilen.

Fabian.

Ihr Bruder.

Rollstuhlfahrer.

War besonders.

Besonders sensibel, besonders selbstkritisch, besonders hart gegen sich und andere – und besonders getroffen durch die Schuld anderer.

Ihrer, Majas Schuld.

Majas Leben war nicht ohne Brüche verlaufen. Auch in ihrer, durchaus sehr stürmischen, Jugend hatte es eine Phase mit intensivem Drogenkonsum gegeben, alkoholischen Exzessen, Sexpartys.

Und dann, eines Tages …

Halluzinogene Drogen unbeaufsichtigt zu lassen, in einem Haushalt, in dem ein kleiner Bruder lebte – ihre Schuld.

Sein Sturz vom Balkon, vollgepumpt mit ihrem Heroin, der Rollstuhl, dem er zeitlebens nie mehr entkommen konnte, seine Suizidversuche – ihre Schuld.

Damit mussten sie nun beide klarkommen – auch wenn er immer beteuerte, so klein sei er gar nicht mehr gewesen, hätte sich auch entscheiden können, das Zeug nicht zu nehmen. Sie könne endlich aufhören, ständig ein Auge auf ihn zu haben, oder besser noch zwei. Er brauche weder sie noch ihre idiotische Haltung zu der ganzen Angelegenheit. Und überhaupt, seit er im Rollstuhl sitze, habe er einen viel unverstellteren Blick auf die verkorkste Menschheit.

Ihre Mutter war in ihrer Zuweisung der Verantwortung für die Geschehnisse allerdings ganz klar – ganz klar anderer Meinung als ihr Sohn.

Maja tippte auf die Kurzwahltaste.

»Dieser Anschluss ist zurzeit nicht erreichbar. Bitte …«

»Verdammt! Was hat das denn nun wieder zu bedeuten?«, fluchte die Hauptkommissarin, löste das Schloss vom Fahrradständer, hängte es über den Lenker und schwang sich in den Sattel.

Ein paar Stunden Schlaf? Wenn sie nicht wusste, was bei ihm los war, würde sie eh keine Ruhe finden. Außerdem konnte sie ihm, wenn er noch auf war, von den familiären Verstrickungen im Team berichten. Ihr Ärger darüber würde ihn sicher sehr amüsieren.

Um diese Zeit war die Stadt mit dem Rad schnell durchquert.

In der Wernerstraße hatten die Geschwister ihre neue Adresse gefunden. Er unten, mit Terrasse, behindertengerecht ausgebaut, sie selbst zwei Stockwerke über ihm. Getrennt und doch nah, das war ihre Forderung gewesen. Ihm war es zu nah, klar – aber für sie war es die optimale Wohlfühlentfernung, was ihrer beider Beziehung anging.

Erleichtert stellte sie fest, dass bei ihm noch Licht brannte.

Der Betreuer ließ sie ein.

»Oh, so spät in der Nacht, nein, ich korrigiere, so früh am Morgen?«, fragte der junge Mann überrascht, der die Räume mit ihrem Bruder teilte.

»Oha, wenn du um diese Zeit bei mir aufläufst, hast du dich sicher wieder einmal in alle Fettnäpfchen gesetzt. Nein, ich sehe schon, es ist schlimmer. Du hast darin gebadet und geplanscht, bis sie leer waren.«

»So in der Art.«

»Und nun soll der kleine Bruder deine Wunden lecken? Tja, die Menschen sind von bösem Schlag, Ausnahmen gibt es nur wenige – und womöglich befinden sich alle gerade in diesem Wohnungsflur!«

Er kehrte geschickt und rollte vor ihr her ins Wohnzimmer.

»Und?«, fragte er über die Schulter zurück.

»Mord. Leiche in einem Kahn, unter der sauber gespannten Plane. Das Opfer: Waffenhändler. Steht morgen alles in der Lausitzer Rundschau.«

»Aha. Aber ihr wisst natürlich schon, wer der Täter war?«

»Nicht ganz«, schmunzelte Maja. »Wir haben noch nicht einmal die Hypothesenbildung abgeschlossen.«

»Weil die Neue aus Köln mal wieder anderer Meinung ist als der Rest des Teams. Das kennen wir schon von ihr, nicht wahr? Kein Durchkommen gegen die Hausmacht? Du Ärmste!«

»Schlimmer. Es ist viel schlimmer.«

Nun war der Bruder wirklich interessiert. »Aha!« Er überlegte kurz. »Du hast den Mord selbst begangen und versuchst unentdeckt zu bleiben.«

»Nun, soooo schlimm nun auch wieder nicht. Nein. Aber der hinzugezogene Fallanalytiker ist der Schwiegersohn von Peter Nachtigall, dem Leiter der Ermittlung! Da brauche ich gar nicht erst zu versuchen, meine Version durchzubringen. Seine ist Gesetz!« Der Zorn schwappte wieder schwungvoll über den Rand der Vernunft, beschwerte die Stimme, und ihr Bruder grinste.

»Man bedenke, dass sie sich mal nicht über mich, sondern über einen anderen aufregt. Das ist der erste echte Fortschritt, seit wir Köln den Rücken gekehrt haben.«

Der Pfleger konnte sich das Lachen kaum mehr verkneifen, grimassierte wild im Hintergrund.

»Aber den Schwiegersohn wird die Tochter sich einfach ausgesucht haben, meinst du nicht? Oder glaubst du, es war eine beruflich motivierte, arrangierte Hochzeit – wie zwischen Königreichen?«

Maja hörte gar nicht zu.

»Dieser Nachtigall! Der will immer alles geregelt. Er hat mich doch tatsächlich angezählt, weil ich seine ach so wichtigen Dinge für den nächsten Tag nicht ordentlich mitgeschrieben habe! Weißt du, er hat am Flipchart gesammelt, was zu tun sein wird – und pfeift mich an, weil ich es mir nicht notiere.«

»Aber Maja! Wenn ihr bei den Befragungen immer das blöde Flipchart mitnehmen müsstet, damit ihr nichts vergesst, dann ist das total unpraktisch. Das Ding wird mit der Zeit richtig schwer«, gab der Bruder todernst zu bedenken. »Und irgendwie sieht es auch unprofessionell aus, findest du nicht?«

»Na klar, du nimmst meinen Ärger auch nicht ernst.«

»Geh schlafen, Schwester. Dein Kater ist sicher schon beleidigt. In ein paar Stunden, nach dem dritten Kaffee, sieht die Welt schon ganz anders aus – und du wirst selbst darüber lachen, dass du das Flipchart unterm Arm mitnehmen wolltest.«

Maja stand auf.

»Diese Familienbande werden sich nicht als Problem erweisen, glaub mir. Es geht um den Erfolg eurer Jagd nach dem Mörder. Ein Waffenhändler ist das Opfer? Ihr werdet euch schon bald vor Mordmotiven und ausreichend motivierten Verdächtigen nicht mehr retten können.«

»Wir stehen erst am Anfang in unserem ersten gemeinsamen Fall …«

»Und schon glaubst du, raus zu sein? Maja, Menschen sind eine aussterbende Spezies. Dein Engagement in allen Ehren, aber wir schaffen uns gerade sehr erfolgreich selbst ab. Ihr müsst alle an einem Strang ziehen – so wie es in der Politik auch sinnvoll wäre.«

Er drängte die Schwester zur Tür.

»Und wir hatten ausgemacht, dass ich hier, auch wenn wir räumlich nah beieinander wohnen, meine Ruhe haben kann. Wenn du mich ständig anrufst, sogar mitten in der Nacht mal eben schnell reinschaust, mich mit Anrufen oder Nachrichten nervst – dann benimmst du dich fast schon so wie unsere Mutter! Darf ich dich daran erinnern, dass wir genau das abstellen wollten. Jede Minute unter Kontrolle. Unter anderem um das loszuwerden, sind wir hier.«

Der Kater hatte sich in der Ecke der Couch zusammengerollt, öffnete ein Auge und blitzte Maja übellaunig an.

»Ja. Tut mir auch leid. Aber eigentlich kennst du das doch schon: unregelmäßige Arbeitszeiten, unregelmäßige Fütterungszeit und noch unregelmäßigere Streichelgenusszeit. Du lebst mit einer Kriminalpolizeibeamtin zusammen!«

Sie öffnete eine Dose.

Der Kater schlenderte langsam heran, wollte offenbar den Eindruck vermeiden, auf seine Menschin angewiesen zu sein. Immerhin machte er sich, nach beleidigtem Zögern, über den Inhalt des Napfes her.

Während Klapproth einen Joghurt löffelte, tippte sie auf eine Kurzwahltaste auf dem Display ihres Smartphones, lehnte sich zurück und wartete auf das Läuten am anderen Ende der Verbindung. Gleich würde sich die Mailbox melden, sie konnte ihm ihre Nachricht aufsprechen …

»Nicola Mendetti!«

»Oh – habe ich dich geweckt? Das täte mir leid!« Irritiert hörte sie sich fast ins Stottern verfallen. Nicola Mendetti – der Mann, der mit ihr gegen die Satanisten ermittelt hatte, der ihr in jede Gefahr gefolgt war, der für eine viel zu kurze Phase der Mann an ihrer Seite war. Wäre sie ehrlicher zu sich gewesen, hätte sie zugeben müssen, dass sie sich nach ihm sehnte, sogar sehr nach ihm sehnte.

»Nein, du hast mich nicht geweckt. Ich sitze über Akten. Wie immer.« Sein Lachen klang warm und herzlich. »Wie läuft es denn in Cottbus? Ist doch sicher ganz anders als in Köln.« Er machte eine Pause, suchte wohl nach dem richtigen Wort. »Übersichtlicher?«

»Ja, das stimmt. Aber der Kollege hier … der ist zumindest gewöhnungsbedürftig.«

»Du bist nicht glücklich? Meinst du, es wird sich finden?« Jetzt hörte sich die angenehme, dunkle Stimme sogar besorgt an.

»Oh, mach dir keine Gedanken!«, beeilte sie sich zu versichern. »Er wird sich an mich gewöhnen«, lachte sie leise. »Wenn ich mit dir spreche, verflüchtigt sich all mein Frust«, gestand sie.

»So soll es sein«, antwortete er zufrieden. »Aber ich glaube nicht, dass du mich angerufen hast, damit ich Frust und Ärger vertreibe. Ich spüre, es gibt noch einen anderen Grund.«

»Ach, Nicola. Du kennst mich zu gut.«

»Du würdest nicht diese Zeit für den Anruf gewählt haben.«

»Wahr bleibt wahr. Wir haben einen Mordfall. Eine Leiche in einem Spreewaldkahn. Leopold Bäumler. Er war Waffenhändler – ganz offiziell für eine renommierte Firma. Ploch und irgendwas. Aber was macht ein solcher Typ im Spreewald? Wirklich Urlaub oder lieber auch Geschäfte?«

»Das kläre ich. Urlaub im Spreewald? Und nun? Mord?«

»Ja. Freiwillig ist er nicht gestorben.«

Das Gespräch wandte sich wieder viel privateren Dingen zu.

Eine halbe Stunde später legte sie das Telefon zur Seite, lächelte zufrieden, fast schon mit der Welt versöhnt.

Lautes Schmatzen aus der Katzenecke.

Bei uns ist alles im Lot, dachte sie. Und der Kater schnurrte um ihre Beine, als wolle er ihren Gedanken gern bestätigen.

20

Conny und Jule warteten im Wohnzimmer. Auf dem Tisch lag das Babyphon, die Enkel schliefen friedlich im Dachgeschoss.

Casanova und Domino stürzten gleich in den Flur, brauchten gar nicht auf das Klappern des Schlüssels zu warten, sie hatten das Auto bereits am Motorengeräusch erkannt. Die beiden Katzen gaben den Weg erst frei, nachdem sich 20 Finger intensiv durch die Pelze gekrault hatten.

»Na, ich glaube, heute schaffen die beiden Gatten es nicht mehr bis zu uns«, lachte Conny. »Da können wir beide nicht mithalten. Domino steht auf Testosteron und Casanova duldet mich ohnehin nur im Haushalt, weil ihm ja jemand Futter geben soll, wenn sein geliebter Hauptkommissar nicht zu Hause ist!«

Wenig später, als Nachtigall schon duschte, fragte Emile: »Und? Wie geht er damit um?«

»Womit genau?«, hakte Conny nach. »Mit der OP? Nun, das Aneurysma wurde, wenn man es so ausdrücken will, behoben. Die Narbe ist sehr lang, über den ganzen Bauch, und verursacht ihm erhebliche Schmerzen. Darüber redet er nicht, gelegentlich kann man es aber sehen. Bewegung ist nicht mehr selbstverständlich, außerdem erinnert ihn das immer wieder an die ganze Situation. Die Blicke mancher Kollegen gehen ihm auf die Nerven. Aber sonst: gut. Beim letzten Check war auch alles unauffällig. Aber natürlich ist nun die Angst seine ständige Begleiterin. Schließlich könnte etwas Ähnliches wieder passieren.«

Emile nickte, dieses Problem war ihm vertraut.

»Aber du kennst ihn ja, so was macht er mit den Katzen aus.« Conny lachte hart. Es klang kein bisschen fröhlich.

»Und die Sache mit Michael?«

»Natürlich macht es ihm zu schaffen, dass sein Freund nach Baden-Württemberg zurückgezogen ist. Die beiden telefonieren – und Michael ist nicht glücklich mit der Entscheidung. Peter kann ihm nicht helfen – und so kommt eins zum anderen.«

»Michael ist schon lange erwachsen. Länger als ich! Er hat drei Kinder, muss seine Entscheidungen selbst verantworten.« Jule klang so eisig wie ein Kälte-Therapieraum für Rheumapatienten. »Ich hätte Marnie auch mehr Weitsicht zugetraut. Sie wollte ja unbedingt zurück. Jetzt müssen sie eben das Beste aus der Sache machen.«

»Und als wäre das nicht genug: der Brief vom Mann deiner Mutter! Das hat gerade noch gefehlt.« Conny spürte, wie der Zorn sie überrollte. Sie atmete tief durch, zählte langsam und tonlos bis zehn.

»Papa soll sich nicht reinziehen lassen. Es ist ein starkes Stück, dass dieser Typ es überhaupt wagt, einen solchen Brief zu schreiben«, schäumte Jule.

Emile sah ratlos von einer zur anderen. Worüber sprachen die Frauen denn?

»Birgit wollte mit ihrem Norweger glücklich werden. Auf Anhieb hat das nicht geklappt, wie wir alle wissen. Aber es ist doch möglich, dass sich nach diesem Streit alles beruhigt hat, die beiden in einer innigen Beziehung lebten. Und jetzt das!«

»Man wird ihn sicher vor Gericht stellen. Seine Frau ist bei einer Wanderung in eine Gletscherspalte gestürzt.

Angeblich konnte er keine Hilfe rufen, weil der Handyakku leer war. Die Powerbank sich in Birgits Rucksack befand. Man hat ihn gerettet – aber prompt gab es Zeugen, die sich noch sehr gut an den Streit erinnern konnten.«

»Für Peter ist die Situation belastend.« Conny hatte Verständnis für die unangenehme Lage ihres Mannes. »Er sitzt überall zwischen allen Stühlen. Möchte helfen – und kann es nicht.«

Jule schenkte ihrer Stiefmutter und sich selbst Wein nach.

»Er sollte sich da überall raushalten!«, setzte sie energisch einen Schlusspunkt.

Das Wasserrauschen der Dusche war verstummt.

»Diese Leiche im Kahn – das ist euer neuer Fall?«, fragte Conny, als sie mit der Pfanne in der Küche hantierte. »Ich brate Spiegeleier. Geht am schnellsten.«

»Ja. Dieser tote Mann im Kahn. Emile wurde eingebunden, weil man allgemeine Probleme erwartet. Diplomatische Verwicklungen sind denkbar. Wahrscheinlich weiß in wenigen Stunden jeder über das Opfer, seinen Beruf, sein Privatleben und alles drum herum Bescheid.«

»Kann ja auch hilfreich für euch sein«, grinste Jule. »Tausende rufen bei euch an und steuern ihre Informationen bei.«

»Wir sind gewappnet«, behauptete der Vater und streichelte Casanova, der sich sofort auf dem Schoß des Hausherrn bequem eingeruckelt hatte. »Na, mein stolzer Großkater. Hast du mich vermisst?«

»Und wie!« Jule lachte. »Bei jedem Bissen, den er nicht abstauben konnte!«

»Wie läuft es denn mit der neuen Kollegin?«, fragte die Tochter weiter.

»Pffffffffff!«, blies Nachtigall eine vage Antwort über die Ohren des Katers hinweg. »Meine Enkelkinder schlafen gut bei uns?«

»Aber ja. Nach einem spannenden Nachmittag im Garten. Und sie werden dafür sorgen, dass für keinen von uns die Nacht sehr lang wird. Sind Bio-Wecker. Munter mit dem ersten Sonnenstrahl. Aber du lenkst ab. Erzähl doch mal!«

Couvier nahm ebenfalls frisch geduscht Platz, Conny hob die Eier aus der Pfanne, stellte den Brotkorb bereit und die Butter.

»Sie ist, offen gesagt, schwierig. Offensichtlich war sie in Köln eine Draufgängerin, ist ungesichert an einer Fassade entlang geklettert. Nun versucht sie hier ihr Revier abzustecken. Ist vorlaut, patzig, ungezogen, anmaßend, zu ungeduldig …«

»Schon gut, schon gut«, wehrte Jule kichernd ab. »Ich habe verstanden. Klingt nach einer echten Liebesbeziehung.«

»Ich muss deinem Vater beispringen«, mischte sich Couvier ein. »Sie hat sofort Vetternwirtschaft vermutet, als ich reinkam und als Schwiegersohn des ermittelnden Hauptkommissars geoutet wurde.«

»Ja«, Nachtigall schob sich den letzten Bissen in den Mund. »Ich glaube, die hält uns alle für korrupt und gelenkt«

21

Erst am nächsten Morgen merkten sie, dass einige von ihnen das Aufgehen der Sonne nie mehr erleben würden.

Sie lagen wie selbstverständlich zwischen ihnen. Ihr Sterben still. Unauffällig.

Die Männer zogen die leblosen Körper unter ihren Geiseln hervor und stapelten die Leichname wie Brennholz auf dem Hof.

Die Überlebenden schämten sich.

Weil sie erleichtert waren, noch atmen zu können, noch eine Zukunft zu haben, noch hoffen zu dürfen. Natürlich tat es ihnen um die Toten leid, sie weinten sogar um sie. Doch Mayla wusste, dass die Tränen eine große Lüge waren, vielleicht die größte ihres vergangenen und zukünftigen Lebens.

Denn unter der tropfenden Flüssigkeit schlug hoffnungsvoll ein lebendiges Herz.

Josefine, die Schulleiterin, war nicht unter den Leichen.

Mayla wagte kaum, ihre Augen wandern zu lassen, um sie irgendwo zu entdecken.

Um ein Haar hätte sie gejubelt, als sie Josefine an der Hauswand kauern sah.

Grau.

Aber am Leben.

Die Hitze wurde von Stunde zu Stunde unerträglicher.

Die Hoffnung auf Rettung schwand in derselben Geschwindigkeit.

Kam jemand ans geschlossene Tor, rief einer der Männer von innen, es sei eine ansteckende Krankheit ausgebrochen und der Klopfer möge zusehen, dass er schnell Abstand zu diesem Ort gewinne. Hier würde gestorben. Vielleicht handle es sich um Ebola.

Das reichte, um jeden in die Flucht zu schlagen.

Natürlich kam niemand auf den Gedanken, es könne etwas viel Schlimmeres ausgebrochen sein, als das oft tödlich verlaufende hämorrhagische Fieber.

Die Vergewaltigungen ließen keinen aus.

Wer schon Opfer war, kehrte aus dem Haus zurück, nahm mit schmerzverzerrtem Gesicht in den Reihen der anderen seinen Platz wieder ein. Gesprochen werden durfte nicht. Wer schluchzte, bekam die Peitsche des Anführers zu spüren, blieb derjenige beim Jammern, wurde er erschossen.

Also hing eine gespenstische Stille über dem Hof und den Gebäuden.

Als wären sie verlassen. Nur von Geistern bewohnt. Bösen Dämonen, die zu vertreiben schwer sein würde, die in die Seelen der Opfer einzogen, sich räkelten und auf eine Gelegenheit warteten, die Betroffenen im Morgen zu zerstören, sollten sie das Jetzt überleben.

Die Verwesung setzte schnell ein.

Der Gestank war unerträglich.

Flüssigkeit und Sand vermischten sich.

Die Körper, die in der direkten Sonne lagen, begannen zu mumifizieren. Von dem Berg der Toten ausgehend, wischten Geräusche über den Platz. Knacken. Stöhnen.

Und dann fielen die Aasfresser ein!

22

Johannes Brendel, Bio-Viehzüchter und Besitzer eines mittelgroßen Hofs, der 12 Galloways Platz bot, saß schon morgens um vier Uhr an einem wackligen Gartentisch und schälte Kartoffeln. Sein Gesicht war von tiefen Gräben durchzogen, ein Vollbart verbarg den leicht schiefen Mund, der nach einem Tritt einer Kuh zurückgeblieben war. Die steifen Finger gingen relativ geschickt zu Werke, die Schalen fielen in eine Wanne auf Brendels Schoß, die Kartoffeln plumpsten spritzend in den Topf mit Wasser. Der Hofhund döste neben ihm, hob nur gelegentlich den schweren Kopf, drehte die Ohren in alle Richtungen, schnupperte – und döste weiter.

»Na, wartest du schon? Ist noch ein bisschen früh für sie, weißt du? Junge Frauen stehen nicht um diese Zeit auf der Matte, die träumen noch. Aber wenn ich mich nachher um den Hof kümmere, wird sie für dich da sein, das Haus putzen und fürs Mittagessen alles vorbereiten.« Er tätschelte das große Tier, stöhnte leise, als er den Körper wieder aufrichtete. Tja, das Alter, dachte er. Bald werde ich auch nur noch vor mich hin dösen wie Max, dachte er und warf dem Hund einen liebevollen Blick zu. »Wir beide – knackige Alte! Ein bisschen Zeit gönnen wir uns noch, nicht wahr, Max?«

Seit dem Tod seines Sohnes und dessen Frau hatte Brendel nur noch seine Enkeltochter Katarina. Sie würde auch den Hof erben, studierte Landwirtschaft und BWL, damit sie den Betrieb auch führen konnte, wenn es so weit war.

Der Großvater war sehr stolz auf seine Enkelin. Die würde ihren Weg machen.

Beim Kartoffelschälen war echte Konzentration nicht notwendig, und so gestattete er seinen Gedanken lange Zügel.

Ließ den vergangenen Tag Revue passieren.

So eine Aufregung!

Erst war die nette, kleine Aktivistin, die Maria, bei ihm vorbeigekommen, hatte von einem Toten unten am Fließ erzählt. In einem Kahn. Polizei sei überall!

Man glaube, es handle sich um einen Touristen!

Was für ein Schlag für den ganzen Ort, wenn sich das rumspräche!

Johannes grinste zufrieden.

Er wusste genau, was geschehen war. Wie es alle im Ort wussten. Besonders die alten Damen, die sich schon morgens zum ersten Tratsch beim Bäcker trafen. Daran würde sich wohl nie mehr etwas ändern.

Der alte Wassermann!

Schon als Kind hatte er die Macht dieses Kerls gefürchtet. Und es wunderte ihn tatsächlich nicht, dass er gehandelt hatte – es erstaunte eher, dass er damit so lange gewartet hatte.

Dieses Theater!

Immerzu.

Da musste jemand mal hart durchgreifen, damit alle wieder festen Boden unter ihren abgehobenen Füßen zu spüren kriegten!

Das war Konsens unter den Alteingesessenen.

Schwungvoll warf er die nächste Kartoffel ins Wasser, diesmal spritzte es ihm kalt ins Gesicht. Grinsend wischte er das Nass mit dem Ärmel der löchrigen Hausjacke ab.

Die alten Geschichten im Spreewald. Man konnte sich darauf verlassen, dass jemand sie aufbrachte, sobald man überall von dem Toten sprach.

»Ja. Wasser ist ein ganz besonderer Stoff!«, erklärte er dem Hund, der offensichtlich auch von den Tropfen erwischt worden war und sich vorwurfsvoll schüttelte.

Und, kreisten die Gedanken Brendels um dieses ganz und gar faszinierende Problem, bei der einen Leiche wird es gewiss nicht bleiben.

Wenn der Wassermann schon eigenhändig einschritt, war die Lage bitterernst.

»Weißt du, Max, ich glaube, er wird die Lutki schicken. Allein ist die Aufgabe ja nicht zu bewältigen! Da muss man alles in den Ring werfen, was man hat.«

Während sich die nächste Kartoffel unter dem Messer drehte, überlegte er, wie sich die Geschichte nun wohl entwickeln würde, was als Nächstes passieren könnte.

»Die Menschen sind zu überheblich geworden. Man muss ihnen Grenzen setzen. Mit einem Opfer fängt es an – und dann wird eine Welle daraus.«

Günther Weber war ganz aus dem Häuschen.

Uneingeladen, wie es bei ihnen so üblich war, fiel sein nicht unerhebliches Gewicht auf die Gartenbank. Begleitet von hörbarem Schnaufen.

»Du kannst auch nicht schlafen, was?«, fragte er statt einer Begrüßung und stützte seinen Kopf in die feisten Hände. »Das ist ja nicht zu glauben, oder? Aber erwartet haben wir das schon lange.«

»Hmhm.«

»Du weißt doch auch, wer das war? Mord auf dem Kahn!«

»Ja«, gab sich Johannes gleichmütig.

»Und dir ist natürlich auch klar, dass dieser eine erst der Auftakt war?«

»Ja!« Die nächste Kartoffel sprang in den Topf.

»Ich habe ein Handyfoto vom Opfer gesehen. Dem muss ich irgendwann mal im Ort begegnet sein. Kam mir irgendwie entfernt bekannt vor.« Günther runzelte die Stirn. »Vielleicht war das der Kerl, der mich aus dem Auto raus angepflaumt hat, weil ich ihm zu langsam über die Straße gewackelt bin. Am Zebrastreifen!«

»Ach, diese jungen Schnösel! Alle genormt. Kennst du einen, kennst du alle!«

Schweigen.

Nur das Geräusch des häutenden Messers war zu hören.

»Ich war heute um Mitternacht im Wald«, flüsterte Günther atemlos. »Die Lutki sind ganz aus dem Häuschen. Es raschelt überall, huscht unter jedem Busch. Sie sind bereit. Das war klar zu hören.«

»Konntest du verstehen, was sie planen?« Jetzt war Johannes ganz dabei. Ab hier wurde es interessant.

»Nicht genau. Aber sie haben ihre Pilzvorräte ausgebuddelt. Ich habe trockene Fliegenpilzkappen gesehen.«

»Gift! Nun, der Tote vom Kahn ist angeblich auch mit Gift vernichtet worden. Aber ob das nun ein Pilzgift war?«

»Im Wald finden sich viele geeignete Pflanzen. Und die kleinen Waldbewohner wissen sehr wohl, wie man sie einsetzt und welche Dosierung nötig ist. Und natürlich auch, wie man Leute dazu bringt, das Zeug zu sich zu nehmen.«

Sie lachten leise.

»Du hast die Mittagsfrau vergessen!«

»Na, über die hat auch kein anderer geredet. Alle haben gewusst, dass der Wassermann seine Finger im Spiel haben muss und die Lutki helfen«, grinste der Besucher breit und zwinkerte. Mit beiden Augen. Mit einem allein hatte es bei ihm noch nie funktioniert, dabei übte er das in seiner Kindheit stundenlang vor dem Spiegel. Nun war es eine Art Alleinstellungsmerkmal.

»Ganz ehrlich, Günther, ich bin davon überzeugt, dass es sehr schnell ein zweites Opfer geben wird«, wurde Johannes wieder ernst. »Spinnerei, Mythen und Fantasie sind eins – aber das hier ist Realität.«

Günther ließ sich Zeit.

Die Worte des Freundes hallten in ihm nach. Lautlos formten seine Lippen »sehr schnell«.

Dann nickte er.

Verstehend.

Verständnisvoll.

23

Kasimir Knappe hatte gegen 20 Uhr an jenem Abend das Chefoutfit gegen einen bequemen Jogginganzug getauscht. Seine etwa 50 Kilogramm Übergewicht schienen kollektiv erleichtert aufzuseufzen.

Endlich Platz.

Gerade, als er in die Pantoffeln schlüpfte, sah er einen Schatten vor dem Küchenfenster durch den Garten huschen.

Eine Täuschung?

Nachbars Katze war zum Tiger mutiert und streunte nun in der Gegend umher, guckte durch die Fenster und stalkte die anderen bei ihren Vorbereitungen für den wohl-verdienten Feierabend?

Egal, grinste Kasimir, und wenn T-Rex persönlich mir zuguckt, ich mach mir jetzt mein Abendessen.

Mit leiser Wehmut dachte er an früher. Damals war alles so viel einfacher gewesen. Als seine Frau das Abendessen vorbereitet hatte, er nur noch am Tisch Platz nehmen musste, ihn der Duft von frischem Schweinebraten schon an der Tür abpasste.

Damit war es nun vorbei.

»Du idiotischer Gurkenkönig!«, waren ihre letzten Worte gewesen. Inzwischen war ihr Sterben auch schon eine ganze Weile her. Er seufzte.

Gurkenkönig mochte ja stimmen – aber idiotisch konnte er nicht unterschreiben. Es gehörte schon eine ganze Menge Intellekt dazu, einen solchen Betrieb zu leiten.

Und, kreisten seine Gedanken weiter um Gurken und Familie, während er sich eine Pfanne auf den Gasherd stellte und etwas Öl über den Flammen zu erhitzen begann, apropos idiotisch: Dein Sohn kann niemals mein Nachfolger werden. Der fährt den Betrieb in null Komma nix mit Karacho gegen die Wand, hatte er damals dagegengehalten.

Er seufzte bei der Erinnerung.

Dinge änderten sich eben.

Als er das erste Steak ins Fett legen wollte, wurde die Tür geöffnet.

Vor Schreck hätte Kasimir fast das Fleisch auf den Boden fallen lassen.

Hatte er vergessen abzuschließen?

Gut möglich. Beide Hände voll, das Hirn voll – da konnte so was schon mal passieren.

Also? Nachsehen?

Kasimir griff nach einem langen Filetiermesser, verließ die Küche – im wahrsten Sinne des Wortes todesmutig.

Stutzte.

Schaltete das Licht ein, weil er sonst im Dunkel des Wohnzimmers nur vage Konturen erkennen konnte und nicht mit dem Messer auf einen der Sessel einstechen wollte.

Und da stand einer – mitten im Zimmer.

Kasimir versteckte rasch die Waffe, kam sich außerordentlich bescheuert vor.

»Ach, du bist das! Ich hab wohl vergessen, die Tür abzuschließen – und nach dem Mord an diesem Touristen liegen die Nerven doch ein bisschen blank. Ein Bier?«

Der Besucher nickte erfreut.

Kasimir kam mit zwei geöffneten Flaschen aus der Küche zurück, bot dem anderen einen der Sessel an, fiel selbst mit einem lauten Seufzer in die Couch.

»Die Polizei war heute bei mir. Wegen des Gifts in den Gurken. Aber bei mir im Betrieb haben sie natürlich nichts gefunden. Wie soll bei mir Gift ins Glas kommen? Alles automatisiert. Da musst du die Substanz zentral einspeisen – und dann wäre die in allen Gläsern einer Charge. Mit ein bisschen Denken scheidet der Betrieb als Quelle für die Giftgurken aus.« Zufrieden prostete er dem anderen zu und gönnte sich einen kräftigen Schluck.

»Im Laden waren sie auch. Hat mir die Sylvia erzählt, die gegenüber wohnt.«

»Ja, sind wohl alle ganz schön in Aufruhr. Der soll ja Waffenhändler gewesen sein. Du weißt ja, die Freundin meines Neffen ist in dieser Aktivistengruppe. Waffen sind für die wie das flatternde rote Tuch für den Stier.«

»Die kleine Maria war auch aus dem Häuschen. Ist ja mal was Neues hier bei uns. Sonst ist die Gegend eher ruhig.«

Sie nahmen einen weiteren Schluck, dann noch einen.

»Es war ein langer Tag.« Kasimir rappelte sich mehrere Bier später aus dem Polster des Sofas.

»Ja, da hast du recht. Bei mir fängt der Tag auch früh an und geht bis tief in die Dunkelheit.« Der Besucher stemmte sich aus der Tiefe des Sessels auf die Füße.

»Soll ich deine Flaschen auch gleich mitnehmen? Ich komm ja am Container vorbei«, fragte er noch höflich, dann schlug er mit der sandgefüllten Socke kraftvoll zu. Über das Gesicht Kasimirs rollten Entsetzen, dann ungläubiges Staunen und zum Schluss Erkenntnis und Gewissheit.

»Tja«, machte der Besucher und sah ungerührt zu, wie der schwere Mann auf den Boden krachte.

Dann zog er Einmalhandschuhe aus den Hosentaschen, zog je zwei über jede Hand und zauberte aus seinem Beutel ein Gurkenglas hervor. Schraubte sorgfältig den Deckel ab, fischte eine Spritze aus der Brusttasche seiner Jacke und injizierte die Flüssigkeit ins Glas. Den Inhalt der zweiten Spritze schoss er Kasimir direkt ins Herz.

Danach zog er den schweren Körper in die Küche, stellte die Gurken auf der Arbeitsplatte ab, nahm das dort schon stehende Glas an sich, legte ein Messer daneben und ein Schneidebrettchen, schaltete das Gas unter der Pfanne ein und wartete, bis das Öl laut zu zischen begann.

Auf dem Heimweg warf er die Bierflaschen in den Container, hörte wenig später von fern das Sondersignal von Polizei und Feuerwehr.

Nun, dann würde der Leichnam ja schnell gefunden werden, dachte der Besucher zufrieden. Fehlen nur noch zwei weitere … Auf dem Weg nach Hause dachte er darüber nach, wie er es anstellen könnte, ohne selbst unter Verdacht zu geraten. Das Schmunzeln in seinem Gesicht nahm an Breite mit jedem Schritt zu. Tja, die einen haben's drauf, die anderen sitzen im Knast, dachte er und beschloss, gleich weiterzumachen, wo er doch gerade so eine Glückssträhne hatte.

24

Nachtigall wachte aus unruhigem Schlaf auf. Sah sich im Zimmer um.

Brauchte ein paar Momente, bis er bereit war aufzustehen.

Ein Blick in den Spiegel.

Die Lider schwer.

Das Gesicht zerknautscht. Übernächtigt.

Die Haare – gut, die waren mit Haargummi schnell und unkompliziert zu bändigen.

Er beugte sich übers Waschbecken näher an den Spiegelschrank.

So alt, wie er heute aussah, da würde in den nächsten 30 Jahren auf gar keinen Fall Platz für weitere Knitterflächen in seinem Gesicht bleiben. Auch ein Trost. Schlimmer konnte es also nicht werden.

Der Rasierer arbeitete sich lautstark durch das Stoppelfeld.

Viel kaltes Wasser sorgte für einen Frischekick.

Beim spartanischen Frühstück unter Männern traf er auf einen gut gelaunten Emile. Gestylt, kein bisschen unausgeschlafen, frisch, wach und tatendurstig.

Die Gene, tröstete sich der Hauptkommissar, sein Schwiegersohn hatte einfach Glück gehabt.

»Immerhin hat uns niemand zu einem neuen Tatort gerufen. Es bleibt also bei dieser einen Leiche.«

»Vorerst«, korrigierte Couvier. »Ich habe mir die Protokolle und den Tatortbefundbericht durchgelesen. Das Ganze sieht oberflächlich betrachtet wie ein schwer verunglücktes Tête-à-Tête aus. Wir wissen noch nicht, woher der Stoff kam. In den Akten habe ich dazu nichts gefunden.«

»Klären wir. Nach dem Kaffee.«

»Jule und die Kinder wollen mit Conny heute in den Tierpark fahren, habe ich gehört. Sie werden sich die gefährlichen Tiger aus dem letzten Fall ansehen.«

»Erzählt bloß nichts von dem abgetrennten Arm! So was sorgt nur für Alpträume«, mahnte der Großvater schmunzelnd. Seinen Enkeln grauste es, soweit er wusste, vor gar nichts.

»Guten Morgen!« Nachtigall winkte Silke kurz zu. »Emile sitzt im Büro von Jannik. Der Kollege ist krankgeschrieben. Bandscheibenvorfall. Emile geht die Akten durch, guckt Fotos. Ist jederzeit ansprechbar, soll ich dir ausrichten, er warte auf Informationen.« Er lachte leise. »Haben wir welche?«

»Guten Morgen, gibt es was Neues?«, fragte auch Klapproth, die hinter Nachtigall auftauchte.

»Ich habe die Liste der Partys vom Hotel bekommen. Die Namenslisten stehen noch aus, einige konnte ich noch nicht anfordern, geht keiner ans Telefon. Aber ich weiß, dass er diese Dame vom Finanzministerium durchaus bei mehreren Gelegenheiten hätte treffen können. Aber um das sicher feststellen zu können, brauche ich die noch fehlenden Gästelisten. Und natürlich weiß ich auch nicht, ob das alle Partys waren, die er besucht hat. Das Hotel wusste vielleicht nicht über alle Einladungen Bescheid.«

»Hat er sich Damen mitgebracht, wenn er zurückkam?«, wollte Klapproth wissen.

»Gelegentlich. Genauer wollte man mir gegenüber nicht werden. Diskretion, murmelte der Nachtdienst, Diskretion.« Silke verzog das Gesicht, zuckte mit den Schultern, Handflächen zur Decke.

»Jeder weiß, was zu tun ist, also dann!« Nachtigall machte kehrt und lief los. Maja beeilte sich, mit den raumgreifenden Schritten des riesenhaften Kollegen mitzuhalten.

»Zuerst müssen wir klären, dass Silke in die Ermittlungen eingebunden werden soll – und zwar nicht nur am Schreibtisch, sondern aktiv. Sie hat ein ernstes Problem mit überschießender Aggressivität, macht ein spezielles Training. Sie sollte so wenig Kontakt nach außen haben wie möglich, zumindest solange das Programm noch läuft. Aber in diesem Fall brauchen wir jede Frau und jeden Mann!«

Eine knappe halbe Stunde später brummte Silkes Handy und sie bekam den Auftrag, ihre Liste abzuarbeiten.

»Na bitte. Geht doch!« Zufrieden stürmte die junge Frau aus dem Büro.

25

Leonie staunte.

»Sie wollen *was* von mir wissen? Ob Leopold sexuelle Vorlieben hatte? Das geht Sie einen feuchten Dreck an!« Zornig wischte sie sich vorsichtig die Müdigkeit unter den Augen weg, versuchte durch Klopfen auf die Wangen Körper und Geist zum Start in den Tag zu bewegen. »Sie kommen echt um die Zeit hierher, um mich das zu fragen? Aber sonst geht es Ihnen gut, ja? Ich war gerade auf dem Weg ins Bad und danach ins Bett.« Empört zupfte sie an ihrem pinkfarbenen Bademantel herum, schlug die Beine abwehrend übereinander und wackelte hektisch mit den rosafarbenen Plüschpantoffeln, fuhr sich durch die zerknautschten wasserstoffblonden Haare.

»Wir ermitteln in einem Mordfall«, Silke staunte über ihre innere Ruhe, »da darf ich praktisch alles fragen. Außerdem ist Ihr Kunde das Opfer, er wird Ihnen keinen Ärger machen.«

»Ne! Wir müssen uns vertraglich zur Geheimhaltung verpflichten. Über die Namen unserer Kunden und ihre sexuellen Präferenzen und Vorlieben dürfen wir nichts ausplaudern. Nicht auszudenken, wenn plötzlich in der Zeitung zu lesen wäre, was der eine oder andere Lokalpolitiker so am liebsten mag.«

Ein Telefonat mit der Chefin der Agentur führte Klärung in diesem Punkt herbei.

Eine Tasse Kaffee später sprudelten die Informationen förmlich aus der Hostess heraus.

Offensichtlich ist es ganz angenehm, all diese Details mal loszuwerden und sich von der Seele reden zu können, dachte Silke und schrieb eifrig mit.

Gestikulierend erklärte Leonie: »Der Leopold wollte eine selbstbewusste Partnerin – und nicht nur im Bett.«

Die gut gebaute Frau angelte ein Notizheft von der Kommode. Rosa, natürlich. Schlug es auf, blätterte ein bisschen darin rum, lächelte beim flüchtigen Lesen, meinte dann entschuldigend: »Ich kann mir das nicht alles merken. Ich schreibe mir für jeden Kunden auf, was wichtig ist. Sonst laufe ich etwa im falschen Outfit oder mit den falschen Hilfsmitteln auf. Wäre doch voll peinlich. Stellen Sie sich vor, ich komme im Babydoll aus dem Badezimmer, geschminkt auf kleines Mädchen und er liegt auf dem Boden und wartet auf seine Domina im schwarzen Lederlook, mit Stiefeln bis übers Knie und einer neunschwänzigen Katze in der Hand – geschminkt auf innerlich glühender Eisblock. Da wäre der Kunde aber sofort abgetörnt. Alles auf Winterfrost. Ne! Das darf nicht passieren, sonst bin ich meinen Job los.« Bei dieser grässlichen Vorstellung weiteten sich ihre Augen, wölbten sich aus den Höhlen wie Klicker, die jeden Moment rauskullern konnten.

»Es gibt Hostessenservices, die keine sexuelle Dienstleistung anbieten oder es den Damen freistellen. Jede entscheidet selbst, wie weit sie mit dem Kunden gehen will. Bei Ihnen ist das anders? Wenn Sie sich verweigern, verlieren Sie den Job?«

Silke dachte an ein Buch, das sie vor Jahren einmal geschenkt bekommen hatte. Von einer »wohlmeinenden« Freundin, die der Meinung war, Silke müsse lockerer beim Thema Sex werden. »To serve men.« Und selbst jetzt, kilometerweit entfernt von dem Regal, in dem es in der zweiten Reihe, also unsichtbar, stand, überfielen sie Gänsehaut und leiser Ekel. Sie war eindeutig nicht Mitglied der anvisierten Zielgruppe.

»Nun ja, Sie wissen das nicht so genau, nicht wahr? In Ihrem Job bei der Polizei sind andere Dinge wichtig, richtig?« Leonie kicherte albern wegen des Reims. »Bei uns gilt auch, dass wir ablehnen können. Aber warum sollte ich? Ich suche mir die Männer aus! Es ist nicht wie Prostitution, wissen Sie. Ich stehe nicht im kurzen Röckchen frierend an einer zugigen Straßenecke und muss einsteigen, egal, wer da hält. Ich rufe ein Taxi, fahre zum vereinbarten Treffpunkt. Meist ist das ein teures Restaurant. Er zahlt das Taxi, das Essen, die Getränke, das Zimmer – wenn ich das erlaube. Und meinen teuren Service. Das versteht sich von selbst. Ich muss nichts sagen, er wurde eingewiesen. Meine Kunden benehmen sich. Ich werde nicht um meinen Verdienst betrogen, muss keinen Luden bezahlen. Ist eine Art Franchising.« Wieder dieser Augenaufschlag, der Leonie ahnungslos und dumm erscheinen ließ.

»Sie machen es gern?«

»Gern! Das ist so ein großes Wort. Ich bin Herrin über meinen Körper. Keine Nutte. Es gibt keinen Zuhälter, der Geld bei mir eintreibt. Es ist meine Art, Geld zu verdienen. Mehr nicht. Andere putzen das Bahnhofsklo – ich beseitige einen anderen Notstand. Nichts weiter als eine Dienstleistung, für die der Kunde angemessen zu bezahlen hat.«

»Mit dieser Auffassung …ist es wohl zumindest erträglich. Ich kenne Frauen, die das vollkommen anders sehen.«

»Ich habe Sie in meine Wohnung gebeten. Trotz der vollkommen unpassenden Uhrzeit, die sich mit Ihrer Tagesplanung sicher gut verträgt, mit meiner nicht. Sehen Sie, ich kenne Leute, die hätten Ihnen nicht einmal die Tür geöffnet«, gab Leonie freundlich zurück.

Silke wusste, dass man das nicht vergleichen konnte. Sie beschloss, das Thema an dieser Stelle zu beenden und zum Kern der Befragung zurückzukehren.

»Welche Wünsche hatte Herr Bäumler konkret?« Sie neutralisierte den gereizten Ton mit einem breiten Lächeln.

»Selbstbewusstes Auftreten der Partnerin – und dann: Widerstand im Bett, im Sessel, auf dem Tisch, in der Wanne, auf dem Teppich, im Fahrstuhl …«

»Eine Art rituelle Vergewaltigung?«

Leonie zögerte mit der Antwort. Silke vermutete, dass die Zeugin mit dem Wort ›rituell‹ in Verbindung mit gewaltsam erzwungenem Sex nichts anfangen konnte, und wollte gerade umformulieren, da beugte sich die Hostess vor und sagte: »Ein bisschen schon. Er brauchte das Gefühl, als Sieger vom Platz zu gehen. Dabei verursachte er regelhaft Schäden an der Bekleidung – meiner Bekleidung. Er kam dafür auf, ohne zu zucken. Es hat ihn ziemlich angetörnt, wenn meine Nägel über seinen Rücken kratzten – gelegentlich durfte auch Blut fließen. Das leckte er dann von meinen Fingern ab.« Träumerisch schweifte Leonies Blick aus dem Fenster. Silke wartete. Schweigend.

»Einmal hat er mir ein blaues Auge verpasst. War ihm mehr als peinlich. Ich konnte es in den nächsten Tagen überschminken, war also kein großes Problem.«

»Sie haben mir gestern erzählt, die Frau des Gastgebers der Party habe sich an Herrn Bäumler rangemacht, sich förmlich an ihn rangeschmissen. Wie passt das zu seinem Wunsch, eine selbstbewusste Frau im Bett zu haben. Ist doch eigentlich ein Widerspruch.«

Leonie wand sich. Schob die Hände unter die Oberschenkel, zog sie wieder hervor, nestelte an ihrem Bademantel, fummelte durch ihre Frisur. Drehte den Oberkörper unschlüssig hin und her, als überlege sie, ob man der unwissenden Frau nun wirklich alles erklären sollte, ja konnte. War doch völlig klar, wie das zusammenging!

Sie klappte ihre Lider runter, offenbarte die Pracht ihres rosa-pinkfarbenen Lidschattens mit großen Goldglitzerpartikeln darauf.

Silke schauderte. Diese Farbpalette passte nun weder zum Outfit noch zu dem Orangeton der Wangen oder dem kräftigen Rot der Lippen. Um Harmonie war es Leonie bei der Zusammenstellung offensichtlich nicht gegangen, konstatierte sie gnadenlos.

»Noch mal, nur damit ich es richtig verstehe: Er steht auf Frauen, die wissen, was sie wollen. Und nun soll ich glauben, er geht mit einer ins Bett, die sich willenlos an ihn ranschmeißt? Ganz ehrlich, da müssen Sie mir schon auf die Sprünge helfen!«

Nach einem tiefen Seufzer, angesiedelt zwischen Genervtsein und Staunen über so viel Unwissen, entschloss sich die junge Frau zu einer Antwort.

»Hat halt jeder so sein Wissensgebiet«, leitete sie schnippisch ein. »Ich frage Sie ja auch nicht, wie eine DNA-Analyse technisch gemacht wird.«

»Gut. Er hat sie weggeschickt. Passiert Ihnen das öfter?«

Leonie verwandelte sich in atemberaubendem Tempo in eine Furie.

»Was glauben Sie eigentlich? Hä? Solche Fragen muss ich mir nicht gefallen lassen! Ich bin eine stark nachgefragte Begleiterin! Das wird meine Chefin sicher gern bestätigen.«

»Okay, okay. Das ist also eine entzündete Stelle, die noch immer schmerzt. Das verstehe ich. Dann war das wohl das erste Mal? Sie sind nicht darauf vorbereitet gewesen, dass so etwas geschehen könnte?«

»Natürlich nicht! Und ich verstand gar nicht – Herr Bäumler war in der Vergangenheit mit meinem Service mehr als zufrieden.« Sie hatte sich wieder gefangen, lege eine Spur zu viel Arroganz in Stimme und Blick.

»Gestern war er Ihrer unerwartet überdrüssig geworden.«

»Ja. Wegen dieser aufgetakelten, alten Fregatte! Abgewrackt. Wie das Schulschiff der Marine. Die müsste dringend zur Generalüberholung ins Trockendock!«, platzte es zwischen den roten Lippen hervor. »Was kann so eine einem Mann wie ihm schon bieten? Braven Hausfrauensex! Nicht wirklich das, was er am liebsten mochte.«

»Sie waren stinksauer.« Neutraler Ton, eine emotionslose Mimik. Das Grinsen musste auf später warten.

»Klar. Wären Sie auch gewesen!«

Die beiden Frauen, die unterschiedlicher nicht hätten sein können, schwiegen sich an.

»Und obwohl Sie das so gesehen haben, sind Sie gegangen«, durchbohrte Silke die Mauer der Stille.

»Was zum Teufel hätte ich denn Ihrer Meinung nach tun sollen?«, fauchte die Zeugin. »Alles andere wäre viel zu peinlich. Ich ging – und er bekommt von der Agentur eine saftige Rechnung.« Sie zuckte zusammen. »So hätten wir das jedenfalls üblicherweise gehandhabt. Wenn der Kunde sich nicht wie ein Gentleman benimmt, kostet ihn das extra. Es gibt Männer, die sind bei uns für immer gesperrt.«

»Zurück zu seinen Wünschen.«

»Na gut! Er wollte einen Ringkampf. Einen echten. Vortäuschen reichte ihm nicht, man musste bis zum Äußersten gehen. Er hat auch gern gewürgt. Was glauben Sie wohl, wie echt man kämpft, wenn einem jemand die Luft abdreht. Eiskalt. Kein Gefühl im Blick. Sie gehen davon aus, dass er Ihren Tod in Kauf nimmt. Im Augenblick seines Triumphs kam er zum Höhepunkt. Jeder Sex ließ die Frau irgendwie gedemütigt zurück. Es hätte nur noch gefehlt, dass er eine lange Nadel durch meinen Körper piekt und mich in seiner Sammlung unterbringt: ›Leonie; Spreewald; 2019: 23.20 Uhr.‹ Aber ich will mich nicht beklagen. Es hatte seinen Reiz – und er zahlte gut. Sehr gut.« Leonie holte tief Luft. »Sehen Sie, das ist es, was er dem reichen, dekadenten Mäuschen beibringen wollte: Ich beherrsche dich und du hast Glück, wenn du mich überlebst«, beendete sie ihre Schilderung, stürzte in die Küche, um sich ein Glas Wasser zu holen.

»Sie sollte leiden? Im Grunde auch dafür bestraft werden, ihn einfach so angemacht zu haben, ohne etwas von ihm zu wissen? Ohne auch nur zu ahnen, wozu er fähig war?« Silke folgte der Zeugin.

»Ja. Auch. ›Du bist zwar reich – aber ich habe die Macht über dein Leben‹, er wollte, dass sie lernt, wo ihre Grenzen sind. Er hat … man kann nicht nur vaginal. Das wissen Sie, oder?«

Wieder wurde es ganz still.

Dann sagte Leonie: »Er liebte es, die Frauen beim Sex zu töten.«

26

Anita Falke sprang nach der Übergabe im Klinikum aufs Rad und brauste los.

Wenn man einen alten Vater versorgen muss, ist das im Schichtdienst ein echtes Problem, fluchte sie in Gedanken, der Ärger bescherte ihren Beinen zusätzliche Kraft.

Weit war es nicht, aber den Bahnhofsberg zu überwinden war tägliche Herausforderung.

Ein Fahrrad, das sie etwas unterstützte, wäre natürlich schön gewesen, aber ein E-Bike zurzeit nicht erschwinglich.

Selbst zu strampeln ist auch besser für Gesundheit und Kondition, lobte die Stimme der Vernunft, während ihr Körper nach einem Motor schrie.

Den Abwärtsschwung kostete sie aus, bog in die Külzstraße ein, nahm den Abzweig in die Schillerstraße, quietschte ihr Rad zum Stand vor einem der wunderbaren Altbauten der Karl-Liebknecht-Straße.

Um diese Zeit war noch nicht viel Verkehr, ungewohnte Stille lag über der Straße.

Das Fahrradschloss schepperte leise, behutsam schloss sie die schwere, hölzerne Eingangstür auf, schob ihr Rad hindurch, schulterte es und trug es in den Keller.

Dann lief sie auf leisen Turnschuhsohlen die Treppe hinauf und öffnete vorsichtig die Wohnungstür. Ihr Vater stellte manchmal allerhand Dinge im Flur ab, da war es besser, die Tür nicht mit Schwung aufzustoßen.

Die Atmosphäre der Wohnung fühlte sich gleich beim Eintreten falsch an.

Von Häusern weiß man, dass sie eine Seele haben, gilt das auch für Wohnungen?, überlegte sie und schalt sich eine überkandidelte Mittvierzigerin mit Stresssymptomen.

Dennoch, das unbehagliche Gefühl blieb.

»Guten Morgen!«

Keine Antwort.

»Papa?«

Nichts.

Sie stellte den Rucksack ab und bewegte sich zügig durch den Flur, öffnete geräuschlos die Tür zum Schlafzimmer des Vaters. Das Bett nicht nur leer – nein, unbenutzt!

Weiter. Auch in ihrem Zimmer: alles unberührt.

Durchs Wohnzimmer – alles wie gewohnt – in die Küche.

»Papa!«, schrie sie auf, lief zu der Gestalt, die offensichtlich vom Stuhl gestürzt war. Tastete nach seinem Puls, merkte schon beim ersten Griff, dass sie nicht nur zu spät, sondern viel zu spät kam.

Mit zitternden Fingern tippte sie den Notruf.

Auf dem Tisch stand ein Glas mit Spreewaldgurken, das war an und für sich schon eine Unmöglichkeit. Es gab keine sauer eingelegten Gurken in dieser Wohnung, hatte es noch nie gegeben.

In ihrem Kopf herrschte Chaos – aber an die Meldung von gestern über den vergifteten Mann im Kahn konnte sie sich noch erinnern.

Gift auch in diesem Gurkenglas?

27

»Hier sind die Plakate für die Demo!«

Alle scharten sich neugierig um den Campingtisch.

»Sind cool geworden. Also ehrlich, ich würde kommen!«

»Warum auch nicht. Gegen Waffen, gegen Ausländerfeindlichkeit, für ein kommunikatives Miteinander ohne Gewalt. Klingt in meinen Ohren richtig und gut.«

»Sieht aus wie ein Weckruf. Schon die Farben sind toll!«

Maria lachte leise. Sie kannte das schon von den Demos der letzten Wochen. Erst helle Begeisterung, dann Skepsis und am Ende bei einigen echte Panik.

»Die Presse kommt! Der rbb wird ein Team schicken mit Moderator! Der wird uns nach den Zielen unserer Gruppierung befragen. Diesmal gibt es richtig viel Publicity.« Jörn war ganz aus dem Häuschen, spürte nicht, wie die Stimmung sich zu verändern begann.

»Wir kommen ins Fernsehen?«, piepste Jana.

»Klar! Das wird toll! Nur wer Aufmerksamkeit bekommt, kann auch etwas bewegen«, schulmeisterte Jörn.

»Dürfen wir uns unkenntlich machen?«, fragte jemand aus dem Hintergrund.

»Hä? Ich glaub, bei dir hakt's!«

»Aber sonst erkennt mich womöglich einer! Und bei mir im Betrieb …«

»Hallo? Selbst die Mitglieder der AfD gehen unvermummt, wenn sie sich in rechtsextreme Demos mischen. Da hat keiner Angst, ausgegrenzt zu werden.«

»Klar, die fühlen sich ja da zu Hause! Das kannst du nicht vergleichen! Unser Chef liebt es, wenn die Mitarbeiter seine politische Meinung nicht in Frage stellen, sondern stramm mittun.«

»Wir kämpfen für das Recht auf Asyl und die Integration von Flüchtlingen. Das ist ein Grundrecht! Und was wir tun ist freie Meinungsäußerung! Ebenfalls unser gutes Recht! Wir wollen eine Welt ohne Waffen ohne Kriege und Vertreibung! Ey, Mann! Wir sind die Guten!« Jörn war vor Wut rot angelaufen. Maria sah ihn überrascht an, ihm platzte nur selten der Kragen, aber nun sah er aus, als würde ein feuriger Zornball in wenigen Sekunden explodieren.

»Nur die Ruhe. Ich möchte nur noch mal an den toten Waffenhändler erinnern. Mir ist klar, dass die Polizei über kurz oder lang bei uns auf der Matte stehen wird. Ein bisschen Vorsicht kann nicht schaden.« Eine Stimme aus dem Hintergrund, mahnend.

»Wir haben mit dem Tod dieses Mannes nichts zu tun. Also keine Panik. Ich verstehe gar nicht, wieso ihr glaubt, man könnte uns auch nur im Verdacht haben. Das ist doch Quatsch!« Maria stellte sich demonstrativ neben Jörn. »Wir ziehen das jetzt durch!« Ihre Stimme war fest und entschlossen, ihre wilde Lockenpracht wippte voller Energie. »Hier kneift keiner den Schwanz ein! Und wenn wir jede Menge Presse und Fernsehen haben … umso besser.«

15 andere Mitglieder scharten sich um die beiden.

»Bei uns im Spreewald wird ein Waffenhändler getötet. Ist doch eigenartig. Im Spreewald? Da, wo ihn keiner kannte. Oder hat einer von euch schon mal was von Leopold Bäumler gehört?«, wunderte sich Uli.

Allgemeines Kopfschütteln.

»Eben!«, fasste Jörn knapp zusammen, verteilte die Plakate auf fünf weitere Mitglieder. »Wir hängen jetzt aus.«

Dass einige der Teilnehmer gelogen hatten, würde Jörn erst später bemerken.

28

»Bei Ihnen piept's wohl?«, schäumte Henschel von »Kulinarisches von Henschel und Franz«. »Wie soll denn Gift in unser Essen gekommen sein? Das ist wirklich eine abenteuerliche Unterstellung!«, pumpte der Mann, dessen Gewicht locker für drei seiner Größe gereicht hätte.

»Herr Henschel, niemand redet von Gift in Ihrem Buffet. Wir möchten mit Ihnen über etwas anderes sprechen.«

Es dauerte ziemlich lange, bis der Zeuge auf normales Hautkolorit runtergefahren war.

»Aber es geht doch um den Toten vom Kahn? Der wurde vergiftet. Steht in der Zeitung.«

»Das mag alles so sein. Wir möchten uns mit Ihnen über einen Streit auf der Party unterhalten. Herr Bäumler ist mit seiner Begleiterin heftig aneinandergeraten – stimmt das?«

Zu Nachtigalls Verwunderung lief der Zeuge erneut puterrot an. Schweißperlen bildeten sich am Haaransatz und rannen von dort bis zu den buschigen Augenbrauen. In der Furche über den wulstigen Lippen entstand ein kleiner See. Offensichtlich war ihm die Erinnerung ausgesprochen unangenehm.

»Äh … nun. Sehen Sie … äh … also …«

»Stimmt es oder nicht?«, stocherte Klapproth erbarmungslos nach.

»Ja, schon.« Henschel schlug seine Patschhändchen vors Gesicht, schob die Finger gerade so weit auseinander, dass er mit dem linken Auge durchblinzeln konnte. »Es war so unendlich peinlich, wissen Sie? Zum dauerhaften Fremd-schämen. Für so ziemlich alle Beteiligten.«

»Was genau ist denn passiert?« Nachtigall bemühte sich um einen freundlichen Ton.

»Der Bäumler scheint ein Frauenschwarm zu sein. Kaum betrat er das Haus, gebärdeten sich die meisten der weiblichen Gäste, als sei ganz unerwartet ein Schlagerstar in ihrer Mitte aufgetaucht. Es war grässlich. Wie ein Rudel weiblicher Jagdspinnen. Jede warf gleich ein ganzes Bündel Fang-fäden aus – und schleuderte Giftpfeile nach den Mitbewer-berinnen. Und die Kleine, die ihn begleitet hatte, konnte damit nicht umgehen. All diese geilen Frauen waren min-destens 20 Jahre älter als sie selbst. Ich denke, für sie war das ein Horrorkabinett, das ihm auf den Leib rückte. Und als dann die Dame des Hauses auch noch damit begann, ihm Avancen zu machen, obwohl ihr Gatte, der Gastgeber, sie dabei beobachtete ... Da kam es zum Streit. Und er schickte das Mädel mit dem Taxi nach Hause.«

»Haben Sie bemerkt, wer den Streit begonnen hat?«

»Er. Das hat mich auch ein bisschen irritiert. Sie war so überrascht von seinem Ausbruch, dass ihr gar keine Ant-wort einfiel. Schlampe hat er sie genannt. Und gesagt, er sei schließlich nicht ihr Eigentum, sondern im Gegenteil, er bezahle für jeden Atemzug, den sie an seiner Seite machen dürfe. Das Mädel tat mir richtig leid. Natürlich wussten alle, dass sie von einem Begleitservice kam. Aber so benimmt man sich einfach nicht! Es war seine Entscheidung, sie zu buchen und mitzubringen. Das Getuschel setzte ein, da hatte sie noch nicht einmal einen Fuß über die Schwelle gesetzt. Mir brach der Schweiß aus, so entsetzlich peinlich war mir die ganze Szene.«

Das schien glaubhaft. Deutlich sichtbar litt der Zeuge selbst bei der Erinnerung daran.

»Die junge Frau hat sich so einfach verjagen lassen?«, hakte Klapproth nach.

»Nein. Er verlangte, man möge ihr ein Taxi rufen. Laut und quer über die Terrasse. Da hat sie sich wohl gewehrt. Jedenfalls wäre er um ein Haar auch noch handgreiflich geworden. Sie warf dann den Kopf zurück – fast wie im Film, wissen Sie? Diesen alten, amerikanischen Schnulzen. Beleidigt rauschte sie davon. Ich sah sie noch auf der Straße. Sie war unglaublich wütend. Ihr Schritt war hart und ataktisch, ihre Bewegungen nicht mehr damenhaft elegant, sondern eckig. Als die Taxe kam, stieg sie ein.«

»Und was geschah nun mit Herrn Bäumler?« Nachtigall meinte, das könne ja nun nicht das Ende der Geschichte sein.

»Herr Bäumler turtelte mit der Dame des Hauses. Die anderen mussten sich zurückziehen. Der Herr des Hauses hielt sich beobachtend im Abseits, griff aber nicht ein. Vielleicht wollte er den Eklat nicht noch ausweiten, war ja so schon schlimm genug. Die Stimmung war verdorben und blieb es auch, bis die Gäste gegangen waren.«

Es klopfte energisch.

Durch den Türspalt gab ein Kollege Nachtigall ein Zeichen. Widerwillig verließ der Hauptkommissar den Raum.

»Tut mir leid, Herr Nachtigall. Aber gerade kam eine Meldung rein. Kasimir Knappe wurde tot aufgefunden. In seinem Haus hat es gebrannt, die Kollegen sind vor Ort. Das Feuer ist allerdings ein Fall für die Mordermittlung. Der Rechtsmediziner geht offensichtlich von Mord aus. Und vor dem ›Prima‹-Markt stehen die Leute Schlange. Wladimir Müller schien nicht da zu sein. Einer der Kunden alarmierte die Polizei. Er glaubt, dass etwas Ernstes passieren wird. Die Leute sind davon überzeugt, Herr Müller habe, wissentlich und aus schierer Geldgier, vergiftete Gurken verkauft. Die Streife, die von der Leitstelle geschickt wurde, verschaffte sich vor wenigen Minuten Zutritt – er wird nun zur Sicherheit zu uns gebracht.«

»Sicher sinnvoll. Dann können wir ihn auch gleich zu den Vorwürfen befragen.« Nachtigall nickte zufrieden. »Im Regal haben die Kollegen gestern nichts gefunden. Aber er hatte Zeit genug, die Giftgurken anderswo zu verstauen. Wir haken mal nach.«

Maja Klapproth meinte: »Nun, als Herr Bäumler ging, wird sich die Lage doch etwas entspannt haben.«

»Nein. Ich glaube, alle haben sich für den peinlichen Auftritt geschämt. Und Herr Bäumler muss bemerkt haben, dass er plötzlich Persona non grata war, denn er ging etwa eine Stunde, nachdem die Kleine mit dem Taxi weg war. Die Dame des Hauses war enttäuscht, ihr Gatte vielleicht erleichtert, alle anderen Gäste betroffen. Die ursprünglich gute Laune kam nicht mehr in Schwung, und so löste sich die Party schnell auf. Unser Buffet blieb das einzige Highlight des Abends.« Henschel setzte verschwörerisch hinzu: »Wenn alles schiefgeht, lässt ein gutes Essen wenigstens einen Teil der erlebten Katastrophe vergessen. Satt und mit exquisitem Wein versorgt, gingen die Gäste nach Hause. Gelacht wurde allerdings an diesem Abend nicht mehr.«

Nachtigall streckte seinen Kopf ins Zimmer: »Maja, wir müssen!«

Die Kollegin sprang sofort auf.

»Es tut uns leid, Herr Henschel. Wir müssen los. Das Band geben wir noch schnell weiter. Unsere Kollegin wird das Protokoll tippen, damit Sie es unterschreiben können. Wenn wir weitere Fragen an Sie haben, melden wir uns bei Ihnen. Vielen Dank, dass sie sich Zeit für dieses Gespräch genommen haben.«

Damit waren die beiden Ermittler auch schon verschwunden.

Ein Beamter führte den Zeugen zu Silke ins Büro.

»Hallo, Herr Henschel. Ich kümmere mich sofort um das Protokoll. Möchten Sie vielleicht eine Tasse Kaffee, während Sie mir beim Tippen zusehen?«

29

Die Kollegen erwarteten den Hauptkommissar bereits.

Das Gelände umflatterte Absperrband und uniformierte Beamte verweigerten Neugierigen und der Presse den Zutritt. So richteten sich die Kameras von Ferne auf das Geschehen.

»Und obwohl nichts zu sehen sein wird, gibt es wahrscheinlich ein SPEZIAL zu den Gurkenmorden im Spreewald«, maulte Nachtigall und sah sich nach dem Leiter der Brandermittlung um.

»Ich bin hier, Herr Nachtigall!«, rief eine Stimme und Klapproth fuhr herum.

»Wer ist das?«, fragte sie in so abschätzigem Ton, als habe sie eine Kakerlake in ihren Vorräten entdeckt.

»Guten Tag. Mein Name ist Schönhaus, Hannes Schönhaus«, stellte sich der Rufer unbeeindruckt vor. »Ich habe mir den Brandherd bereits genau angesehen und kann zuverlässige Aussagen zum Ablauf des Geschehens machen. Ihr Rechtsmediziner hat den Leichnam begutachtet, es wurden Fotos gemacht, nun kommt gleich das Team, welches den Verkohlten abholen wird.« Der blasierte Ton, der ganze Habitus des Mannes wirkten an diesem Ort der Zerstörung deplatziert.

»Verkohlt? Dann ist die Beurteilung durch den Rechtsmediziner ein Problem«, stellte Klapproth sachlich fest.

»Nun, Ihr Dr. Pankratz erscheint mir in besonderer Weise befähigt, diesem Toten alle Geheimnisse zu entlocken. Ganz wie damals hinterließ er einen Eindruck von Kompetenz. Er fand immerhin schon bei der ersten Inaugenscheinnahme heraus, dass es sich um einen Mord handeln muss. Alle Achtung, kann ich da nur sagen. Alle Achtung.«

Klapproth warf Nachtigall einen fragenden Blick zu.

»Herr Schönhaus und ich hatten schon einmal miteinander in einem Mordfall zu tun. Damals war die Leiche wirklich stark verbrannt. Und Herr Schönhaus hat uns mit seiner Schilderung der Abläufe sehr helfen können.«

Der gewichtige Brandermittler schien neben dem Hauptkommissar um mehrere Zentimeter zu wachsen.

Der Einsatzleiter der Feuerwehr brachte Klapproth und Nachtigall je einen Helm. »Setzen Sie den bitte auf. Einsturzgefahr besteht nach unseren Erkenntnissen nicht. Aber sicher ist sicher, es könnten sich zum Beispiel Teile der Decke lösen. Es ist uns gelungen, den Brand zügig zu löschen. Bitte achten Sie darauf, wo Sie hintreten. Bei den Löscharbeiten ging so einiges an Mobiliar kaputt. Ihre polizeieigene Schutzkleidung ist ausreichend. Schlagen Sie die Kapuzen hoch, damit nicht heruntertropfendes Löschwasser auf Ihre Haut treffen kann. Wir wissen ja nicht, was hier so gelagert wurde. Analyse läuft.«

Von Schönhaus geleitet, betraten die Mordermittler das kleine Haus.

»Er hatte Holzverkleidungen an den Wänden – hochgefährlich. Und offensichtlich wollte er gerade sein Abendessen zubereiten. In der Küche haben wir Fleischstücke auf der Arbeitsfläche gefunden und ein Glas mit Gurken. Der Brandherd liegt in der Küche. Das Feuer ist in der Pfanne entstanden. Öl.«

Maja Klapproth sah sich interessiert um.

Seltsam, manche Dinge sahen völlig unbeschädigt aus, andere hatten die Flammen wortwörtlich in Grund und Boden gebrannt. An der Wand der Küche sah man eine schwarze Fahne, dort, wo die Pfanne auf dem Herd gestanden hatte. Decke und ein Teil des Bodens waren schwarz.

»Wo wurde der Leichnam gefunden?«, fragte sie.

»Direkt vor dem Herd. Aber Ihr Rechtsmediziner meint, er sei dort abgelegt worden. Die Spurensicherung hat bestätigt, dass man im Teppichgewebe drüben im Wohnzimmer Schleifspuren erkennen kann. Hier und hier und hier.« Schönhaus deutete mit seinem wurstigen Zeigefinger auf schwer zu erkennende Spuren.

Nachtigall starrte auf den Leichnam.

Es gelang ihm nur mit größter Anstrengung in dem Toten Kasimir Knappe wiederzuerkennen.

Vom Gesicht war kaum etwas übrig. Das Öl hatte sich tief ins Gewebe gefressen. Die Kleidung hatte ebenfalls gebrannt, die darunter liegende Haut verbrannt.

»Er muss furchtbare Schmerzen gehabt haben.« Nachtigalls Stimme war leise.

Klapproth warf ihm einen kritischen Blick zu.

»Wenn er schon tot war, hat er nichts mehr davon bemerkt«, stellte sie schnörkellos klar.

Schönhaus ließ sich nicht aus dem Konzept bringen. »Und ich gehe davon aus, dass jemand das brennende Öl zum Teil direkt auf den Boden gekippt hat. Vielleicht hat er sogar noch ein wenig dazugegossen. Wir werden überprüfen, ob dem Öl nicht sogar ein Brandbeschleuniger beigemischt wurde.«

»Das Opfer wurde niedergeschlagen, in die Küche gezerrt, der Brand gelegt. Hat der Täter auch alles andere arrangiert? Das zum Braten vorgesehene Fleisch, das Gurkenglas?«, fragte Nachtigall.

Peddersen, der das Team der Spurensicherung leitete, zuckte mit den Schultern. »Wir werden versuchen es herauszufinden. Zum Glück war es kein großes Feuer – aber so können wir sicher noch einiges finden, das für Klarheit sorgen kann. Die Gurken stammen aus seinem Betrieb, aber er hat sie bei ›Prima‹ gekauft. Wir haben den Beleg im Müll gefunden. Alles auf dem Heimweg: Erst beim Metzger das Fleisch, dann im Supermarkt die Gurken, und zum Nachtisch sollte es wohl Schokopudding geben. Der steht im Kühlschrank.«

Nachtigall wandte sich an Schönhaus. »Meinen Sie, der Täter hat das Feuer gelegt, um alle Tatspuren zu verwischen, was dann gründlich schiefgegangen ist?«

Der Brandermittler wiegte nachdenklich den Kopf. »Nun, ich denke nicht. Selbst wenn wir Brandbeschleuniger in der Pfanne fänden, würde das nicht unbedingt dafür sprechen, dass der Täter das Haus abfackeln wollte. Im Gegenteil. Bei nüchterner Betrachtung gewinnt man den Eindruck, wir hätten alles wie geplant vorgefunden. Sie erinnern sich vielleicht … Damals, bei unserer letzten Zusammenarbeit, hatte der Täter mehrere Brandherde gelegt. Er wollte das Haus abbrennen, die Leiche sollte unkenntlich werden. Das ist hier vollkommen anders. Sie sehen einen Toten, der vor dem Herd am Boden liegt, Fett in der Pfanne hat gebrannt, ein kleineres Feuer ausgelöst. Normalerweise gingen Sie davon aus, der Mann sei vielleicht kollabiert, alles ein häuslicher Unfall. Tragisch und vermeidbar, aber eben ein Unfall. Erst bei genauerer Betrachtung wird aus dem kollabierten Mann einer, den man anderswo niedergeschlagen und vor den Herd gezerrt hat. Ganz ehrlich – entweder wollte der Täter, dass Sie sehen, es handelt sich um Mord – oder er hat die Fähigkeiten der Ermittlungsbehörde völlig falsch eingeschätzt.«

»Zu viel Krimiserien geguckt?«, mutmaßte Klapproth.

»Möglich. Aber ich würde eher darauf setzen, dass er den Mord gar nicht vertuschen wollte.« Schönhaus seufzte. »Ein Spieler.«

»Der Tod dieses Mannes steht möglicherweise in Zusammenhang mit einem anderen Mord, der gestern stattgefunden hat.« Nachtigall sprach eher zu sich selbst als zum Brandermittler. »Dort hat es nicht gebrannt. Aber beim ersten Mord hätte es auf den ersten Blick ebenfalls ein natürlicher Tod sein können.«

»Dann sollten Sie sich lieber beeilen«, murmelte Schönhaus ehrlich besorgt. »Vielleicht hat er weitere Pläne.«

30

»Hallo, Herr Müller. Da hat der Tag für Sie nicht so wirklich gut angefangen«, meinte Nachtigall und nahm dem Inhaber des Supermarkts gegenüber am Tisch Platz. Maja Klapproth setzte sich seitlich, konnte so beide Männer im Auge behalten.

Das Aufnahmegerät wurde eingeschaltet.

»Wir nehmen das Gespräch auf. Fürs Protokoll. Sie sind hier als Zeuge …« Es folgte die allgemeine Belehrung über Rechte.

»Ja, ja. Schon gut. Kennt man. Erst sind alle freundlich, man ist schließlich Zeuge – und plötzlich ändert sich der Ton, das Blatt wendet sich, man wird zum Beschuldigten und ist urplötzlich gezwungen, sich zu verteidigen.«

»Ach, ist Ihnen so was schon mal passiert?«, fragte Klapproth erstaunt.

»Mir nicht. Aber man weiß doch, wie der Hase läuft!«

»Wir ermitteln noch immer im Fall des Toten auf dem Kahn. Sie wissen, dass dabei vergiftete Gurken eine Rolle gespielt haben. Bei der Kontrolle wurden in Ihrem Regal keine auffälligen Gurkengläser gefunden, Sie wurden dennoch aufgefordert, alle Gläser vorrübergehend ins Lager zu räumen. Das haben Sie auch getan?«

»Selbstverständlich!« Die Brust des Zeugen wölbte sich deutlich vor. »Wenn man mir so etwas anschafft, dann wird das erledigt. Schließlich will ich nicht riskieren, dass jemand an Gurken aus meinem Markt sterben muss!«

»Hm«, murrte Nachtigall, »das stimmt wohl nicht ganz,

oder? Herr Knappe hat ein Glas seiner eigenen Produktion bei Ihnen gekauft. Gestern, auf dem Weg nach Hause.«

»Ja, stimmt. Er wollte sich Fleisch braten und brauchte wohl Gurken dazu. Ich dachte mir nichts dabei, er hätte sie sich ja auch aus seinem Betrieb mitnehmen können. Er meinte, er habe gerade erst so richtig Lust darauf bekommen, der Weg zurück sei ihm zu weit, schließlich sei er schon fast zu Hause, und er wisse genau, im Schrank wären keine mehr. Also habe ich ihm seine eigenen Gurken und Schokopudding verkauft. Natürlich haben wir beide herzlich darüber gelacht. Kauft sich seine eigenen Gurken im Supermarkt!«

»Und da haben Sie sich gedacht …«

»Na, wenn er ein Glas der eigenen Spreewaldgurken kaufen möchte, wird er wohl vorher kein Gift reingerührt haben«, wurde der Zeuge laut. Seine Gesichtszüge ballten sich wütend zusammen.

Nachtigall hatte den Eindruck, es fehle nicht viel und das Kinn könne mit der Nasenspitze zusammenstoßen.

»Wie viele weitere Ausnahmen haben Sie außerdem gemacht?«, fauchte Klapproth zurück.

»Keine«, behauptete Müller standhaft und sah aus, als wolle er der Ermittlerin am liebsten an die Kehle springen.

»Herr Müller«, ging Nachtigall dazwischen, bevor die Situation eskalieren konnte, »manchmal werden Lebensmittel vergiftet, weil eine Supermarktkette oder einzelne Filialen erpresst werden.«

»Ja, das weiß ich natürlich. Dann wird in der Regel die Polizei eingeschaltet und die Bevölkerung gewarnt.«

»Genau, Herr Müller.«

Stille setzte sich über dem Tisch fest.

Wladimir Müller spielte mit seinen Fingern Fangen, sah trotzig nur auf seine Hände.

Die beiden Ermittler taten, als hätten sie alle Zeit der Welt, könnten locker die notwendige Geduld aufbringen, um dem Zeugen nicht zu vermitteln, man stünde unter Druck.

Es dauerte. Nachtigall befürchtete schon, auch heute seine Enkel nicht wach anzutreffen.

Da räusperte sich Müller.

»Wenn man bei der Polizei arbeitet, verengt sich das Denken, ja? Ist wie bei den Innenministern im Bund: Manche treten ihren Job als Freiheitsdenker an, sind politisch links – doch nach kurzer Zeit beginnt sich etwas in ihrem Denken zu verändern, und am Ende vermuten sie hinter jedem Busch einen Terroristen, Spion, Feind. Nur weil sie zu viel über theoretische Bedrohungen wissen. Übersteigertes Risikoempfinden, nichts weiter. Sie wollen mir was anhängen! Dabei hat das mit mir nichts zu tun. Es gibt keine Erpressung, keine Drohung, Gurken im Laden zu platzieren, die Menschen umbringen.«

»Wir durchsuchen gerade Ihre Büroräume, Ihren Computer, Ihre anderen Kontakte. Hier ist der Beschluss.« Klapproth legte Müller den Beschluss vor.

»Das ist reine Zeitverschwendung.« Der Filialleiter lehnte sich auf seinem Stuhl zurück.

»Ich will meinen Anwalt anrufen.«

Mehr sagte er ab sofort nicht mehr.

31

Es dauerte unendlich viele Tage und Nächte, bis jemand kam, sie zu befreien.

Milliarden von Fliegen waren über die Toten hergefallen, gierige Vögel hatten mit ihrem guten Geruchssinn den Leichenberg ausgemacht. Sie kreisten über dem Ort, der vor einer gefühlten Ewigkeit von lachenden und spielenden Kindern erfüllt war, nun zu einer Freiluftleichenhalle umfunktioniert worden war.

Mayla verstand nicht, warum offensichtlich niemand ihre Not bemerkte.

Die Aasvögel waren weithin zu sehen, ihr wütender, lärmender Streit um die besten Beutestücke konnte in den umliegenden Dörfern nicht unbemerkt bleiben.

Quälender Durst.

Nur die schwarzen Männer bekamen genug.

Die Nahrungsvorräte hatten sie ebenfalls unter sich aufgeteilt. Gelegentlich warfen sie etwas davon in die Gruppe der Noch-Lebenden, wie bei einer Fütterung im Zoo.

In einiger Entfernung wurde geschossen.

Es beunruhigte die Männer nicht.

Die Folterknechte wählten seelenruhig ihre Opfer für den Tag. Unverletzte gab es nicht mehr, an keiner der Geiseln war der Kelch vorübergegangen.

Einige trugen ein rotes Band um den Hals.

Die gehörten dem Anführer.

Waren für die anderen unberührbar.

Wodurch die Gruppe der verfügbaren Frauen und Mäd-

chen sich stetig verringerte. Eine Gruppe weniger den Männern zur Verfügung stand. Und selbst von denen mussten manche »aussortiert« werden. Die Stimmung verschlechterte sich. Und jeden Tag starben Freundinnen, Kolleginnen, Lehrerinnen.

Josefine, die Schulleiterin, hatte Mayla zugeflüstert, sie möge sich bei einer Befreiung neben ihr halten. »In dein Dorf kannst du ohnehin nicht mehr zurück«, war eine Wahrheit, die für sie in besonderem Maße aber auch für die anderen zutraf. Vergewaltigte und geschundene Frauen hatten für den Heiratsmarkt kaum Bedeutung.

Befreiung. Tagelang hatte Mayla gedacht, Josefine sei verrückt geworden.

Doch an dem Tag, an dem die Schüsse näher kamen, die Aasvögel unruhig verflogen waren, schien sie plötzlich denkbar.

32

Traudel war auf dem Heimweg.

Sie hatte Brot und Brötchen eingekauft, in der Metzgerei für ihren Hund Trude ein Stückchen Wurst mitgenommen. Trude trottete heute lustlos neben ihrem Frauchen her.

»Na, ist dir schon zu heiß? Das ist erst der Beginn des Sommers, meine Süße, das heiße Ende kommt erst noch.«

Sie beugte sich zu der halbhohen Mischlingshündin hinunter und kraulte ihr durchs Fell.

»Komm, wir gehen am Friedhof vorbei. Da ist immer was los und du wirst ein bisschen abgelenkt. Ist ja manchmal wie Kino.«

Und tatsächlich.

Ein breiter Strom Trauernder kroch zwischen den Gräbern entlang.

»Hm, wessen Sarg mag das nun wieder sein?«, grübelte Traudel. »Der Tote vom Kahn wird ja sicher nicht hier beigesetzt. Wäre zumindest untypisch. »Ach, das wird der Nachbar von Susi sein.«

Sie band den Hund im Schatten an einen Baum und schloss sich an. Ganz hinten trug man schon nicht mehr durchgängig schwarz.

Und so erfuhr Traudel vom Tod Knappes.

In den Reihen vor ihr schien es gar kein anderes Thema zu geben.

»Das Haus hat gebrannt«, tuschelte eine Frau, eine andere entgegnete: »Was für ein Blödsinn! Ein kleines Feuerchen!

Nur in der Küche. Ich wohne doch direkt gegenüber, das war ein Auflauf heute Morgen.«

Eine hochgewachsene alte Dame meinte: »Ich habe sogar den Rechtsmediziner gesehen! Kam in einem Auto, auf dem ›Rechtsmedizin‹ stand, hatte eine dicke Arzttasche dabei. War ziemlich lange drinnen. Und überall Leute in Schutzanzügen. Ziemlich gespenstisch in der Dämmerung.«

»Ja«, steuerte die Erste wieder bei, »und ich habe gehört, dass man den Leichnam in die Rechtsmedizin bringen wird. Er wird also fachmännisch geöffnet.«

»Eine Obduktion wird durchgeführt, heißt das! Er wurde nicht bei der Jagd erlegt und ausgenommen.«

»Was weiß man schon? Manche Organe kommen nicht in den Körper zurück.«

»Doch! In Zweifelsfällen dürfen Proben zurückbehalten werden. Der Rest kommt in den Sarg.«

»Das kann man nur hoffen. Stell dir vor, du wachst am Jüngsten Tag auf und bist aus lauter fremden Teilen zusammengesetzt.«

Die Gruppe unterdrückte ungebührliches Kichern nur unvollständig, einige der Trauergäste drehten sich zu ihnen um, zischten wütende Belehrungen.

Traudel und die vom Baum befreite Trude ließen die anderen weiterziehen.

Sie hatten auf einer Bank einen alten Bekannten entdeckt.

»Hallo, Johannes!«

»Na, Traudel, schon das Neueste erfahren?«, fragte der Naundorfer Viehzüchter und grinste.

»Der Kasimir ist tot.«

»Ja. Habe ich auch gehört.«

»Es hat bei ihm gebrannt.«

»Stimmt ebenfalls. Aber nur ein kleines Feuer. Lässt sich reparieren, das Haus.«

»Vielleicht wird es abgerissen. Der Sohnemann hat sicher kein Interesse an niedrigen Decken und winzigen Fenstern«, überlegte Traudel. »Die modernen Häuser sehen doch ganz anders aus. Leicht und edel.«

»Der Kasimir war schwierig. Aber so ein Tod ist nicht schön.« Johannes rappelte sich etwas mühsam auf. »Wenn man hier eine Weile sitzt, kommt man nur schwer hoch«, lachte er hart. »Wahrscheinlich sind das die allerersten Anzeichen von Alter.«

»Mit deinen 60 Lenzen bist du ja noch ein Jungspund!«, bestätigte Traudel zuvorkommend.

Sah ihn nachdenklich an. »Hat dir ganz schön zugesetzt, was? Siehst angegriffen aus. Kanntest du den Kasimir näher?«

»Was heißt schon näher? So ungefähr ein Alter, da unterhält man sich schon mal. Aber oft begegnet sind wir uns nun auch wieder nicht.«

»Tja, wer wird eigentlich deinen Hof übernehmen? Dein Sohn ist schon seit Jahren tot. Deine Enkeltochter? Ach, Johannes, was man über deine Kristina so hört … Die will doch keine Viehwirtschaft betreiben – und sei die noch so bio!«

33

»Was haben wir?«

Nachtigall hatte sein Team im Besprechungsraum versammelt.

Dr. Pankratz stieß zur Gruppe, hatte einen Stapel Papier unter dem Arm und übernahm den Einstieg in die Runde.

»Kasimir Knappe. Gurkenkonservenproduzent. Wir haben ihn vor Tagesanbruch gefunden, weil in seinem Haus ein Feuer ausgebrochen ist. Todesursächlich waren einige Schläge mit einem stumpfen Gegenstand gegen den Kopf und ein Giftcocktail aus Gurken, Gurkensud und Crystal. Das Crystal entspricht chemisch der Variante, die Leopold Bäumer verabreicht wurde. Der Brand wurde gelegt.«

»Wir haben Hannes Schönhaus am Tatort angetroffen. Öl entzündete sich, wurde auf den Boden geschüttet, von dort aus fing anderes Feuer.« Maja fasste kurz zusammen, was sie schon wussten.

»Genau. Er war bereits tot, als der Brand tobte«, bestätigte der Rechtsmediziner. Kein Rauch in den Atemwegen oder -organen, keine Versuche der Flucht oder Abwehr. Aber einen Einstich in der Brust. Hier wurde ihm Crystal direkt ins Herz gespritzt.«

»In den Gurken war die Droge auch?«, fragte Silke nach.

»Ja.«

»Wir wissen inzwischen, dass er das Glas bei Wladimir Müller gekauft hat, dem Filialleiter von ›Prima‹. Bei der Überprüfung der Gläser im Ladenregal und der Kartons im Lager haben die Kollegen keine verdächtigen Produkte gefunden. Deshalb dachte Herr Müller sich nach eigener Aussage nichts dabei, dem Hersteller sein eigenes Produkt zu verkaufen. Er meinte, der hätte es wohl kaum verlangt, wenn er selbst Gift in die Gläser gemengt hätte.«

»Erpressung?«, fragte Couvier.

»Wir haben alles durchsucht. Keinen Hinweis auf eine Erpressung gefunden. Auch nicht in sozialen Netzwerken, Mails oder Textnachrichten. In der Zentrale in Hamburg sind die Kollegen vorstellig geworden. Nichts. Wir mussten ihn gehen lassen. Eine Streife hat ihn auf eigenen Wunsch zurück in den Lebensmittelmarkt gebracht. Und fährt regelmäßig an seinem Laden vorbei. Es gab das Gerücht im Ort, Müller sei an den beiden Opfern schuld. Ein Mob hatte sich versammelt. Wollte den Markt stürmen, auch wenn niemand ein Motiv für Mord benennen konnte. Bestenfalls für ein Verschweigen mit Todesfolge, falls eine Erpressung …«

Zwei Tage. Zwei Opfer.

Und dazu das Orakel von Hannes Schönhaus, das Ganze sei eine Art Spiel und weitere Opfer möglich.

Tiefe Besorgnis machte sich in Nachtigall breit wie eine anwachsende finstere Unwetterwolke.

Würden sie morgen schon über drei Opfer sprechen?

»Können wir ausschließen, dass es eine Verbindung zwischen den Männern gibt?«, fragte er. »Also außer den Gurken und der Droge.«

»Nein«, antwortete Silke, »bisher nicht. Ich suche schon nach Vereinsmitgliedschaften in überregionalen Vereinen oder Verbänden, zum Beispiel im Fußball. Oder eben anderen Berührungspunkten. Allerdings liegen zwischen Bäumler und Knappe Welten. Ganz ehrlich: Ich fürchte, der einzige gemeinsame Bekannte ist der Täter.«

»Vertuschung?«, schlug Klapproth vor. »Wäre nicht das erste Mal, dass ein Täter sein wahres Opfer in einer Serie verbirgt.«

»Okay. Gurken, Gurkenverarbeitung. Das Crystal Meth ist ein zweiter Bezug zur Region, weil es hier ein größeres Problem damit gibt?« Silke war nicht überzeugt. »Wer wird dann das nächste Opfer?«

»Ein Anbaubetrieb. Ein Gurkenbauer.«

»Damit wir weiter annehmen, es gehe in Wahrheit um die Gurke?« Auch Dr. Pankratz konnte sich mit dieser Theorie nicht recht anfreunden.

»Ja. Weg von den Waffen. Wir sollen den Täter unter den Konkurrenten im Gurkengeschäft suchen. Das lenkt von anderer Thematik gründlich ab, lockt uns weit weg.« Klapproth hielt an ihrer ursprünglichen Hypothese fest.

Couvier notierte unter »Motiv« bei Bäumler Waffen und bei Knappe Vertuschungstat.

»Ich habe mir den ersten und den zweiten Tatort angesehen«, begann er vorsichtig, »und ich muss sagen, wir haben es mit einem ausgesprochen geordneten Täter zu tun. Aus dem Bericht der Spurensicherung geht hervor, dass Teller, Gläser und so weiter, sogar der Korb und die Flasche völlig frei von Fingerabdrücken waren. Es gibt schlicht keine. Selbst an der Plane nicht. Der Täter hat entweder die ganze Zeit über Handschuhe getragen – wie Professor T. aus dieser Krimiserie, was allerdings sehr irritierend gewesen wäre – oder er hat alles sorgfältig gereinigt. Oder: Er hat alles erst nach dem Tod des Opfers arrangiert.«

»Du meinst, man beginnt ein Date mit dem Öffnen eines Glases Spreewaldgurken? So nach dem Motto: Guck mal, ich habe eine neue Sorte entdeckt, komm, wir probieren mal?« Klapproth schüttelte den Kopf. »Ne!«

»Doch«, beharrte Couvier, »das ist möglich.«

»Ich soll mir vorstellen, dass man bei einem Date zuallererst ein Glas Spreewaldgurken öffnet? Der letzte Kick?«, fragte auch Nachtigall ungläubig. »Ehrlich: Bei Jule hätte dir das keine Punkte gebracht.«

»Mag sein. Aber wir wissen ja gar nicht, mit wem Bäumler sich getroffen hat.«

»Und der Champagner, Gläser, das ganze Drumunddran wurde erst später arrangiert? Eine Inszenierung für die Polizei?« Nachtigall nickte vage. »Na gut. Dann wurden bei Kasimir Knappe auch keine verwertbaren Spuren gefunden, oder?«

Silke begann hektisch im Tatortbefundbericht zu blättern. »Nein. Bisher nicht. Weder an der Pfanne oder deren Stiel, noch an der Flasche mit dem Öl, dem Kochfeld, der Arbeitsplatte. Auch die Tatwaffe wurde noch nicht gefunden.«

»Oh, dazu hätte ich eine Idee. Möglicherweise wurde ein sandgefüllter Beutel verwendet, um ihn niederzuschlagen. Ich habe Baumwollreste in der Wunde gefunden, leicht angekohlt, aber identifizierbar. Schwarz oder dunkelblau. Spricht für eine Socke.« Dr. Pankratz war mit der Wirkung seiner Worte zufrieden. »Gestorben ist er an der Spritze ins Herz. Crystal Meth. Die Analyse bestätigt, dass die Droge aus derselben Quelle stammt wie beim ersten Mord.«

»Was ist bei der Überprüfung der Anti-Waffen-Aktivisten herausgekommen?«

»Die habe ich gecheckt. Leiter ist ein Jörn Sauer. Eigentlich ist es eher ein lockerer Verbund, alle diskutieren und entscheiden über Aktionen mit. Aber tatsächlich gibt es eine Liste, damit man im Notfall wirklich alle zusammentrommeln oder informieren kann. Die hat man mir gemailt. Ich bin dran.« Silke schrieb sich diesen Punkt oben auf ihre Liste.

»Ein denkbares Szenario wäre: Bäumler macht zum ersten Mal seit vielen Jahren einen längeren Urlaub. Als Ziel wählt er den Spreewald. Dort läuft er nun ausgerechnet jemandem über den Weg, der direkt von Waffenlieferungen und dem Einsatz dieser Systeme betroffen ist und ihn tatsächlich erkennt. Dieser jemand bringt ihn um, vertuscht dann den Mord durch einen weiteren.«

Nachdenkliches Schweigen.

Alle gingen in Gedanken das Szenario durch.

»Hm.« Mehr Einstimmigkeit konnte erst mal nicht erzielt werden.

Nachtigall fasste zusammen: »Der Täter ermordet aus privaten Motiven einen Mann, den hier keiner kennt. Danach tötet er einen zweiten, den er vielleicht tatsächlich gut kennt, der aus der Gegend stammt, mit dem er gelegentlich Skat spielt, dessen Gurken er gern isst?« Er blieb skeptisch.

»Das zweite Opfer wählte er, damit wirklich alle den ersten Mord mit den Gurken in Verbindung bringen. Da bot sich Knappe förmlich an«, beharrte Klapproth.

»Vielleicht war es ja umgekehrt«, dachte Silke laut nach. »Jemand wollte Knappes Tod, wollte dem Betrieb schaden – dann vertuscht er das Motiv quasi im Vorfeld mit dem ersten und bringt eine neue Verbindung ins Spiel.«

Couvier zog Striche und Verbindungspfeile quer über das Papier. »Sieht kompliziert aus.«

»Angenommen, das Motiv war Eifersucht. Bäumler hat wohl nach Belieben Frauen überzeugen können, mit ihm einen Seitensprung zu wagen. Der Partner tötet Bäumler und kaschiert sein Motiv durch den Waffenhandel.« Nachtigall stockte. »Da passt das zweite Opfer nur bedingt dazu.«

»Na ja, durch das zweite Opfer wird alles völlig unklar und wir rätseln. Der Täter wollte Verwirrung stiften.« Silke grimassierte.

»Wenn der Täter gewusst hätte, dass Bäumler seinen Urlaub hier verbringt, wäre es nicht besser gewesen, eine ganz andere Methode zu wählen? Das Crystal hat er sich vor Ort besorgt. Gehen wir von einer zufälligen Begegnung aus? Heute beim Einkaufen gesehen, morgen ermordet? Eine alte Rechnung? Oder ging es ganz akut um sein Verhalten während seines Ferienaufenthalts? Nach dem Gespräch mit Leonie denke ich, dass auch eine seiner Eroberungen zugeschlagen haben könnte. Aber auch in diese Hypothese passt Kasimir Knappe nicht.«

»Waffenschmuggel?«, warf Maja in die Runde. »Vor ein paar Monaten ist der Schmuggelversuch eines Drogenrings aufgeflogen. Man hatte das Rauschgift in einem Gurkentransport versteckt. Gibt es Handelsbeziehungen für Spreewaldgurken in den arabischen Raum?«

»Ein geplanter Gurkendeal? Jemand ist dahintergekommen und wollte das Geschäft bereits im Vorfeld beenden?« Nachtigall schnappte nach Luft. »Wir sind hier im Spreewald, nicht in einer Großstadt. Ich glaube an einen lokalen Täter, der aus privaten Gründen gemordet hat. Gurken als Vehikel für einen Waffenschmuggel? Das ist viel zu weit hergeholt. Zudem müsste es sich dann bei unserem Täter um einen Insider handeln. Schließlich sind das Geschäfte, die man nicht an die große Glocke hängt.«

»So was bespricht man dann auf einem Kahn, nachts, wenn die Braven schlafen.« Klapproth grinste anzüglich. »Einer der Partner wollte möglicherweise aussteigen und hat deshalb zu drastischen Mitteln gegriffen. Ich denke, es passt doch gut. Der Waffenhändler stirbt an Gurken und der Gurkenverwerter ebenfalls. Damit ist der geheime Deal beendet.«

Die Liste der Stichworte am Flipchart wurde länger.

»Was konnte die Exfrau den Kollegen über ihren Mann erzählen?«, fragte Nachtigall verärgert.

»Oh, ja, die Kollegen haben uns einen Bericht gemailt. Die

Ehe hat genau zwei Jahre gehalten, das zweite war schon Trennungsjahr. Die Ehefrau wurde schwanger, er hatte stets klargemacht, Kinder kämen für ihn nicht in Betracht. Betrug, Verrat, Ehe zerrüttet. Zahlungen gingen regelmäßig ein, die von ihm festgesetzte Summe lag über dem vom Gericht festgelegten Unterhalt. Das Kind sollte die beste Kita, die beste Schule, die beste Universität besuchen können, auf nichts verzichten müssen. Aber er bestand darauf, dass er dem Kind nicht begegnen würde. Nie. Deshalb kann die Exfrau auch keine Auskunft über das Leben des ehemaligen Gatten geben. Sie weiß nichts über Urlaubsplanungen, private Beziehungen oder Geschäftliches. Aber das habe ohnehin immer der Geheimhaltung unterlegen.« Silke sah von den eng beschriebenen Seiten auf.

»Kein Freund oder Kollege am Nachbarschreibtisch, mit dem er sich mal austauschte?« Nachtigall merkte, wie ihm dieser Bäumler immer unsympathischer wurde.

»Ja. Einen. Egberg Samuels. Mit dem habe ich vorhin telefoniert. Samuels war vom Urlaubsziel Spreewald seines Kollegen sehr überrascht, vermutete vorsichtig, die Gegend müsse dann wohl sehr im Kommen sein, vielleicht im Moment gerade noch ein Geheimtipp, morgen schon hip. Urlaub ohne Flieger sei ein neuer Trend. Normalerweise machte Bäumler nur ein paar Tage am Stück Urlaub. Er könne sich überhaupt nur an eine einzige Abwesenheit Leopolds von deutlich mehr als einer Woche erinnern. Und das war eine geschäftliche Reise. In die USA mit jeder Menge Terminen an der Ost- und Westküste.«

»Das Ziel und die Dauer der Auszeit hier waren also ungewöhnlich. Normalerweise verband er längere Aufenthalte mit Beruflichem. Passt. Entweder wollte er einen Waffendeal mit irgendeiner Regierung einfädeln oder hatte etwas ganz anderes vor. Etwas Illegales!«, trumpfte Klapproth auf.

»Oder er machte seit Jahren – wenn auch nur wenige Tage lang – Urlaub in einem ruhigen Feriengebiet. Drohendes Burn-out?«, beharrte Nachtigall.

»Vielleicht war er auf der Flucht vor einer Beziehung«, Silke spürte, wie ihr die heiße Röte über den Hals und die Wangen kroch. »Ich mein ja nur… Bei dem Gespräch mit der Hostess habe ich erfahren, dass Sex mit ihm nicht gerade entspannend oder etwa sanft war. Er hat seine Partnerinnen gedemütigt, gewürgt, bezwungen. Er lässt sie tot zurück, formulierte Leonie das.«

»Oh nein. Dann hat ja die eine oder andere Frau aus der Gegend ihr ganz eigenes Motiv.« Nachtigall stöhnte, warf einen Blick auf die Uhr. »Frau Krauts sitzt drüben und wartet auf das Gespräch mit uns. Von ihr werden wir nun hoffentlich erfahren, warum sie diesen Mann vor den Augen aller Gäste angemacht hat.«

»Silke, bitte checkt diese Mitgliederliste weiter ab. Maja und ich sprechen mit Frau Krauts. Emile?«

»Ich werde den Junior des Gurkenbetriebs besuchen. Zum einen werde ich mir ansehen, wie dort produziert wird, und zum anderen unterhalte ich mich mit ihm über seinen Vater. Wenn es mit Knappe einen Gurkendeal gegeben hat, wusste der Sohn davon oder nicht? Wie ist sein Vater mit Firmengeheimnissen umgegangen.« Couvier packte seine Akten in die Tasche. »Wenn wir davon ausgehen, dass möglicherweise ein Waffengeschäft mit einem Land zum Beispiel im arabischen Raum angebahnt wurde, schalten wir den Zoll ein. Die binden wir in unsere Ermittlungen ein. Rechtlich bezeichnet man das als Bannbruch, § 372 glaube ich. Zumindest wäre es wohl eine Steuerhinterziehung. Ich kümmere mich um den Kontakt.« Er winkte den Kollegen kurz zu.

Dr. Pankratz lachte leise: »Ich mache mich an die Leiche von Kasimir Knappe. Mal sehen, was ich noch rausfinden kann.«

Couvier wandte sich in der Tür nachdenklich zum Team um. Sein Gesicht ernst, besorgt und der Blick intensiv.

»Der mögliche Waffendeal ist ja nur eine der Hypothesen. Wenn der Täter Bäumler aus privaten Gründen, die wir noch nicht kennen, aus dem Weg räumen wollte – und nun nur wegen des Bezugs zur Gurke einen anderen tötet, damit das wahre Motiv unentdeckt bleibt, dann haben wir es mit einem sehr speziellen Täter zu tun. Ich möchte euch warnen: Dieser Täter ist skrupellos, hemmungslos egoistisch. Er stellt sein Motiv für den ersten Mord als Maxime über sein weiteres Handeln, tötet einen Menschen, der wohl mit dem ersten Opfer gar nichts gemein hatte, nur um uns auf den ›Gurkenweg‹ zu schicken. Die Gurke und die Droge sollen die Verbindung herstellen: ein nichtiges Motiv für die Tötung eines anderen. Wahrscheinlich lebt er sehr zurückgezogen, hat wenig Umgang mit anderen Menschen – unter anderem deshalb, weil ihn deren Leben, deren Probleme keinen Deut interessieren. Er ist gefährlich. Und er wird ohne zu zögern wieder töten, wenn er es für notwendig hält. Wir sollten uns beeilen.«

Betroffenes Schweigen.

»Das bedeutet dann, alle, die mit Gurken im weitesten Sinne zu tun haben, könnten in Gefahr geraten?«, erkundigte sich Silke.

»Das wissen wir nicht. Wir können nur hoffen, dass wir ihn schnappen, bevor er uns beweist, dass die Gurke …«, begann Couvier.

Nachtigalls Handy klingelte.

»Ja!«

»Leiche in der Karl-Liebknecht-Straße. Schräg gegenüber vom Café, Richtung Staatsanwaltschaft. Die Streife ist vor Ort, ihr könnt nicht fehlgehen.«

»Wer ist der Tote?«

Nachtigall bedeutete Silke, noch zu warten. »Aha. Er hat Gurken gegessen und … Wir sind gleich da! Wie heißt er? Horst Falke, ja und wer … seine Tochter, … habe ich notiert.«

»Maja, es gibt eine weitere Leiche. Schillerstraße. Das ist in unmittelbarer Nähe zum Theater. Warst du dort schon?«

Klapproth schüttelte den Kopf.

»Silke, würdest du bitte das Gespräch mit Frau Krauts führen?«

Silke nickte zurückhaltend, war der Meinung, sie müsse nicht unbedingt zeigen, wie sehr sie dieser Auftrag freute.

Als die beiden Hauptkommissare über den Gang verschwanden, hörte sie noch: »Ein älterer Herr. Seine Tochter hat ihn leblos in der Wohnung gefunden.«

»Und wie soll der nun in eine unserer Versionen passen?«, flüsterte sie vor sich hin und trat schwungvoll in den Raum zu ihrer Linken.

»Guten Tag, Frau Krauts. Tut mir leid, dass Sie ein bisschen warten mussten. Aber bei den Ermittlungen in einem Mordfall ist man nicht immer Herr über seine Zeitplanung.«

34

Emile Couvier versuchte den Junior der Firma Knappe zu einem Gespräch zu überreden.

Doch der lehnte ab.

Schickte allerdings seine Assistentin zu dem ungebetenen Besucher.

»Sie sind Herr Couvier, nicht wahr? Ich bin Melissa Weinert. Es tut mir leid, aber Herr Knappe hat erst vor ein paar Stunden vom gewaltsamen Tod seines Vaters erfahren. Sie verstehen sicher, dass er heute nicht für ein Gespräch zur Verfügung stehen kann.«

»Das verstehe ich gut. Allerdings wird er diesem Gespräch nicht dauerhaft ausweichen können. Wir ermitteln in einem Mordfall, da haben andere Dinge Priorität, auch wenn wir wissen, dass der Schmerz über den Tod eines Angehörigen tief sein kann.«

»Vielleicht kann ich Ihnen ja helfen«, bot die Frau wie erhofft an.

»Das wäre wirklich nett. Sehen Sie, ich möchte gern verstehen, wie die Abläufe bei der Herstellung der Gurken sind. Von der Anlieferung bis zur finalen Reise sozusagen.«

»Aber gern. Ich zeige Ihnen den Betrieb. Dazu müssen wir uns allerdings ein bisschen verkleiden. Lebensmittel – Sie verstehen das sicher.«

Couvier nickte, schenkte ihr sein freundlichstes Lächeln.

Melissa Weinert tippte ein paar Zeilen in ihr Handy, meinte dann: »Okay. Alles klar, wir sind angekündigt. Sonst dürfen natürlich Besucher nicht in die Hallen hinein, nur in den Gurkenshop.« Sie kicherte leise. »Schließlich wollen wir Gurken verkaufen, oder? Wir beginnen dort drüben. Das ist der Anlieferungsbereich.«

Frau Weinert hatte zwei Kittel dabei, einen reichte sie dem Besucher, ebenso wie eine Haube und Überschuhe. »Wie gesagt: Lebensmittelverarbeitung ist ein hygienisch sensibler Bereich.«

Couvier war nach kurzer Zeit deutlich beeindruckt.

Gurken reiften nicht in Fässern, und man gönnte ihnen auch keine Ruhe für diesen Prozess. Es war ein »beschleunigtes Verfahren«.

»Die Firma steht gut da, nicht wahr? Überall beim Einkaufen entdecke ich Ihr Gurkenlabel.«

Die Assistentin nickte erfreut. »Ja, unsere Marketingabteilung hat mit der großen Kampagne zur Markteinführung der neuen Sorten offenbar beim Kunden einen Nerv getroffen. Es läuft. Super sogar.« Stolz reckte sie den Kopf in die Höhe, warf mit beiden Händen die langen braunen Haare über die Schultern zurück. »Besonders die Sorte mit den Chilistückchen. Wenn man die in Scheiben schneidet und auf einem Käse-Sandwich verteilt – mmhm, eine echte Geschmacksexplosion.«

»Mit der klassischen Spreewaldgurke hat das aber nicht mehr viel zu tun.«

»Das ist wahr, ja. Und für den Senior war es keine leichte Entscheidung, die Neuen auf den Markt zu bringen. Tatsächlich verkaufen wir die klassische Variante auch noch – und zwar richtig gut. Die Spreewaldgurke ist eben eine Marke!«

»Und hier werden nun die Gurken ins Glas gestopft, Sud kommt drüber und dann Deckel drauf?«

»So würde ich es nun nicht beschreiben, aber im Prinzip – ja.« Frau Weinert rauschte schon weiter, und Couvier musste sich mühen, mit ihr Schritt zu halten.

»Meine Freunde legen selbst Gurken ein«, begann er zu erzählen. »In einem Fass mit Holzdeckel, auf dem Balkon. Dauert, macht ziemlich viel Arbeit. Das Ergebnis aber ist toll.«

»Da kommt vieles zusammen. Der Prozess der privaten Herstellung beschert den Menschen das Gefühl, etwas Gutes selbst geschaffen zu haben. Mit ihrer eigenen Hände Arbeit. Aber wie sie selbst bemerkt haben – das Reifen im Holzfass dauert, der Ansatz bedarf regelmäßiger Beobachtung und Kontrolle. Und jedes Mal werden die Gurken aus der eigenen Produktion etwas anders schmecken, selbst wenn Sie die gleichen Zutaten verwenden wie beim letzten Ansatz. Unsere Kunden erwarten bei dem Produkt ihrer Wahl den immer gleichen Geschmack. Um das zu gewährleisten, dauerhaft dieselbe hohe Qualität zu garantieren und große Mengen liefern zu können, bedarf es einer Form der industriellen Herstellung.«

»Ja. Das ist wahr. Und möglichst soll die Illusion der Handfertigung für den Kunden erhalten bleiben.« Offensichtlich hatte Couvier sie mit seinen Gurkenfreunden etwas verärgert. Die Wortwahl wäre eher für eine Investorengruppe passend gewesen, weniger für einen halbprivaten Besucher von der Polizei.

»Ja!«, kam es schnippisch.

Die nächsten Schritte gingen sie still nebeneinander her.

»Die Ideen für die neuen Sorten hat der Junior entwickelt?«, schnitt Couvier ein anderes Thema an.

»Nun, nicht allein. Das ist in einer Firma wie der unseren nicht möglich. Da reden viele mit. Die Herstellung muss ja auch realisierbar sein, schmecken, ein Bedürfnis beim Kunden bedienen. Aber bei seinem Vater musste er sie schon allein durchboxen.« Ihre gute Laune war zurück.

»Da musste er doch bestimmt mit harten Bandagen kämpfen, oder? Ganz ohne Diskussionen wird das wohl nicht geglückt sein.«

»Ach, der Herr Knappe senior war nicht für Streit zu haben. Im Laufe der Jahre wurde er immer ruhiger. Und nach dem Tod seiner Frau vor ein paar Jahren hat sich vieles verändert. Wissen Sie, ein Streit hätte sich auch gar nicht mehr gelohnt. Der Junior wäre ohnehin bald Chef geworden. Zu Beginn des neuen Jahres sollte der Wechsel stattfinden.«

»So bald schon? Ist der Junior nicht zu jung für so viel Verantwortung?«

»Ein paar in den Zwanzigern. Aber jeder in der Firma traut ihm zu, dass er den Betrieb gut am Markt hält. Er wird sicher an manchen Schrauben ein bisschen drehen, aber wenn alles gut läuft, soll man nicht zu viel verändern. Das weiß der Junior auch.«

»Nun braucht er gar nicht mehr zu …«

»Diskutieren?« Melissa lachte glockenhell. »Doch, doch. Das Marketing redet bei allen Entscheidungen kräftig mit.«

Sie öffnete eine Tür am Ende des Ganges.

»Dies ist unser »Wartebereich«. Hier warten die Gurken aufs Verpacken und Verreisen.«

»Und woher wissen Sie, dass diese Charge Gurken so wohlschmeckend geraten ist wie die letzte?«, fragte Couvier neugierig.

»Das wissen wir sogar super genau. An der gesamten »Herstellungsstrecke« entnehmen wir Stichproben. Das Labor testet auf Qualität, Reife der Gurken und anderer Zutaten, wie zum Beispiel eben Chili. Oder auch Zwiebeln. Beim Einlegen wird kontrolliert, bevor zugeschraubt wird, nach der Lagerung … Wenn irgendeine Zutat kontaminiert gewesen wäre, hätten wir es entdeckt.«

Sie sah den neugierigen jungen Mann lange an.

»Der Senior hat aus allen Gläsern im Betrieb und der gesamten Strecke Proben untersuchen lassen. Nichts. Bei uns ist das Zeug nicht in die Gläser gekommen, das ist mal sicher. Und«, sie lächelte einen Tick zynisch, »bevor Sie jetzt denken, klar das eigene Labor der Firma, kein Wunder, dass da nichts entdeckt wurde … Der Senior hat drei verschiedene Labore mit beauftragt. Von zweien stehen die Ergebnisse aus, eines hat schon alle Proben untersucht wie wir auch. Nichts. Ich bin sicher, die ausstehenden Berichte tragen dasselbe Ergebnis.«

Sie atmete tief durch, strich sich über den Bleistiftrock. »So, ich begleite Sie jetzt zu Ihrem Wagen. Ich hoffe, Ihre Fragen wurden bei diesem Rundgang alle beantwortet.«

»Der Senior war gar nicht darum bemüht, der Firma in irgendeiner Position erhalten zu bleiben? Ist ja sonst in vielen Familienunternehmen so, dass der alte Chef im Hintergrund die Geschicke weiter beeinflusst.«

»Nein. Herr Knappe hatte eine Weltreise geplant. Wollte nachholen, wofür ihm die Gurken nie Zeit gelassen haben. Und mir hat er gesagt, er wolle mit Gurken bis an sein Lebensende nichts mehr zu tun haben.« Unvermittelt schluchzte Frau Weinert laut auf. Und Couvier reichte ihr ein Taschentuch.

»Der Junior übernimmt nun also etwas früher als geplant, aber nicht unvorbereitet. Ich hoffe, die Firma verfügt über zahlreiche Partnerschaften auch im außereuropäischen Ausland. Das Netz kann heutzutage wohl gar nicht weit genug gespannt sein, glaube ich.«

»Oh. Da brauchen wir uns keine Sorgen zu machen. Unsere Spreewaldgurke wird überall auf der Welt geschätzt und gern genossen. Sogar den afrikanischen und den arabischen Raum beliefern wir. Ich stelle mir das gern vor, wie Beduinen am Abend am Feuer sitzen und neben ihren regionalen Speisen auch ein Gurkenglas von uns rumreichen und unsere Gurken … Entschuldigung.«

35

Anita Falke weinte leise.

Wischte immer wieder mit einem Tuch über ihr Gesicht, blinzelte, war verstört.

Was sie, wenn auch verschwommen, erkennen konnte, wenn ihr Blick sich etwas klärte, verursachte nur immer neue Tränen.

Die Leiche ihres Vaters lag ausgestreckt auf dem Boden.

In irgendeiner beißend riechenden Lache.

Essig, hatte jemand vermutet. Jedenfalls kein Blut.

Männer und Frauen in weißen Schutzanzügen liefen in allen Räumen umher, stellten kleine Kärtchen mit Nummern auf, machten Aufnahmen aus allen möglichen Positionen und Perspektiven.

Irreal.

Wie aus einem Paralleluniversum.

Das konnte alles gar nicht wahr sein. Locked in? In einem bösen Traum?

Sie sah an sich herunter.

Konnte nicht sein, sie trug Jeans, keinen Pyjama.

Tröstend war diese Erkenntnis nicht.

Man würde ihren Vater in die Rechtsmedizin überstellen, lautete die Information, die sie bekommen hatte, man gehe von Mord aus, was sich nicht unbedingt bestätigen müsse. Aber es gäbe andere ähnlich gelagerte Fälle in der Umgebung.

Ihr Vater? Opfer eines Serientäters? Sie schüttelte heftig den Kopf, versuchte auf diesem mechanischen Weg ihre Gedanken neu zu ordnen.

»Was heißt, es gibt Parallelen zu anderen Mordfällen?«, fragte sie den Beamten, der sich vor einer gefühlten Ewigkeit als Peddersen vorgestellt hatte.

»Sie haben Ihren Vater betreut?«

Das war nicht die Antwort auf ihre Frage, doch sie bemerkte es nur wie einen flüchtigen Windstoß auf der Haut, war vergessen, bevor es bewusst wurde.

»Ja. Er konnte doch die Wohnung nicht mehr verlassen. Ich kaufte ein – und er wartete auf mich. Jeden Tag. Er hatte dem Pflegedienst gekündigt.« Anita registrierte, dass ihre Stimme seltsam klang. Schwer und doch schwach, wie von weit entfernt.

»Warum gekündigt?«

»Oh, er war manchmal schwierig. Mit der letzten Pflegerin geriet er in einen ernsten Konflikt. Beide Seiten wurden handgreiflich. In seinem Alter … Altersstarrsinn.«

Peddersen nickte verständnisvoll.

Plötzlich entstand Unruhe.

Anita versuchte zu verstehen, was vor sich ging. Doch im Moment war ihr Kopf nicht auf Mitarbeit eingestellt. Sie schloss die brennenden Augen.

Blinzelte nur gelegentlich.

Nicht um etwas zu sehen.

Eher um den Kontakt zur Realität nicht vollständig zu verlieren.

Erschrak, als ein großer Mann wie aus dem Nichts vor ihr auftauchte. Unter dem weißen Anzug konnte man erkennen, dass er ganz in Schwarz gekleidet war. Daneben eine sportliche Frau in Jeans. Trotz des weißen Kokons war zu sehen, dass sie muskulös gebaut war, sicher ordentlich zupacken konnte. Unter der Kapuze ein Kurzhaarschnitt.

All das registrierte Anita automatisch.

Der Mund des großen Mannes bewegte sich, offensichtlich sprach er zu ihr. Sie nahm sich zusammen, konzentrierte sich maximal.

»Mein Name ist Nachtigall, dies ist meine Kollegin Klapproth. Wir sind von der Kriminalpolizei. Mordkommission.«

»Anita Falke.« War das die richtige Erwiderung? Sie war sich nicht sicher.

»Ihr Vater – herzliches Beileid. Haben Sie ihn tot aufgefunden?«

Anita nickte.

Sie spürte den Kloß in ihrem Hals, er schien ständig an Volumen zuzunehmen.

Nicken war offensichtlich für den Mann in Ordnung.

»Ich habe gehört, dass Sie die Einkäufe für Ihren Vater erledigen. Wissen Sie noch, wo Sie die Gurken gekauft haben?«

Anita probierte es mit Kopfschütteln, meinte dann, dass diese Information vielleicht nicht einmal im Ansatz den Kern des Problems streifte, und hustete, flüsterte heiser: »Er isst keine Gurken.«

»Also hat er die selbst gekauft?«, schoss Klapproth nach und Nachtigall unterdrückte ein Stöhnen.

»Nein«, beharrte Anita. »Er isst sie nicht.«

»Vielleicht hat ihm jemand ein Glas mitgebracht. Bekam Ihr Vater denn oft Besuch?«

»Nein. Nie. Seine Freunde sind schon lange vor ihm verstorben. Landarbeiter, später war er Trucker. Ist ein Beruf, in dem viele nicht alt werden. Ruiniert die Gesundheit. Ich bin die Einzige, die ihn besucht. Täglich.«

»Ihr Vater brauchte einen Rollator.« So wie Klapproth das betonte, klang es fast wie ein Vorwurf.

»Halbseitenlähmung. Nach dem Schlaganfall vor vier Jahren. Deshalb kann er die Treppen nicht mehr runter. Wenn wir zum Arzt fahren, brauchen wir einen Transportdienst. Mindestens zwei starke Männer.«

»Wann sind Sie heute zu ihm gekommen?«

»Gegen elf Uhr. Ich war noch schnell einkaufen, wollte ihm sein Lieblingsessen kochen, aber als ich reinkam …« Anita schluchzte schrill und bekam einen Weinkrampf.

»Ist der Arzt noch da?«, erkundigte sich Nachtigall bei einem der Kollegen.

»Nein. Aber er hat ihr eine Spritze gegeben, bevor er aufgebrochen ist.«

»So können wir die junge Frau unmöglich zurücklassen.« Nachtigall setzte sich zu Frau Falke, hielt eine ihrer umherirrenden Hände fest. Wartete.

Klapproth verdrehte genervt die Augen gen Decke.

»Können wir jemanden anrufen, der Ihnen zur Seite steht?«, erkundigte sich der Cottbuser Hauptkommissar freundlich.

Anita schüttelte den ganzen Körper.

»Sie können nicht hierbleiben. Die Wohnung ist ein Tatort, sie wird versiegelt. Bis auf die Polizei verlassen alle die Wohnung. Auch Sie können nicht bleiben.«

»Einer der Männer hat von Mord gesprochen«, heulte die Tochter laut auf. »Aber wer sollte denn meinen Vater umbringen? Einen alten, kranken Mann, der nie vor die Tür kommt? Er guckt nicht mal aus dem Fenster. Draußen interessiert ihn nicht. Warum?«

Das ist die Frage, dachte Nachtigall, genau das. Zu welcher der Hypothesen wird dieser Mord passen? Oder wird er etwa Grundlage für eine neue, eine dritte Version? Wenn es für jeden Mord eine neue … dann handelte es sich vielleicht gar nicht um einen Mörder? Die Gurken als Verbindung? Trittbrettfahrer?

Er warf Klapproth einen flüchtigen Blick zu und erkannte an ihrer Mimik, dass sie gerade Ähnliches dachte.

Es klingelte unmelodisch scheppernd.

Nachtigall öffnete.

Drei Fremde auf dem Treppenabsatz.

Zwei der Männer drängten sich an ihm vorbei, hatten im Treppenhaus einen Transportsarg abgestellt. »Wir müssen erst mal sehen, wie viel Platz wir haben«, murmelte der eine und folgte eilig dem Kollegen.

Einer blieb stehen. Sah Nachtigall an. »Sie sind die Kripo?«

»Ja. Und Sie sind?«

»Berthold Muslik. Vom Psychologischen Interventionsteam.« Er wies sich aus. »Man hat mich hergeschickt. Es geht um eine labile Angehörige nach einem unerwarteten gewaltsamen Verlust eines Angehörigen.«

»Ja. Wer hat Sie verständigt?«

»Der Kollege vom ersten Angriff. Er kennt die Frau vom Sehen und ging davon aus, dass sie mit der Situation nicht klarkommen wird.«

»Anita Falke. Ihr Vater Horst wurde ermordet. Sie war wohl seine einzige Bezugsperson – und das galt möglicherweise auch umgekehrt.«

»Wo ist sie jetzt?« Muslik schob sich am Hauptkommissar vorbei in die Wohnung. »Wenn Sie mit Ihren Fragen fertig sind, würde ich sofort übernehmen.«

Nachtigall machte Klapproth ein Zeichen.

»Und?«, fragte die Kollegin gereizt.

»Von der Tochter erfahren wir heute sicher nichts mehr. Wir sehen uns ein bisschen in der Wohnung um. Fragen bei den Nachbarn. Irgendjemand muss ihm die Gurken ja gebracht haben.«

Energisch zog er den Zipper des Schutzanzugs hoch. »Also, sehen wir uns um.«

36

Silke gab die ersten Basisinformationen an das Aufnahmegerät weiter.

Dann sah sie ihr Gegenüber direkt an.

Stark geschminkt, stellte sie fest, offensichtlich war heute eine gründliche Überarbeitung des Gesichts notwendig geworden. Tja, dachte sie mit der Arroganz der Jugend, ab einem gewissen Alter hinterließen ausschweifende Partys tiefgründige Spuren.

»Frau Krauts, bei der Party in Ihrem Haus kam es zu einem peinlichen Zwischenfall. Was genau ist denn zwischen Herrn Bäumler und seiner Begleiterin vorgefallen?«

Frau Krauts schob ihre Finger unter die Haare und schleuderte sie auf die andere Seite des Scheitels, strich sich mit der Hand mitleidheischend über Stirn und Augen.

Stöhnte ein wenig, als das allein nicht zu helfen schien.

Silke blieb vollkommen unbeeindruckt. So ein dicker Kater war eben der Preis, den man zu bezahlen hatte, wenn die Party aus dem Ruder lief. In diesem Punkt war sie frei von jedem Mitgefühl, was sich in ihrer Miene deutlich ausdrückte.

»Hach, eigentlich kann ich mich gar nicht mehr so recht an den Vorfall erinnern«, lamentierte die Zeugin.

Vergeblich.

Silke konnte auch minutenlanges Schweigen aussitzen.

Immerhin – ein Erfolg des Antiaggressionstrainings. Ihr Trainer wäre stolz auf sie gewesen.

»Du liebe Güte! Na schön! Wir haben ausgelassen gefeiert. Das Wetter war wunderbar, das Catering toll. Es hätte ein schöner Abend werden können.« Die Zeugin seufzte gereizt. »Ich erinnere mich, dass ich mit Herrn Bäumler auf der Terrasse stand. Wir stießen mit einem erlesenen und außerordentlich guten Champagner an, sprachen über das, was die Welt im Moment bewegt. Sie wissen schon: Klimapolitik unserer Regierung, die Ohrfeigen der amerikanischen Politik, die atomare Bedrohung durch Nordkorea. Dauerbrenner eben. Und plötzlich tritt dieses dumme Mädchen zwischen uns und weist ihren Begleiter zurecht. An ihre genauen Worte kann ich mich nicht mehr entsinnen, aber es war ein peinlicher Auftritt. Er wurde daraufhin deutlich, sie gab Widerworte, er ließ ihr ein Taxi rufen. Sehen Sie, es war nur irgend so ein unbedeutendes Mädchen von einem Begleitservice. Die haben kein Recht auf Aufmerksamkeit, wenn der Mann das nicht will. Und eines weiß ich genau: Er wollte nicht sie! Er wollte mich!« Der arrogante Blick, die exaltierten Bewegungen, die diesen Fakt unterstreichen sollten, hätten in Silke beinahe lautes Gelächter ausgelöst.

Sie verwandelte den Reiz in ein verstehendes Lächeln.

»Die junge Frau ist dann kommentarlos gegangen?«

»Aber nicht doch! Ab da wurde es erst so richtig peinlich. Sie beschimpfte mich!« Wieder diese affektierte, alberne Bewegung mit Hals und Händen. »Aber das tun sie immer, wenn sie merken, dass sie nicht mithalten können.«

Silke zählte langsam bis 20, dann bis 30.

Atmete tief durch.

»Na, ist doch wahr! Unerfahren, ungebildet und ungeübt im Umgang mit Männern und deren Feinheiten. So was kann nicht funktionieren. Natürlich träumen die dummen Weibsbilder davon, dass einer der Reichen sich für sie interessiert, sie am Ende heiratet. Diese Geschichte zwischen Sylvia und ihrem König. Aber das passiert natürlich nicht, wenn man nur aus großen Augen, einem hübschen Gesicht und ansonsten einem Kopf ohne Hirn besteht.« Frau Krauts lief zur Höchstform auf, nicht nur ihr Gedächtnis war lückenlos zurückgekehrt, auch ihre Boshaftigkeit schlug wieder gnadenlos zu.

»Im Grunde sind sie kleine spießige Gören«, half Silke weiter, als Frau Krauts schwieg.

»Ja, genau so. Und diese Kleine war besonders kleingeistig. Herr Bäumler dagegen ein Mann von Welt, der sofort verstand, was ich mit ihm besprechen wollte.«

»Und das war?« Silke hoffte, ab nun könne das Gespräch wirklich interessant werden.

»Nun, solche Partys haben natürlich nicht nur die aktuelle Unterhaltung der Gäste im Fokus. Manchmal geht es über das Ende der Zusammenkunft hinaus, wenn Sie verstehen, was ich meine. Der Spaß muss ja nicht vorbei sein, nur weil die allermeisten Gäste schon fort sind«, sie grinste süffisant, leckte sich anzüglich über die Lippen.

»Hm, ich fürchte, zu solchen Partys gehe ich nicht.«

Der kalte Blick der Zeugin wanderte investigativ über das Gesicht und den Körper der Ermittlerin.

»Stimmt. Sie wohl nicht. Herr Bäumler schon. Ein Mann mit Erfahrungen auf jedem denkbaren Gebiet und in jeder Position«, erklärte die Zeugin doppeldeutig.

»Ich glaube, ich verstehe: Sie wollten ihn ins Bett kriegen. Und damit die kleine dumme Göre es nicht schaffen konnte, ihn nach dem letzten Champagner abzuschleppen, ließen Sie die Situation eskalieren und wurden die lästige Mitbewerberin los. Und Ihr Mann hat die Szene die ganze Zeit im Blick gehabt. Vielleicht ist Bäumler deshalb doch so überraschend schnell aufgebrochen.«

»Sie verstehen wirklich nicht.« Frau Krauts begann sich zu langweilen und zeigte das auch offen.

»Dann sollten Sie es mir erklären.«

»Hach, du liebe Güte! Wie soll ich Ihnen das erklären, wo Sie so gar keine Ahnung haben?« Ein tiefer Seufzer. »Aber gut, ich will es versuchen. Vor einigen Jahren fand in Bagenz bei Cottbus auf dem Campingplatz ein Sextainment-Camp statt. Der Polizei ist wohl nur noch der Mord an diesem Maler in Erinnerung, der zur selben Zeit passierte. Dass die Ermittlungen uns gestört haben, war wohl drittrangig. Es wurden Workshops und Lerneinheiten angeboten, Vorträge und Tipps zum Thema Sex in allen Facetten. Sado-Maso war dabei, ein Nachmittag gehörte den Fesselungstechniken. Und es ging um Voyeurismus, Sex zu mehreren, einfach um jeden Spaß, den man zu zweit oder mehreren mit dem eigenen und dem Körper anderer haben kann. Können Sie so weit folgen?«

Silke nickte.

»Ich hatte Herrn Bäumler eingeladen, nach der Party noch Spaß mit meinem Mann und mir zu haben.«

»Aha.«

»Ich wusste, dass Sie prüde sind! Ihre Fantasie wird nie so weit reichen zu verstehen, wie man im Bett … nun ja, das ist nicht mein Problem. Mein Mann sieht gern zu, wenn ich mit einem anderen Sex habe, kommt dann dazu und es wird ein tolles Vergnügen. Die wunderbarste Zierde, das edelste Ergebnis der Schöpfung in der Hand zweier Männer, deren Hände, Lippen, Körper nur um ihre Befriedigung bemüht sind.«

»Und Herr Bäumler war damit einverstanden?«

Im Blick der Zeugin lag unverhohlene Verachtung. »Was glauben Sie denn! Ich habe ihm das Angebot gemacht!«

»Und da war nur logisch, dass er nicht ablehnen würde?«

Die Arme der Zeugin drehten sich aus den Ellbogen zu den Seiten auf, ihre magere Brust reckte sich vor, präsentierte ein faltiges Dekolleté.

Typischer Fall von selektiver Wahrnehmung, konstatierte Silke und dachte an Leonie und deren einladenden Körper. Frau Krauts hätte keine Chance gehabt.

»Herr Bäumler ist aber nicht wie erhofft geblieben.«

Die Lippen wurden dünn und unregelmäßig wie ein von ungeübter Hand verzittert gezogener Konturstrich.

»Nein.« Jetzt klang die Zeugin spitz.

»Und wie hat er begründet, dass er nun doch gehen muss?«

»Angeblich hatte er einen Anruf bekommen und musste sich um wichtige Firmenangelegenheiten kümmern. Ha, um kurz nach 21 Uhr! Wahrscheinlich ist er dieser Schlampe nachgefahren!«

»Er hatte seinen Wagen vor dem Haus geparkt und fuhr mit ihm weg.«

»Nein! Es sollte ja Alkohol getrunken werden dürfen. Die Gäste kamen praktisch ausnahmslos mit einem Taxi. Er ließ sich einen Wagen rufen und verabschiedete sich knapp. Dann war er weg. Und als Nächstes erfahren wir, dass er verstorben ist.«

Trotz aller offensichtlichen Bemühung wollte nicht eine Träne rollen.

Sie tupfte dennoch mit dem Taschentuch am Lidrand und am Nasenflügel entlang.

37

Als die Soldaten vorrückten, entstand unter den schwarz gekleideten Männern Hektik.

Kommandos rollten laut über den Platz.

Der Junge, der neben Mayla saß, zitterte am gesamten Körper. Vorsichtig krabbelte ihre Hand in Richtung seiner. Dicht über den Boden, in der Hoffnung, diese Geste bleibe bei der herrschenden Aufregung unbemerkt. Als nichts passierte, legte sie ihre Hand auf seine, versuchte ihn durch die schiere Berührung zu trösten, ihm Mut zu machen.

Plötzlich drehte sich einer der Bewacher zu den Geiseln um, hob die Waffe und schoss mehrere Salven über die Köpfe der Hockenden. Da alle wussten, es wäre dem Mann gründlich egal, ob er einen von ihnen träfe oder gar tötete, versuchten sie die Köpfe einzuziehen, sich einzukugeln.

Als der Nachhall verklungen war, bemerkte Mayla einen der Wächter direkt vor ihrer Reihe.

Die Erkenntnis traf sie wie mächtiger Faustschlag in die Magengrube.

Sie kannte ihn!

Und den anderen, mit dem er sich gern leise unterhielt, ebenfalls!

Sie kamen aus ihrem Dorf, wohnten in der direkten Nachbarschaft. Hatten diese Männer auch den Kleinen getötet? Sie wussten ja, dass Mayla mit ihm zur Schule aufbrechen würde.

Diese Monster!

Seine Arme packten Ono, rissen ihn hoch, schleiften ihn an einem Arm über den Platz.

Nur Sekunden später waren sein Schreien und lautes Weh-klagen verstummt.

Der Schütze schulterte das tote Kind, trug es zum Zaun. Ono wurde von Hand zu Hand bis zum letzten Mann im Ausguck übergeben.

Ein dumpfes Geräusch legte Zeugnis davon ab, dass man ihn den Soldaten vor dem Zaun vor die Füße geworfen hatte. *Ich habe ihn getötet. Nun habe ich schon zwei Knaben umgebracht, weil ich leichtfertig war,* tobte ein quälender Gedanke hinter Maylas Stirn.

Doppelmord!

Und doch hoffte sie nun inständig, sie könne das hier über-leben.

Dann könnte sie dafür sorgen, dass man diese zwei Männer finden und vor Gericht stellen würde!

Man drängte die Geiseln enger zusammen.

Nun patrouillierten die Augen vieler über Köpfe von Kindern und Erwachsenen, drängten sich zwischen ihren Leibern hindurch, waren jederzeit wachsam und nie zu einem Übersehen bereit.

Mayla spürte plötzlich, wie ein Arm sich um ihre Hüfte schlängelte.

Sie hielt den Atem an, versteifte sich. Jede noch so kleine Bewegung, von einer der Wachen entdeckt, könnte ihren Tod bedeuten.

Wenn ich jetzt aufspringe, überlegte sie, *ist es vorbei mit mir. Dann habe ich für die beiden Toten mit meinem Leben bezahlt.*

Der Arm konnte keinem der Männer gehören, überlegte ein anderer Teil ihres Denkens im Jetzt. Wen die Bewacher sich nehmen wollten, den griffen sie sich einfach aus der inzwischen ziemlich geschrumpften Gruppe heraus, zerrten ihn ein paar Schritte zur Seite und fielen über ihr Opfer her wie Raubtiere.

Manche der Gequälten schrien noch, während ihnen die Hölle als paradiesischer Ort erschien, andere hatten es gänzlich aufgegeben.

Wehrten sich nicht mehr.

Lagen wie Puppen unter ihren Peinigern.

Waren längst gestorben, selbst wenn das Blut noch warm in ihnen kreiste und sie atmeten.

Einige kehrten von dieser Tortur nicht zur Gruppe zurück.

Wurden etwas später oben auf dem Leiberberg entdeckt, unter dem sich inzwischen ein sich stetig vergrößernder, stinkender See ausbreitete.

Wem gehörte der Arm?

Vor dem Tor fielen Schüsse.

Falls sich Hoffnung in den Geiseln breitmachte, blieb das unbemerkt.

Äußerlich nicht wahrnehmbar – und doch, Mayla spürte eine Woge des Lichts.

»Ich sage dir jetzt etwas; und du wirst es tun!«, flüsterte die Stimme, die zu dem Arm gehören musste, in dem Moment, als eine der Wachen mit einem lauten Todesschrei vom Zaun fiel und alle Bewacher zum Leichnam ihres »Bruders« sahen. »Wenn das Tor aufgeht, werfen wir uns auf den Boden und bewegen uns nicht. Egal, was passiert! Wir spielen unseren Tod!«

Mayla erkannte die Stimme Josefines. Schwach war sie, rau. Aber sie gehörte eindeutig zur Schulleiterin.

Ein heißes Gefühl der Dankbarkeit durchströmte die Schülerin.

Josefine hatte überlebt!

Wie auf ein Kommando hin rannten die Bewacher zum Zaun.

Schossen darüber hinweg, riefen sich Befehle zu.

Schreie belegten, dass sie wohl den einen oder anderen Soldaten zumindest getroffen hatten.

Drei der Wächter fielen innerhalb kürzester Zeit, purzelten in den Hof zurück, lagen mit brechendem Blick in ihrem Blut. Niemand kümmerte sich um sie, die Kameraden waren viel zu beschäftigt damit, den Angriff zurückzuschlagen.

Ein Motorengeräusch.

Der Boden erbebte.

Mayla wusste, was da heranrollte. Ein Panzer, vielleicht zwei.

Die Soldaten würden versuchen das Tor zu durchbrechen.

Hektisch stürmten die Bewacher mal hierhin, mal dorthin, wirkten wie eine panische Gruppe Hühner.

Für die Geiseln war es schwierig, den Überblick zu behalten. Es war unklar, wie viele ihrer Wächter noch am Leben waren.

»Wir könnten den Soldaten helfen!«, wurde durch die Reihen geflüstert.

»Wie kommt ihr überhaupt darauf, dass da draußen Soldaten stehen?«, wisperte eine andere Stimme. »Wir helfen am Ende nur einer anderen Miliz!«

38

Johannes Brendel warf seiner Enkelin einen hilflosen Blick zu.

»Du hast den Kerl gekannt, der auf dem Kahn ermordet wurde? Woher?«

»Wir haben uns zufällig getroffen. Bei einer Grillparty, glaube ich. Ein gut aussehender Mann, gebildet, nett. Alle haben für ihn geschwärmt, aber er hat sich die ganze Zeit nur mit mir unterhalten.« Katarina weinte leise, puhlte ein schon ziemlich feuchtes Taschentuch aus der engen Jeanstasche, schniefte, wischte die Tränen ab. Sofort rollten neue.

»Worüber?«, fragte der Großvater in typischer Spreewaldkürze.

»Was? Ach so. Worüber wir gesprochen haben? Über die Möglichkeiten, die hier für Studierende angeboten werden. Die BTU war ihm ein Begriff. Er meinte, man müsse sich erst breit orientieren und dann im Studium spezialisieren. Man müsse schon als Student Kontakte zu potenziellen Arbeitgebern knüpfen, herausfinden, an welchem Schwerpunkt des eigenen Studiums bei den einzelnen Firmen Interesse besteht.«

»Oh, spannend. Als ob du das nicht selbst wüsstest. Hast du ihm von unserem Hof erzählt?«

»Nein! Ich muss ja nicht gleich jedem auf die Nase binden, dass ich zwar ein Studium zum Thema Finanzen und Geldströme absolviere, aber demnächst meine Kenntnisse ausschließlich für den Bestand des eigenen Hofes einsetzen werde. Deshalb bereits Landwirtschaft studiert habe. Wer aus der Großstadt interessiert sich für eine Kleinbäuerin aus dem Spreewald!« Sie sprang auf und rannte davon.

Kopfschüttelnd sah Johannes ihr nach.

Unerwartet plumpste Günther neben ihm auf die Bank, zog eine Flasche Spreewaldbitter aus der einen und zwei Schnapsgläser aus der anderen Jackentasche.

»Na, Streit mit der Kleinen?«, fragte er neugierig und schenkte ein. »Spül's runter!«

»Prost!« Beide kippten auf ex.

»Sie ist noch jung, weißt du. Mit der Zeit werden sie ruhiger.«

»Eine von Günthers Lebensweisheiten?« Johannes merkte erst jetzt, wie wütend er tatsächlich war. Staunte. Räusperte sich. »Entschuldigung. Können einen schon auf die Palme bringen, die Enkel. Und ich hab ja nur die eine Enkelin – du hast fünf Kindeskinder, und im Herbst werden es mehr.« Er probierte vorsichtig, ob das Lachen freundlich klang. Funktionierte.

»Ach, lass stecken«, meinte der Nachbar großzügig. »Man muss sich auch mal ärgern dürfen. Noch einen?« Er schenkte nach.

»Nur Flausen im Kopf. Stell dir mal vor, sie kannte diesen Typen, den man auf dem Kahn gefunden hat! Hat mit ihm gequatscht. Und wer weiß, was noch alles! Sie heult jetzt rum, weil sie nur vage den Tod ihrer Eltern erinnert und nun direkt mit Mord an einer Person konfrontiert wird, die sie, wenn auch flüchtig, gekannt hat. Sie will nicht begreifen, dass es mit dem Hallodri sowieso schiefgegangen wäre. So einer will die Mädchen nur ins Bett kriegen und ist am Ende des Urlaubs ganz plötzlich weg. Na ja, gibt keinen Grund zur Sorge. Sie übernimmt im nächsten Jahr den Hof, basta. Und irgendwann wird sie schon merken, dass es nicht schlecht ist, wenn man sich selbst versorgen kann.«

»Hoffentlich heult sie nicht, weil der Typ sie geschwängert hat«, meinte Günther besorgt. »Deine eigene Mutter war sogar erst 16, damals, mit dir. Dann ist nix mit der Übergabe, und du musste sogar noch ein Balg mehr durchfüttern.«

»Ach was, Günther. So eine ist sie nicht«, gab Johannes unsicher zurück.

Schwieg.

»Das hätte sie mir gebeichtet«, schloss er das Thema für sich mit Überzeugung im Ton ab.

»Denk mal, wenn sie in den kommenden Monaten einen Kerl kennenlernt und mit dem durchbrennt! Kann ja passieren, man kann die Mädchen nicht immerzu im Auge behalten. Unsereiner hat ja was zu arbeiten. Und wenn du dann den Hof übergeben willst, ist keiner mehr da.« Günther sah den Freund bekümmert an. Mitleid schwang in seiner Stimme mit. »Bei mir ist dann ja noch Auswahl. Aber du hast nur die eine.«

»Ja, da sagst du was!« Johannes sah plötzlich um Jahre gealtert aus.

»Hattest genug Nackenschläge in deinem Leben. Mutter türmt, lässt dich mit diesem Vater ... dann die Sache mit deiner Frau, der Tod deines Sohnes. Ey, irgendwann muss so 'ne Serie auch ma abreißen. Wirst sehen, die Katarina bringt alles wieder ins Lot«, behauptete Günther zuversichtlich.

In der Flasche war noch genug für einen weiteren Refill.

Die beiden alten Männer saßen schweigend nebeneinander, brüteten über die möglichen Härten einer zu erwartenden Zukunft. Die gar nicht mehr lange auf sich warten lassen würde.

»Im Radio habe ich gehört, in Cottbus hätte es einen Mord gegeben.« Günther schüttelte den Kopf. »Hoffentlich nicht schon wieder was mit Gurken! Erst der Touri, dann der Knappe und wenn der in der Stadt vom selben Täter … dann wären es schon drei.«

»Der in der Stadt ist vielleicht von einem anderen umgebracht worden«, überlegte Johannes. »Was hätten die aus der Stadt mit unseren Gurken zu tun?«

»Sie fressen sie! Am Ende hat doch der Müller vergiftetes Zeug in Umlauf gebracht – und nicht nur er. Es gab doch mal so einen Erpresser, der vergiftete Packungen von – ich weiß nicht mehr, was das war – in Supermarktregale gestellt hat, um die Firma zu einer Art Lösegeldzahlung zu zwingen. Vorhin hat es schon Proteste vor dem ›Prima‹ gegeben.« Günther schien umfassend informiert.

»Wenn der Mord auch zu dem Gurkenmörder gehört, dann ist das jetzt eine Serie. Irgendwo habe ich mal gelesen, wenn du drei umgebracht hast, wirst du als Serienmörder gesucht.«

»Morgen steht es sicher in der Zeitung.«

»Nur das, was die Polizei uns wissen lassen will«, korrigierte Johannes. »Die gefährden doch den Erfolg ihrer Ermittlungen, wenn sie allen verraten, was sie schon wissen. Wie bei dem Silageschlitzer, diesem Saboteur. Dein Bio-Kollege als Ziel. Der musste teuer Futter für sein Vieh kaufen. So ein finanzieller Kraftakt! Wo war das noch gleich? Hier um die Ecke irgendwo, oder? Und dann die Berichte über Kuhangriffe auf Touristen. Mehrere Tausend im Jahr. Mit Gemüse hast du solchen Ärger nicht. Das beißt nicht und trampelt keinen tot. Machst du dir gar keine Sorgen?«

»Nein, ich bin nicht besorgt. Du weißt doch, mein Hofhund ist ein Prachtkerl. Aber gut, das mit den Informationen stimmt schon. Bloß wenn in den Supermarktregalen vergiftete Gurken stehen, sollten die Kunden das doch wissen. Sonst stirbt womöglich noch einer.«

39

Nachtigall sammelte sein Team im Besprechungsraum.

»Drei Tote, dreimal gibt es eine Verbindung zur Gurke. Beim ersten Opfer war der Täter sehr bemüht. Mit Glück hätte der Mord als natürlicher Tod durchgehen können. Keine Ermittlung. Aber seit wir wissen, dass Bäumler umgebracht wurde, geht es dem Täter nicht mehr darum, den Mord an sich zu verschleiern. Er benutzt Werkzeuge, um das Opfer wehrlos zu machen, und injiziert das Gift direkt ins Herz.«

»Bei Knappe hat er versucht, durch den Brand eine falsche Spur zu legen, Hinweise zu verwischen. Vielleicht hatte er auf ein vernichtendes Feuer gehofft.« Klapproth tippte etwas auf dem Handydisplay ein. »Alle Spuren des Mordes hätten durchaus von den Flammen vernichtet werden können.«

»Und Horst Falke? Er tötet einen pflegebedürftigen Mann. Was verbindet Falke nun mit den beiden anderen Opfern?«

»Die Gurke.«

»Ich habe mir die Firma Knappe angesehen. Der Juniorchef hatte keine Zeit für ein Gespräch, aber seine Assistentin führte mich durch den gesamten Betrieb. Überwachungskameras überall. Es sind mehrere Leute in einer Halle eingesetzt. Proben fürs Labor werden an jedem Punkt der Produktion genommen. Ich glaube nicht, dass jemand von außen Gift hätte platzieren können – und selbst Mitarbeiter hätten so gut wie keine Chance.« Emile berichtete ausführlich von den Plänen Knappes und dem letztlich entspannten Verhältnis von Senior und Junior.

»Okay. Kam mir bei unserem ersten Besuch vor Ort nicht unbedingt so vor.« Klapproth sah von ihrem Handy auf. »Entspannt wäre nicht das Wort, das ich wählen würde.«

»Ja, stimmt. Der Junior war mit der Situation ›Polizei auf dem Gelände‹ ziemlich überfordert. Mir schien, er war erleichtert, als der Vater übernahm, doch ganz offensichtlich war es ihm unangenehm, ihn überhaupt involvieren zu müssen. Für mich war die deutlich hierarchische Struktur klar erkennbar.«

»Der Junior fühlte sich unwohl?«, fragte Couvier nach.

»Ja.«

»Wenn die beiden sonst so wunderbar harmonierten …«, murmelte Klapproth, atmete tief durch. »Vielleicht hat der Junior dann hinter dem Rücken seines Vaters ein eigenes Ding am Laufen.«

»Du denkst an den Waffenhandel.«

»Ja. Angenommen, Bäumler hatte mit dem Junior einen Plan entwickelt, dann wäre es ihm nicht recht, wenn der Fokus der Ermittlungen auf dem Beruf des ersten Opfers verharren würde. Also müssen mehr Opfer her, die mit der Gurke in Zusammenhang gebracht werden und nicht mit den Waffen.«

»Das würde bedeuten, dass jemand die Waffenpläne entdeckt hat und sie sabotieren wollte. Also sicher nicht der Junior, falls er den Deal eingefädelt haben sollte. Für mich haben die Morde weder mit den Gurken noch mit den Waffen zu tun. Ich denke, die Gurken sind nur ein Symbol.« Nachtigall lehnte sich auf seinem Stuhl zurück. »Hast du nach Lieferungen in EU-ferne Länder gefragt?«

»Ja.« Couvier spürte die feindselige Stimmung zwischen

den beiden Kollegen beinahe körperlich. »Sie liefern die Spreewaldgurke auch in den arabischen und den afrikanischen Raum.«

»Na bitte!«, triumphierte Klapproth. »In Containern? Auf eigenen Transportlastern? Wie genau sehen die Transportwege aus?«

»Das kläre ich!«, verkündete Silke eilig. »Ich fahre notfalls hin und sehe mir alles an.«

»Wie passt das dritte Opfer in die Waffentheorie? Verstoß gegen das Kriegswaffenkontrollgesetz? Bruch des Banns?«, bohrte Nachtigall aggressiv nach.

»Gar nicht«, räumte Klapproth ein. »Aber in die Hypothese, es habe ein lokales Motiv gegeben, eben auch nicht.«

Nachtigalls Handy klingelte.

»Ja, Thorsten? Wir sitzen in der Runde, ich schalte dich auf Lautsprecher.«

»Hallo an alle. Das heutige Opfer aus Cottbus ist ebenfalls mit Crystal Meth vergiftet worden, wenn man so will. Die Substanz konnte in den Gurken und im Sud gefunden werden. Todesursächlich war sie nicht. Tatsächlich ist er einen Bolustod gestorben. Jemand hat ihm eine Gurke tief in den Rachen gestoßen. Er ist also nicht einfach erstickt. Der Reihe nach: Das Opfer wurde niedergeschlagen, man flößte ihm vergifteten Essigsud ein, schob eine Gurke hinterher, präparierte den Tatort und ging. Möglicherweise dachte der Täter, er habe den Mann erschlagen und er sei bereits tot, als er all die anderen Handlungen vornahm.«

»Er hat den Mörder reingelassen?«

»Zumindest ist das wahrscheinlich. Oder haben die Kollegen Einbruchspuren entdeckt?«

Silke blätterte hektisch in dem Stapel Papier vor ihr. Schüttelte den Kopf.

»Nein!«

»Ich erwarte euch morgen am Sektionstisch, dann kann ich euch genau zeigen, was ich gefunden habe. Bis dann!«

»Bis dann!«

»Welchen Beruf übte Falke früher aus?«

»Er arbeitete in der Landwirtschaft. Dann wechselte er ins Transportgeschäft. Erst große LKW, dann einen Sprinter, mit dem er als Selbstständiger Kleintransporte durchführte. Nach einem schweren Unfall wurde er berentet. Vor vier Jahren folgte der Schlaganfall, seither wird er von seiner Tochter betreut. Morgens kommt normalerweise ein Pflegedienst und hilft ihm beim Waschen und Anziehen. Aber den hat er wohl gekündigt. Den Rest des Tages wartet er auf seine Tochter.« Silke legte ihre Recherche beiseite.

»Hat die Befragung der Nachbarn etwas ergeben?«

»Bisher nicht. Die meisten haben keinen Kontakt zu Herrn Falke. Sie gehen morgens zur Arbeit, kommen abends zurück. Da ergibt sich kein Gespräch mit einem Mann, der nur in seiner Wohnung bleibt.«

Klapproth dachte an Fabian.

War ihr Bruder deshalb so schlecht auf seine Mitmenschen zu sprechen … weil er ihnen nie begegnete?

»Ich möchte eine Liste derjenigen, die die Kollegen nicht angetroffen haben. Um die kümmern wir uns morgen früh. Der dritte Mord unterstützt nicht eine unserer Hypothesen. Entweder beide sind falsch, der Mord an Falke hat mit den anderen beiden nichts zu tun, oder er ist ein Ablenkungsmanöver.«

»Na ja«, ergänzte Klapproth nachdenklich, »vielleicht haben wir auch bloß die Verbindung noch nicht herstellen können.«

Couvier räusperte sich. »Ich sage das nicht gern: Aber wenn der Täter so viele Morde innerhalb kurzer Zeit begeht, muss es etwas für ihn sehr Wichtiges sein, das er zu verbergen sucht. Wenn wir das Motiv erkennen könnten, läge die Spur, die zu ihm führt, klar vor uns. Wenn er glaubt, er müsse weiter verschleiern, wer wird dann sein nächstes Opfer?«

»Darüber habe ich auch schon nachgedacht. Deshalb fährt eine Streife in unregelmäßigen Intervallen an Wladimir Müllers Haus und seinem Supermarkt vorbei.«

»Du meinst, der Täter könnte die gereizte Stimmung im Ort als Deckung nutzen?« Klapproth schüttelte den Kopf. »Ist das nicht zu weit hergeholt?«

»Immerhin haben sie geglaubt, er könne vergiftete Gurken an Knappe verkauft haben. Ich habe versucht, ihn telefonisch zu erreichen, aber er geht nicht ran.«

»Vielleicht sollten wir …«

»Ja, vielleicht. Die Aufgaben für morgen: Wie werden die Gurken der Firma Knappe zu den Kunden transportiert? Frau Falke muss zu uns kommen und eine Aussage machen. Wir brauchen Informationen über ihren Vater – mag sein, es gibt eine Verbindung zwischen den Morden, die wir noch nicht kennen.«

»Frau Falke kann nicht kommen«, wusste Silke. »Sie wurde stationär im Klinikum aufgenommen. Suizidversuch mit Schlaftabletten, mehr will man mir nicht sagen. Sie ist nicht vernehmungsfähig.«

»Danke. Wir sehen uns in ein paar Stunden wieder hier.«

Nachtigall griff nach seiner Jacke, sah Klapproth auffordernd an. »Na, dann werden wir Herrn Müller noch einen späten Besuch abstatten.«

40

Traudel fand keinen Schlaf.

Sie wälzte sich von einer Seite auf die andere, doch es half nicht.

Die Gedanken siedelten einfach auch auf die andere Seite um, quälten sie erneut.

Als sie auf dem Friedhof war, hatten auch andere das gute Wetter zur Grabpflege genutzt.

Dabei wurde schon mal geredet.

Traudel hatte erst gar nicht mitbekommen, um was es dabei ging, war mit ihren eigenen Problemen befasst.

Ihrem Hugo nämlich.

Vor sieben Jahren war er gestorben. Nicht plötzlich, wie er es sich immer gewünscht hatte, sondern sehr sehr langsam. Zuerst hatte Traudel ihn selbst gepflegt, aber als das nicht mehr ging, musste er umziehen. Irgendwann hatte er es überstanden.

Und da hielt sie es für geboten, seinem letzten Wunsch Folge zu leisten. Er wollte nicht eingeäschert werden, sondern beharrte auf einem Grab im Halbschatten. Typisch für ihn: Selbst die Bepflanzung hatte er im Testament ausführlich eingefordert und dezidiert festgelegt.

»So warst du eben schon immer! Vollkommen rücksichtslos!«, hatte sie geschimpft, während sie das Unkraut zwischen den Blühern und Büschen entfernte.

»Wenn du schon die Variante der Verrottung wählst, könntest du wenigstens darauf achten, dass du nur die gewollten Pflanzen düngst. Aber nein! Du lässt alle teilhaben! Und ich darf mich dann drum kümmern. Ich werde auch nicht jünger, du alter Egoist! Dir war ja klar, dass man so ein Grab nicht verkommen lassen kann, wenn das ganze Dorf zuguckt und man sich die Mäuler zerreißt! Ich weiß genau, wie hier über andere hergezogen wird. Dein Leben lang hast du dir junge Mädchen gehalten, ich musste es ertragen, habe geschwiegen, die anderen tratschen gehört. Da hättest du ja auch eine von diesem jungen Gemüse für die Pflege deines Grabes bestimmen können.« Wütend riss sie an einer Ackerwinde. Wie immer! Die Wurzel ließ sich nicht rausziehen. Diese Winde würde sehr schnell wiederkommen. »Ein Leben lang hast du alles Unangenehme auf mich abgewälzt.«

Sie stopfte den Pflanzenrest in einen Eimer.

Trude sah aus sicherer Entfernung zu.

Wusste, es wäre äußerst unklug, jetzt von Langeweile zu jaulen.

Gäbe nur Ärger.

Traudel umfasste den metallenen Tragegriff, wollte sich aufrichten.

Erst da bemerkte sie, dass irgendwo gesprochen wurde.

Presste die Lippen fest aufeinander, damit nicht noch mehr böse Worte entfleuchen konnten. Sie wusste ja, wie das dann im Café ausgewertet würde, wenn sie gerade nicht dabei saß.

Die anderen unterhielten sich gedämpft.

Traudel wollte nicht lauschen – oder zumindest nicht dabei erwischt werden. Also hob sie den Eimer mit dem Jätgut an und tat so, als wolle sie sich auf den Weg zum Kompost machen.

Hinter einer schützenden Hecke, beugte sie sich tief über ihrer Hände Jätergebnis, stocherte darin herum, als wolle sie sichergehen, dass nur Pflanzenabfall zu finden sei. Gerade kürzlich erst hatte es Klagen gegeben, weil so viel Plastik und anderes Zeug im Kompost …

»Na, der Tote im Kahn, der wurde mit Rauschgift vergiftet.«

»Ach was! Heroin?«

»Nein. Crystal Meth. Ich habe mich da an der Anlegestelle rumgedrückt. Keiner hat mich angesprochen, waren alle so beschäftigt. Und da habe ich gehört, wie sich die Beamten darüber unterhalten haben.«

»Das ist doch dieses Zeug, das man in Stückchen kaufen kann.«

»Ja. Und ich hab noch mehr gesehen. An dem Abend musste der Hund noch mal raus. Hat irgendwas gefressen, das ihm nicht bekommen ist. Also Gassi. Und da bin ich oberhalb der Anlegestelle vorbeigegangen. Zwei Personen im Kahn. Mir schien, die hatten Streit.«

»Mann oder Frau?«

»Konnte ich nicht erkennen. War ja dunkel. Dass das der Tourist im Kahn war, weiß ich ja nur, weil der am nächsten Morgen tot war.«

»Hast du das der Polizei erzählt?«

»Ne! Hat mich ja keiner gefragt. Und die Zeiten, wo wir hintereinander herspioniert haben, sind definitiv vorbei.«

»Aber für die Polizei könnte es ja wichtig sein.«

»Das geht mich nichts an!«, behauptete die andere Stimme fest.

Traudel beschloss nachzusehen.

Entschlossen bog sie mit dem Eimer um die Hecke, grüßte höflich und hielt auf den Kompost zu.

»Ach ne, das Fräulein Fröhlich und das Fräulein Klein«, zischte sie beim Auskippen. »Na, dann macht euch mal auf Besuch gefasst.«

Doch auf dem Heimweg waren ihr Zweifel gekommen.

Die Polizei würde doch sicher sagen. »Hallo, Fräulein Fröhlich, wir haben von Traudel Stein erfahren, dass Sie den Toten ...«

Das ging natürlich auch nicht.

Anonym? Geht die Polizei solchen Hinweisen auch nach, wenn man den eigenen Namen nicht angibt? Oder landet das direkt in der Rundablage?

Und wenn sie diesen Tipp anonym gäbe, wüsste ja keiner, dass der entscheidende Hinweis von ihr, Traudel, gekommen war.

Was ja schade ... auf der anderen Seite .... So richtig viel wusste die Fröhlich nun auch wieder nicht.

Deshalb konnte sie nicht einschlafen.

Bis zum ersten Licht des Morgens nicht.

41

Wladimir sah sich im Lager um.

Die Kisten mit den Gurkenkonserven hatte er weit an die hintere Wand geschoben, damit die studentische Aushilfe nicht aus Versehen die Gläser wieder ins Regal stellte.

Er wartete noch immer auf den Anruf der Ermittlungsbehörde, der ihm erlauben würde, die Gurken wieder zu verkaufen. Schließlich wollte er nun wirklich nicht leichtfertig das Leben oder die Gesundheit seiner Kunden aufs Spiel setzen.

Ein makabrer Gedanke begann sich hinter seiner Stirn zu manifestieren und er konnte sich ein Grinsen nicht verkneifen. Vor wenigen Minuten hatte er nämlich ein Plakat eines Gewinnspielanbieters an der Eingangstür festgemacht, auf dem stand: In dieser Filiale wurden 13.576 € gewonnen! Ein Anreiz für die Kunden, die sonst nicht an Lotterien teilnahmen.

Was, wenn bald einer dort hinge, auf dem zu lesen wäre: Nach dem Kauf von Gurken in dieser Filiale sind bereits drei Menschen gestorben!

»Ja, ja. Makaber! Aber manchmal ist das Leben eben mit einem bösen Scherz leichter zu ertragen. Und natürlich müsste ich mir die drei dann aussuchen dürfen.« Wladimir zog einen breiten Filzstift aus der Gesäßtasche und schrieb quer über die Gurkenkartons: »Bitte nicht auspacken!« Nur die realistische Einschätzung seiner eigenen Fähigkeiten im Bereich Malen/Zeichnen hielt ihn davon ab, noch einen Totenkopf und gekreuzte Knochen darunter zu malen.

Als er ein Geräusch aus der entferntesten Ecke hörte, verwandelte er sein leises Lachen in ein trockenes Husten, kam sich albern dabei vor. Schließlich konnten seine Kunden keine Gedanken lesen … oder vielleicht war doch an dem hartnäckig kreisenden Gerücht was dran, dass die alte Frau Kramm über ganz besondere Fähigkeiten verfügte.

Dieser Gedankengang wurde von plötzlichem Zweifel abrupt gestoppt.

Welcher Kunde?

Der Laden hatte doch noch gar nicht geöffnet! Außer ihm selbst sollte ganz sicher niemand hier sein.

Ratten?

Unwahrscheinlich.

»Hallo? Ist da jemand?«, flüsterte Wladimir halblaut. Fast, als wolle er den Eindringling nicht erschrecken.

Idiot, schalt er sich. Wer hat hier mehr Angst, hä?

Also versuchte er es lauter: »Ey, wer auch immer sich hier versteckt: Rauskommen!«

Keine so gute Idee, fiel Wladimir zu spät ein.

Was, wenn jetzt wirklich einer ins Licht tritt?

Ein Bär von einem Mann, bewaffnet bis an die Zähne?

Scheiße!

»Aufmachen! Herr Müller? Machen Sie auf! Hier ist die Polizei!«

Es klopfte vehement an der Eingangstür.

Wladimir Müllers Beine fühlten sich an wie Marshmallows und verhielten sich gänzlich unerwartet.

Unbelastbar.

Es war ihm noch nie aufgefallen, wie weit der Weg vom Lager zur Vordertür war. Im Vorbeigehen schaltete er den Alarm aus. Wenn die Polizei schon vor der Tür stand, musste ja nicht auch noch die Sirene losheulen.

Er atmete tief durch, schloss auf.

»Herr Nachtigall! Um diese Zeit haben wir geschlossen. Wir sind kein Späti!«, versuchte er locker zu wirken, lachte zu laut.

»Wir würden gern mit Ihnen sprechen. Können wir reinkommen, auch wenn wir nichts kaufen wollen? Oder nehmen Sie fürs Betreten Ihres Markts Eintritt? Braucht man ein Ticket?« Klapproth war eindeutig nicht zum Scherzen aufgelegt.

Müller ließ die beiden ein, schloss hinter ihnen sorgfältig ab.

»Aha, Sie haben sich meine Warnung also zu Herzen genommen«, stellte Nachtigall zufrieden fest. »Mit einem wütenden Mob ist nicht zu spaßen.«

»Da haben Sie sicher recht. Aber alle sind brav nach Hause gegangen, als die Streife hier immer wieder vorbeifuhr. Und ich glaube nicht, dass sie zurückkommen. Ihnen ist klargeworden, dass Gewalt gegen mich falsch wäre.«

»Herr Müller, ist Ihnen außer den wütenden Menschen auf der Straße noch etwas aufgefallen, das Sie als bedrohlich wahrgenommen haben?«, erkundigte sich Nachtigall.

Müller überlegte kurz, ob er von dem Geräusch im Lager erzählen sollte, entschied sich aber dagegen. Er sollte lieber vorsichtig sein, schien ihm, am Ende würde man ihn noch für paranoid halten und in der Psychiatrie vorstellen. Nein, nein. Besser, er schwieg. Wenn sich am Ende rausstellte, dass es in seinem Lager Ratten und Mäuse gab, wäre er auch ohne die Gurkenkrise sehr schnell alle Kunden los.

»Vielleicht haben Sie schon davon gehört: Es hat einen Todesfall in Cottbus gegeben, der ebenfalls mit Gurken aus der Produktion von Knappe zusammenhängt.«

»Nun, das muss mich ja nicht unbedingt betreffen. Die Gurken kann man schließlich überall kaufen. Deshalb hätten Sie nicht zu mir rausfahren müssen.« Müller signalisierte, dass er nun wirklich genervt von diesem Thema sei. »Wenn sie endlich Ihren Job gut machen würden, hätten Sie den Kerl vielleicht schon sicher untergebracht in einer Zelle hocken. Stattdessen bringen Sie durch Ihre Aktionen mich, den lokalen Händler, bei den Kunden in Misskredit! Ehrlich gesagt …«

»Ja.« Klapproth drehte sich um, machte Anstalten zu gehen. »Ist in Ordnung. Wir gehen jetzt und überlassen Sie Ihren Ängsten, Ihrer Arroganz und Ihrem Schicksal.«

»Hä?«

»Nun ja, wir haben uns Sorgen um Sie gemacht. Wollten nachsehen, ob es Ihnen gut geht, Sie bedroht werden, Ihnen jemand aufgefallen ist, der sich verdächtig benommen hat. Sie zum Beispiel auszuspähen versucht.« Nachtigall war müde. »Sie fühlen sich nicht bedroht, die Streife wird allerdings weiterhin in kurzen Abständen bei Ihnen vorbeifahren. Sie wohnen über dem Geschäft, nicht wahr?«

»Ja. Ist praktisch. Für Lieferanten bin ich jederzeit erreichbar.«

»Falls Sie doch den Eindruck gewinnen, Ihre Situation erfordere ein Eingreifen der Polizei, können Sie jederzeit bei uns anrufen, die 112 wählen oder direkt die Streife anhalten.« Klapproth deutete auf die Tür. »Würden Sie uns bitte rauslassen?«

»Sie haben sicher eine Alarmanlage?«, fragte Nachtigall besorgt. Ihm schien der Inhaber der Filiale noch immer gefährdet.

Wladimir Müller nickte. »Natürlich. So was ist bei uns heute Standard.«

»Dann schalten Sie sie unbedingt ein.« Der Cottbuser Hauptkommissar trat in die Nacht hinaus. »Wir können Ihren Laden nämlich durchaus mit dem Mord in Cottbus in Verbindung bringen. Die Kollegen haben den Kassenbon Ihres Geschäfts beim letzten Opfer gefunden. Gekauft wurden die am Tatort gefundenen Gurken nämlich bei Ihnen.«

»Wann?«

»Vorgestern. Am Nachmittag.«

»Hm. Das muss bei meiner studentischen Hilfskraft gewesen sein. Danach waren die Gurken ja aus dem Regal geräumt. Ich hatte an dem Nachmittag einen Arzttermin. Brauchen Sie die Nummer?«

Klapproth notierte die Nummer des Hausarztes und die der Hilfskraft.

Als die beiden Ermittler in den Wagen stiegen, schob Müller hastig die Tür zum Geschäft zu, schloss ordentlich ab und schaltete kopfschüttelnd die Alarmanlage wieder ein.

Beschloss, die hygienisch relevanten Maßnahmen zu ergreifen, um die Nager zwischen den Kisten mit Nahrungsmitteln auszumerzen.

Klapproth schwieg.

Brütete vor sich hin. Starrte auf die Straße.

Auch Nachtigall war an einem Gespräch nicht interessiert. Er sehnte sich nach seinem Freund Wiener, der immer für eine Falldiskussion offen war, von seinen privaten Problemen mit den Kindern erzählte, seinem Freund Nachtigall zuhörte, wenn Hypothesen entwickelt oder verworfen werden mussten. Mit Michael waren Fahrten im Auto immer fruchtbar für die Ermittlungen.

»Wir müssen eine TKÜ beantragen!«

Nachtigall zuckte erschrocken zusammen, als Klapproth doch zu sprechen begann.

»Für wen? Müller?«

»Vielleicht. Oder für Mario Knappe. Angenommen, es handelt sich doch um Waffenschmuggel«, eine abwehrende Handbewegung erstickte den Kommentar des Kollegen im Keim. »Nur mal angenommen, der Deal ist jetzt in Gefahr. Der eigentliche Ansprechpartner liegt in einem Kühlfach, steht für Absprachen nicht mehr zur Verfügung, und als Sahnehäubchen sterben immer mehr Opfer, die mit Gurken irgendwie in Berührung gekommen sind. Was würde ich tun? Kontakt aufnehmen? Gab es überhaupt einen Plan B?«

»Du meinst, Bäumler war deshalb so lange im Spreewald, weil er für die komplikationslose Abwicklung eines illegalen Geschäfts zuständig war? Der Partner kannte möglicherweise die Details gar nicht oder sollte sie so kurzfristig wie möglich erfahren. Nun ist Bäumler ermordet worden. Der ganze Deal ist in Gefahr.«

»Ja. Also wird doch der Partner vor Ort versuchen, einen Kontakt herzustellen. Entweder zu demjenigen, der als nächste Stufe eingeschaltet worden wäre, oder demjenigen, der als Vertretung für Bäumler einspringt.«

»Wir versuchen es. Wenn du recht hast und Waffen geschmuggelt werden sollen, werden wir die Telefonüberwachung brauchen, um weiterzukommen.«

Nachtigall brütete stumm vor sich hin.

»Maja, wenn der Partner sich um einen neuen Kontakt bemühen musste, dann hat er das doch wahrscheinlich schon getan. Und sicherheitshalber wird alles Weitere nun in persönlichen Gesprächen geklärt, die konspirativ stattfinden, von denen wir nie erfahren werden.«

»Aber wir erfahren über die Nummernlisten, wer wen kurz nach dem Auffinden der Leiche angerufen hat. Dort haken wir ein.«

»Hm. Zumindest wäre es verdächtig, wenn wir einen Kontaktversuch nachweisen könnten. Auf den ersten Blick hat ein Filialleiter eines Supermarktes oder der Juniorchef eines Gurkenherstellers nichts mit einem Waffenhersteller zu tun. Aber tatsächlich fallen mir sofort Erklärungen ein, die ein geschickter Anwalt ins Feld führen würde, um seinen Klienten von jedem Verdacht reinzuwaschen.«

Wenig später sah Nachtigall der sportlichen Kollegin nach, die mit ihrem Fahrrad vom Parkplatz sauste.

»Alle Achtung! Das sind doch sicher fast 40 km/h. Also mir wäre um diese Zeit nicht mehr nach rasanter Fahrt durch die Nacht. Immerhin ist das Ding ordentlich beleuchtet. Und sie trägt Helm. Wir werden sie also morgen wiedersehen.«

Als er den Wagen vor dem Haus abstellte, fühlte er sich plötzlich sehr einsam.

Alle Fenster dunkel.

»Na prima. Da bin ich dem Tod von der Schippe gesprungen, aber sehe weder Frau noch Enkel, wenn ich nach Hause komme, schlimmer noch, es interessiert sich auch niemand dafür, ob ich überhaupt wiederkomme«, flüsterte er enttäuscht vor sich hin, gab sich dem brennenden Gefühl von Selbstmitleid hin, erlaubte sich mit der Hand besänftigend über die Narbe zu streichen, die natürlich ständig schmerzte. Aber das behielt er lieber für sich. Wäre ja ein gefundenes Fressen für die Neue! Wahrscheinlich würde sie ihn dann mit großer Freude bloßstellen. So was sagen wie: Wir warten noch auf den Kollegen, der streicht sicher noch Narbenöl über seinen dicken Bauch. Oder: Wenn der Kollege dann fertig wäre mit In-sich-Hineinlauschen, könnten wir vielleicht mit der Besprechung beginnen?

Nein, da war es allemal besser, die Zähne zusammenzubeißen.

Beinahe geräuschlos schloss er die Haustür auf.

Trat ein. Genoss den Geruch von Zuhause.

Schlich den Flur entlang in Richtung Küche.

Als er die Kühlschranktür öffnete und der Lichtkegel einen Teil des Bodens ausleuchtete, stellte er fest, dass er doch erwartet worden war.

Er kicherte leise. »Hätte ich mir ja denken können, dass ihr beide fest mit mir gerechnet habt.« Er kramte in den einzelnen Fächern und beschenkte die haarigen Bewohner des Hauses erwartungsgemäß mit je einer halben Scheibe Putenwurst. »Ich darf euch ja jetzt nicht enttäuschen.«

Auf dem Herd stand eine Pfanne.

»Hmmm. Geschnetzeltes.« Er schaltete den Herd ein, strich erneut über den Bauch.

Ein Geräusch! Leise zwar, doch direkt hinter ihm.

Erschrocken fuhr er herum.

Keuchte vor Erleichterung.

»Na, Schwiegerpapa. Ich sitze bei einer Kerze im Wohnzimmer. Möchtest du dich nicht zu mir setzen? Ist doch gemütlicher dort.«

Emile.

»Du hättest doch nicht auf mich zu warten brauchen.«

»Stimmt. Ich wollte aber!«

Nackte Füße patschten über den Boden.

»Opa!« Arme umschlangen fest jedes seiner Beine. Dann reckten sie sich ihm entgegen.

Emile schaltete das Licht ein.

Gerührt nahm Nachtigall je ein Enkelkind auf eine Seite, setzte sie in der Hüfte auf. Kuschelte seine Nase tief in die Halsgrube – mal links, mal rechts. Seliges, gluckerndes Lachen belohnte ihn. Die Schmerzen waren so gut wie vergessen.

Emile rührte derweil das Fleisch um.

Conny nahm eine Schüssel Salat aus dem Kühlschrank.

Jule goss dem Vater ein Glas Wasser ein.

Gemeinsam trugen sie alles ins Wohnzimmer, wo der Opa die wilden Enkel auf dem Boden absetzen konnte.

»Müsstet ihr nicht längst im Bett sein?«, erkundigte er sich rhetorisch bei den Enkeln.

»Ja«, antworteten die beiden ehrlich.

»Aber wir haben ihnen heute erlaubt, aufzubleiben, bis der Opa kommt. Den ganzen Tag haben sie nur nach dir gefragt. Und deshalb …« Jule zeigte eine gespielt hilflose Geste und lachte leise.

»Wir dachten, es kann ja nicht sein, dass das Haus voll ist und du nichts davon bemerkst«, ergänzte Conny. »Mit Emile hast du den ganzen Tag über zu tun, aber den Rest der Familie kriegst du nicht zu Gesicht.« Sie zwinkerte ihrem Gatten zu.

Nachtigall fühlte sich ein wenig ertappt.

Konnte Conny jetzt sogar Gedanken lesen?, fragte er sich. Das ist doch genau das, was mir eben beim Aussteigen …

Er beschloss, diesen Moment nur noch zu genießen.

Maja widerstand mit Mühe dem Impuls, bei Fabian »nach dem Rechten zu sehen«.

Sie seufzte.

Zwang ihre Hand in die Hosentasche.

Ihr Bruder hatte ja recht. Sie waren unter anderem hierhergezogen, um der ewigen Kontrollsucht ihrer Mutter zu entgehen – und nun übernahm Maja zunehmend selbst diese Rolle. Nüchtern betrachtet gefiel sie ihr nicht. Eine widerliche Rolle.

Niemand hatte bei ihr angerufen. Es war alles in Ordnung.

Möglichst leise schloss sie die Haustür auf, schulterte ihr Rad und stürmte entschlossen die Treppen zu ihrer Wohnung hinauf.

Das gehörte zu ihrem festen Sportprogramm, hatte sie auch in Köln immer so gehandhabt.

Ihr Körper war kompakt und perfekt durchtrainiert.

Es gab nur wenige weibliche Mitarbeiter des gehobenen Dienstes, die Verhaftete mit ihrer schieren Anwesenheit einschüchterten, und Klapproth wusste, dass sie eine von ihnen war.

Es erfüllte sie mit Stolz. Schon deshalb, weil nichts davon selbstverständlich war. Nach ihrer pubertären Drogenkarriere hatte es zunächst eher so ausgesehen, als käme die knochige junge Frau, die sich das Geld für den nächsten Schuss auf dem Strich verdiente, nie auf einen grünen Zweig – und, da machte sie sich nichts vor, ohne den schweren Schicksalsschlag, der ihr Leben von einer Sekunde auf die andere veränderte, wäre es auch nie dazu gekommen.

Den Preis hatte Fabian, ihr Bruder, mit seiner Gesundheit bezahlt.

Noch bevor Maja ihre Wohnung erreichte, hörte sie das laute, fordernde Rufen ihres Wohnpartners. Jeffrey Dahmer, ein großer Karthäuser-Kater, erwartete sie offensichtlich ungeduldig.

Sein Vorbesitzer hatte ihm viel Zeit widmen können, und selbst nach mehr als zwei Jahren bei Klapproth hatte er noch nicht wirklich gelernt, sich selbst zu beschäftigen.

»Ich bin ja schon da! Andere Katzen schlafen, sobald ihre Menschen die Wohnung verlassen. Im Katzenbuch steht, dass ihr gern 22 Stunden am Tag damit zubringt. Versuch das doch auch mal!«

Auf ihrem Fußabtreter lag eine Tulpe.

Eine besondere Züchtung bestimmt, so eine hatte sie noch nie gesehen.

Sie setzte das Rad ab, bückte sich und hob die Überraschung vorsichtig auf.

Atmete ihren leichten, unaufdringlichen Duft ein.

Ein Schildchen baumelte am Stiel der edlen Blume.

»Maja«, stand darauf.

Vielleicht von Fabian. Als Entschuldigung für sein Aufbrausen gestern.

Oder von einem der Nachbarn.

Am letzten Wochenende war über ihr ziemlich feuchtfröhlich gefeiert worden. Eine nette Geste, sich auf diese Weise für die Ruhestörung zu entschuldigen, dachte sie und schloss zur Freude des Katers endlich auf.

»Na, Jeffrey, Langeweile gehabt?«

Schnurrend schob der Große seinen Kopf in ihre Hand, drückte ihn fest hinein, rieb hin und her.

»Ich verstehe dich ja. Schau, ich sitze da mit Kollegen im Büro, von denen ich genau weiß, dass sie mich nicht mögen. Gut, Silke ist sich noch nicht sicher, aber ich denke, Peter wird sie davon überzeugen, dass ich grässlich bin. Und dieser Fall: eine einzige Katastrophe. Am Ende werden sie verstehen müssen, dass ich die ganze Zeit auf der richtigen Spur war, sie selbst nicht.«

Jeffrey löste sich zögernd von ihrer Hand und strebte mit hoch erhobenem Schwanz der Küche zu.

»Ja, Hunger. Ich auch. Ständig passiert etwas, man kommt nicht einmal zu einer echten Pause.« Sie streichelte das anschmiegsame Tier. »Du zuerst. Klar. Dann die Tulpe, dann ich.« Sie lachte warm. Fischte eine Dose aus dem Schrank, öffnete den knackenden Deckel.

Der Kater wartete schon neben dem Schälchen.

»Sieh mal. Deine Lieblingssorte. Rind. Vielleicht zeige ich dir bei Gelegenheit mal eins. Da wirst du staunen. Rinder sind riesig, haben Hörner – jedenfalls manche.« Sie füllte eine großzügige Menge des Futters ins Schälchen, und Jeffrey machte sich sofort darüber her. Offensichtlich war es ihm gleichgültig, wie das Futter ausgesehen hatte, als es noch lebendig auf der Weide stand.

Maja schnitt die Blume frisch an, stellte sie in eine Vase, trug sie zum Couchtisch.

»Was bist du schön. Samtig und rot. Ich bin beeindruckt.«

Wenig später saß sie mit dem gesättigten Kater auf der Couch, auf dem Teller eine Pasta mit Tomatensoße, daneben ein Glas Wasser.

»Gut, allein bin ich nicht, Jeffrey. Dieser Nachtigall hat eine echte Familie, die sich um ihn kümmert, aber ich habe als Begleiter nur meine Schuld und einen verwöhnten Kater. Allein nicht und doch einsam.«

Wladimir Müller kehrte ins Lager zurück.

Schließlich war er bei der Arbeit gestört worden – und morgen kamen die nächsten Kunden, wollten aus dem Vollen schöpfen und nicht vor halb leeren Regalen stehen.

Bestände mussten fertig überprüft, Waren ins Regal geräumt und die neuen Bestellungen ausgelöst werden.

Sicher, Gurken brauchte er wohl erst mal nicht zu ordern.

Die wären für die kommenden Monate Ladenhüter.

Seiner Erfahrung nach dauerte es länger, je mehr Leute beerdigt werden mussten. Das Gras würde Zeit brauchen, um darüber zu wachsen. Er schmunzelte, sonnte sein Ego im eleganten Bild seines Wortspiels. »Grab, Gras darüber wachsen – genial«, kicherte er begeistert.

Nach dem Besuch der Polizei fühlte er sich sicherer.

Die Streife würde schon auf ihn aufpassen – und der Täter hatte sein Jagdgebiet offensichtlich verlegt, wahrscheinlich wurde es ihm in dieser dörflichen Überschaubarkeit zu eng.

Als er den Klemmblock aus einem der Regalfächer angelte und in die Knie ging, um die Bestellnummer auf einem der Kartons lesen zu können, hörte er das Geräusch wieder.

Ganz klar keine Einbildung.

»Na warte, du Ratte. Dir geht's ans Leben! Wenn meine Hilfskraft dich hier entdeckt, weiß im Nu der ganze Ort Bescheid. Der magere Typ kreischt sicher gleich los, wenn er nur deine Köddel findet.«

Eine Falle hatte er noch – aber wo?

Vielleicht hinter den Putzmitteln?

»Komm raus und zeig dich, Ratz! Feigheit vor dem Feind? Aber heimlich seine Lebensmittel anknabbern und seine Reputation zerstören? Ey, wenn es mich hier nicht mehr gibt, stirbst du sowieso.«

Die Gestalt in der Dunkelheit erhob sich lautlos.

Wladimir konnte sie nicht sehen. Die Person befand sich in seinem Rücken.

Bis an die Zähne bewaffnet war sie nicht, aber ohne Mordwaffe war sie auch nicht gekommen. Die befand sich unsichtbar in der Tasche des Parkas.

»Wladimir«, sang sie beinahe melodisch, und der Supermarktbetreiber wirbelte herum.

»So, nun kannst du mich sehen. Eine Ratte mag ich in deinen Augen ja sein – aber an deinen Vorräten bin ich nicht im Geringsten interessiert. Und ich bin sicher, du weißt, warum ich dir um diese Zeit einen Besuch abstatte.«

»N-ein«, behauptete der Angesprochene. »N-ein.«

Die Gestalt trat aus dem Bereich für die Vorratshaltung heraus.

Griff lässig nach einer Holzlatte, die auf einer der Kisten liegen geblieben war.

»Nun, dann erkläre ich es dir. Man soll ja nicht unwissend sterben. Das ist irgendwie ... wie soll ich sagen ... unfair. Nicht wahr?«

In Wladimirs Kopf herrschte urplötzlich ein solches Chaos, dass er nur noch mit hängenden Armen im Gang stehen und schweigen konnte. Denken schien an vielen unterschiedlichen Stellen gleichzeitig stattzufinden und dabei behinderte sich das Gedachte, Erkannte und Überlegte gegenseitig. Befehle wurden nicht weitergeleitet, die Muskeln erfuhren zum Beispiel nichts davon, dass sie die Beine bewegen sollten, um den Körper rasch aus der Gefahrenzone zu tragen. Alles schien ihm zu entgleiten, was blieb, waren Kopfschmerzen und ein grandioses Schwindelgefühl. Er plumpste auf den Boden.

Die Latte traf ihn an der Schulter, er jaulte laut auf.

Der zweite Hieb ging auf der anderen Schulter nieder. Es knackte. Entfernt registrierte Wladimir, dass etwas seiner knöchernen Inneneinrichtung zu Bruch gegangen sein musste.

Als er das Bewusstsein verlor, merkte er es nicht einmal.

Die Gestalt musterte den Mann am Boden, murmelte »Idiot!« und begann mit den Vorbereitungen für die Auffindesituation. Waldimir wurde auf den Rücken gedreht. »Ein Glas von den Gurken«, murmelte er. »Ein zweites daneben, geöffnet.« Damit huschte die Person eilfertig im Lagerraum hin und her, gab sich selbst leise Anweisungen, überprüfte das Ergebnis der Anstrengungen.

Als die Peron ging, hatte Wladimir drei saure Gurken so zwischen den Zähnen, dass die runden Enden herausschauten. Die giftige Substanz befand sich bereits in seinem Magen, der Rest aus der Spritze war im Gurkensud aufgegangen.

Die Latte ließ der todbringende Besuch am Tatort zurück, bevor er ungesehen verschwand. Es ging ihm auch diesmal nicht darum vorzutäuschen, Wladimir habe das Zeug freiwillig genommen. Wozu auch?

42

Als die Soldaten das Tor niederwalzten, eröffneten die Männer das Feuer auf ihre wehrlosen und völlig überraschten Geiseln.

Schon bei der ersten Salve warf Josefine sich über Mayla, drückte den Körper des Mädchens zu Boden. Fremdes Blut rann über ihr Gesicht, das Atmen fiel schwer, Husten war strikt untersagt.

Während Mayla unbeweglich unter den Leichen der anderen lag, versuchte sie Josefines Herzschlag zu spüren, wollte wissen, ob wenigstens sie noch lebte – doch so sehr sie sich auch bemühte, es wollte nicht gelingen.

Die Soldaten fackelten nicht lange.

Ihre schweren Fahrzeuge ließen den Boden erzittern.

Hielten an.

Die überlebenden Männer der Schulbesetzung, die Vergewaltiger, die Schinder und Quäler: Alle wurden gemeinsam vom Antlitz der Erde getilgt, wie das der Pfarrer manchmal blumig ausdrückte.

In der Nacht begannen sie damit, die Leichen auf Lastwagen zu verladen.

Wenige Geiseln lebten noch.

Mit ihnen verfuhren die Soldaten wie mit den Verbrechern – allerdings sprachen sie hier von Erlösung. »Wer will denn eine zur Frau haben, die man kaputtgespielt hat? Besser, sie kehren nie mehr in ihre Dörfer zurück.«

Mayla wurde mit den anderen Leichen auf die Pritsche geladen. Niemandem fiel auf, dass sie noch lebte. Von Josefines Schicksal wusste sie nichts.

Der Wagen rumpelte eine gefühlte Ewigkeit über eine ausgefahrene Piste.

Erreichte ein Tal.

Hielt an. Kippte ab.

Der Fahrer sah sich nicht einmal um.

Er fuhr sofort in die Schule zurück, um die nächste Fuhre zu holen.

In der finstersten Stunde kroch Mayla vorsichtig zwischen den oft sperrigen Leichen hindurch. Der Gestank nach Blut und Zersetzung war schier unerträglich. Schwärme von Insekten hatten sich versammelt, Geier pickten an verschiedenen Stellen, in der Ferne war das Heulen von Hyänen und das Brüllen anderer Kostgänger zu hören. Es wäre gefährlich, noch länger zu bleiben.

Sie erlaubte sich nur kurze, flache Atemzüge.

Spähte über den Rand der Leiber, entdeckte eine Gestalt am Rand der Mulde, in die man sie alle wie Müll geworfen hatte. Als sie sich reckte, wurde sie von einem der Geier attackiert, der schreiend und zeternd nach Beute suchte. Rasch zog sie den Kopf ein, wartete, bis er weitergezogen war.

Wieder sondierten ihre Augen die Umgebung.

Soldaten waren keine hier?

Nein. Wozu auch, wenn doch außer den Aasfressern kein Leben hier war.

Dennoch ließ Mayla sich über die Leichen nach unten kullern.

So etwas passierte mit den echten Leichen andauernd, sie hatte lange genug Zeit gehabt, das im Hof der Schule zu beobachten. Keiner, der sie beobachtete, würde glauben, sie sei noch am Leben.

Als sie auf dem Boden aufschlug, wartete sie einen Moment bewegungslos.

Begann vorsichtig, sich aufzurappeln.

Da griff eine stahlharte Hand nach ihr.

Sie sah auf, wollte erkennen, wer sie festhielt.

Doch sie erkannte nur das riesige Blatt einer Schaufel, die dem Greifer das Gesicht wegschlug.

Das melodische Klong war noch nicht verhallt, da riss Josefine das Mädchen auf die Beine und zerrte es mit sich in die Finsternis.

43

Am nächsten Morgen lag auf dem Schreibtisch von Nachtigall ein Zettel mit der kurzen Mitteilung von Silke, sie sei mit Maja zu den Aktivisten unterwegs, werde sich später melden.

Das Büro der Friedensbewegung sei leicht zu finden, hatte der junge Mann namens Jarek ihr am Telefon erklärt. Die Straße durch Naundorf entlang bis zum Wasser, dort nach rechts, immer geradeaus, bis zu einem gemauerten Haus mit Hinterhof. Dort befände sich ihr Büro in einem Nebengelass, zu erkennen an der Regenbogenflagge.

Direkt unter der Flagge läge ihre »Zentrale«.

Neugierig traten Silke Dreier und Maja Klapproth in den dunklen Flur. Es roch nach Altbau.

Modrig, feucht, schimmlig.

Und – sie schmunzelten sich an, nach Joint.

Die Stufen der Holztreppe waren so ausgetreten, dass die Ermittlerinnen froh über ihr praktisches Schuhwerk waren. In Pumps wären sie vermutlich nicht unfallfrei bis zum Büro der Gruppe gekommen, aber zum Gespött der jugendlichen Mitglieder geworden.

Turnschuhgeneration.

Sie klopften gegen eine bunt gestrichene Tür.

Eine junge Frau mit grünen Haaren öffnete.

»Ja?«

»Silke Dreier, Maja Klapproth, Kriminalpolizei Cottbus«, stellten die Beiden sich vor und hielt ihre Ausweise hoch.

Im Hintergrund entstand wahrnehmbar Unruhe.

»Und?«, der Ton war aggressiv, der Blick eisig. »Was wollen Sie von uns?«

Aus der Tiefe der Wohnung tauchte ein junger Mann auf. »Ist in Ordnung, Yve. Ich weiß, dass sie kommen.«

»Ach, aber du hattest es nicht nötig, uns darüber zu informieren? Na, prima«, beleidigt rauschten die grünen Haare davon.

»Jörn Sauer. Ich nehme an, Sie sind die Ermittlerinnen, Frau Klapproth und ihre Kollegin Dreier?«

»Genau. Wir würden uns gern mit Ihrer Gruppe unterhalten.«

Jörn wich zurück und gab der Kriminalpolizei den Weg frei.

Überrascht sah Silke sich um. Die Wohnung glich teilweise einem modernen Büro.

Schreibtische standen in Reihen, darauf Monitore. An einigen wurde gearbeitet. Im Augenwinkel lag die Küche, und im Nebenzimmer stand ein überdimensionales Sofa, bunte Kissen auf dem Boden und einen Fernseher an der Wand.

»Sieht sehr professionell aus bei Ihnen.«

»Danke. Wir haben einige potente Unterstützer, die dafür Sorge tragen, dass wir gut arbeiten können. Dazu gehört zum Beispiel auch das Auffinden von Hassmails, gewaltverherrlichende Webseiten, das Aufspüren von Fake News über Kriege und Opfer von kriegerischen Aktionen.« Jörn konnte oder wollte seinen Stolz nicht verbergen. »Wir sind sehr gut darin!«

»Eine Demo ist geplant?«, Maja zeigte im Vorbeigehen auf eines der Plakate an der Wand.

»Waffen bringen Tod und Verderben, ihr Einsatz ist der Grund für große Fluchtbewegungen auf der Welt. Wir werden nicht müde, immer wieder den Finger in diese Wunde zu legen.«

Silke nickte. Die Argumentation entsprach auch ihrer Sicht auf die Dinge, aber es war nicht klug, sich politisch zu äußern und zu positionieren. Dies war eine Mordermittlung. Gift die Waffe.

Inzwischen hatten sich alle Anwesenden um Silke und Maja herum versammelt.

Feindselige Blicke glitten über die Ermittlerinnen hinweg. Hier waren sie eindeutig nicht willkommen.

»Viele unserer Mitglieder haben die Waffengewalt und ihre Auswirkungen am eigenen Leib erfahren. Andere sind aus Solidarität mit den Opfern dabei, einige aus emotionalen, intellektuellen oder ethisch-religiösen Gründen. Bei uns finden sich viele Flüchtlinge aus Kriegsgebieten oder Gebieten mit politischen Unruhen.«

»Ich bin hier, weil wir in einem Mordfall ermitteln. Sie haben alle von dem Toten auf dem Kahn gehört. Tot. Vergiftet. Waffenhändler. Und bei diesem letzten Punkt geraten Sie in unsere Nachforschungen.« Maja kam gern zügig auf den Punkt.

»Ja, klar. Wir haben so was schon vermutet. Gleich, als wir wussten, wer da zwischen den Tischen und Bänken lag.« Jareks Stimme bebte vor Zorn.

»Logisch, dass ausgerechnet die in den Blickpunkt geraten, die sich für ein friedliches Miteinander einsetzen«, rief Ruth.

»Klar, wurde ja vergiftet der Mann. Nicht erschossen!«

»Besser Sie gehen gleich wieder!«, riet eine männliche Stimme aus dem Hintergrund.

»Klar, wenn einer aus der Milchindustrie ermordet wird, besuchen Sie die Selbsthilfegruppen bei Laktoseintoleranz in der Umgebung des Tatorts. Da müssen die Mitglieder ihre Alibis vorweisen – logisch!«, tobte Katarina provokant.

»So, nun ist es gut!« Jörn hob die Arme an und senkte sie langsam. »Kommt alle wieder runter! Frau Klapproth und ihre Kollegin machen ihren Job. Ihr zu drohen, sie zu beschimpfen hilft nicht. Dann kommen andere. So lange, bis alle Fragen beantwortet sind. Also? Wäre es nicht besser kooperativ zu sein? Dann ist die Angelegenheit schnell erledigt und wir können uns anderen Aufgaben widmen.«

Dieser Vorschlag wurde ohne Begeisterung und nur unter dem Protest Einzelner schließlich akzeptiert.

»Leopold Bäumler. Der Name war einigen von Ihnen bekannt?«

»Ja«, bestätigte Jörn. »Er arbeitete für Hauser, Ploch & Co. … Und war in seinem Job sehr erfolgreich. Wir wissen auch, dass er unter dem Verdacht steht, gelegentlich Waffen verschoben zu haben oder beim Schieben behilflich gewesen zu sein. Nachweisen konnte man ihm nichts. Unser Mitleid hält sich in ausgesprochen engen Grenzen.«

Einige schoben sich auf das große Sofa im Nebenraum, andere holten ihre Stühle dazu, ein paar setzten sich auf eines der bunten Kissen. Jörn warf Silke einen fragenden Blick zu. Sie entschied sich erwartungsgemäß für ein Kissen. Maja ebenfalls. Er schmunzelte leicht.

»Also, noch mal für alle: Wir sind von der Kriminalpolizei in Cottbus. Mein Name ist Dreier. Natürlich verstehe ich, dass Sie nicht gerade voll der Trauer über den Tod dieses Mannes sind. Wir ermitteln ohne Ansehen der Person. Suchen also mit Hochdruck nach seinem Mörder, der wohl auch für weitere Taten in Betracht kommt. Es ist Routine, dass wir bei Ihnen sind, kein Tatverdacht. Er hat Waffen verkauft – Sie wenden sich vehement gegen den Handel und den Einsatz von Waffen. Einigen war der Name des Opfers bekannt, sein Beruf für Sie kein Geheimnis. Ist einer von Ihnen Herrn Bäumler einmal persönlich begegnet?«

»Meinen Sie, bevor ich ihn umgebracht habe?«, zischte Simone.

»Ist gut!« Jörn begann sich ernsthaft zu ärgern. »Habt ihr nicht zugehört? Möglicherweise ist der Täter auch in anderen Fällen der Mörder. Ich wäre mit so dummen Kommentaren eher zurückhaltend.«

»Wo sollten wir denn so einem begegnen?« Jareks Frage war abschätzig betont. »Diese Typen sind an anderen Meinungen doch gar nicht interessiert.«

»Diskussionsrunde? Könnte ich mir ganz gut vorstellen.« Silkes Blick wanderte über die Versammelten. Mehr als die Hälfte, schätzte sie, hatte einen mehr oder weniger aktuellen Migrationshintergrund. Für den einen oder anderen wurden Fragen und Antworten ins Englische übersetzt.

»Zu so etwas werden wir nicht eingeladen. Vielleicht sind wir nicht salonfähig oder man möchte unseren Fragen und Positionen lieber ausweichen. Aber ich habe einmal einen Themenabend in Berlin besucht. Politiker und Waffenlobby diskutierten mehr oder weniger untereinander, die ebenfalls eingeladenen Vertreter der Kirche konnten für ihre Argumente kaum Raum schaffen. Das Publikum durfte tatsächlich am Ende Fragen stellen. Ich gehe von einigen Hundert Interessenten aus. Es kamen nur wenige zu Wort. Die meisten fragten nach der Ethik beim Verkauf tödlicher Waffen, von denen letztlich niemand mit Sicherheit wusste, wo, von wem und gegen wen sie gerichtet werden würden. Ethik spielte überhaupt keine Rolle, bei den Antworten wurde nur über Geld gesprochen. Da kommt man sich schon ziemlich blöd vor.« Maria zitterte beim Sprechen.

»Herr Bäumler war ebenfalls dort?«, hakte Maja nach.

»Ja. Von ihm gehört hatten wir schon, aber dort haben Maria und ich ihm von Angesicht zu Angesicht gegenübergestanden. Er rechtfertigte die Waffenverkäufe. Sie brächten Arbeitsplätze, seien wirtschaftlich relevant. Und würden die Deutschen das Geschäft nicht machen, ginge das Geld eben woandershin. In die USA zum Beispiel, wo man sich um solch ethischen Schnickschnack nicht schere und in einem solchen Fall nur von den Deutschen dächte, sie haben das mit dem Geldverdienen bloß nicht richtig verstanden.« Jörn konnte man die schwelende Wut über eine solche Argumentation ansehen.

Maria meinte: »Ich denke, all das ist den Beiden auch so schon sehr bewusst. Vielleicht sollten wir etwas privater werden? Vielen von uns ist die Bedrohung durch Waffen wohl bekannt, war jahrelang permanenter Begleiter im Alltag. Menschen wie Bäumler legen Waffen in Hände, die damit rücksichtslos umgehen, sie zur Unterdrückung anderer verwenden. Sie selbst gegen Kinder richten. Ich fürchte, wüssten Sie mehr, würde es Ihnen schwerfallen, seinen Mörder zu jagen. Sie würden denken, er habe den Tod mehr als verdient.«

Und dann begann sie zu erzählen.

Erst zurückhaltend.

Dann mit immer mehr Details, Emotion.

Maja und Silke hörten gebannt zu. Stellten Fragen. Auch zum Thema Waffenschmuggel. Mit wachsendem Entsetzen erkannten sie, wie skrupellos in diesem Bereich des illegalen Waffenhandels vorgegangen wurde. Bisher hatte das Thema sie noch nie beruflich beschäftigt, hatte kein Gesicht bekommen, war mehr eine Schlagzeile von vielen in den Nachrichten gewesen, wenn solch ein Deal aufgedeckt wurde. Das hatte sich nun gründlich geändert.

Sie würden bei ihrer Rückkehr ins Büro viel zu erzählen haben.

44

Auf dem Altmarkt in Cottbus trafen sich gut gelaunte Menschen zu einer Pause in der Sonne, einem frühen Mittagessen oder einem späten Frühstück, Freundinnen auf ein Glas Sekt in beinahe mediterranem Flair. Fremdenführer bemühten sich, ihre Gruppe nicht zu verlieren oder zu durchmischen, eine versammelte sich am Brunnen, eine andere vor dem ehemaligen Stadthaus.

Die Freilufttische des Lucie standen auf dem Platz, das Café lag jenseits der Straße. Was natürlich bedeutete, dass die Kellnerinnen und Kellner mit den Speisen und Getränken dieses trennende Band überwinden mussten.

An einem der Tische, die in diesem Jahr unter schwarzen Schirmen standen, saß ein auffällig kräftiger Mann. Da er einen Stuhl am Rand des Cafébereichs als Sitzgelegenheit gewählt hatte, war ihm nichts anderes übrig geblieben, als den Tisch rumpelnd abzurücken, um nicht in den Fokus der Sonne zu geraten und für Bauchfreiheit zu sorgen.

Vor ihm stand ein duftender, dampfender Auflauf.

Schweigend wartete er, dass das Brodeln sich beruhigen wolle.

So jedenfalls war ihm das aromatische Nudelgericht zu heiß. Und das war etwas Besonderes. In seinem Leben brodelte und dampfte es immer gleichzeitig an vielen Baustellen.

Am Nachbartisch nahm ein weiterer Einzelgast Platz.

Bestellte ein Sandwich mit Lachs und eine Weißweinschorle, lehnte sich zurück und beobachtete das geschäftige Treiben auf diesem zentralen Platz der Stadt.

Als die Kellnerin wenig später Kartoffel und Wein vor ihm abstellte, seufzte er zufrieden.

»Geht alles seinen Gang.«

»Gut.«

»Wir haben mit den Morden nichts zu tun.«

»Gut.«

Der Gast mit dem Nudelgericht hob sein Smartphone ans Ohr, wirkte wie ein Tourist, der den Daheimgebliebenen erzählte, wie schön es in Cottbus war. »Warum sollten wir Bäumler ...? Das wäre doch Schwachsinn!«

»Die Welt ist voll davon.«

»Wir waren es nicht!«

»Gut.«

Sie widmeten sich ihrem Essen.

»Es dreht sich zu viel um die Gurke.«

»Ja.«

»Am Ende interessiert man sich für uns.«

»Tut man schon.«

»Und?«

»Ist im Griff!«

»Pause?«

»Nein.«

Der Gast mit dem Sandwich gab der Kellnerin ein Zeichen, zahlte und ging grußlos, ohne sich umzusehen.

Traudel saß mit Trude vor dem Café Latte in der Sonne.

Fragte sich, ob sie wirklich diesen jungen Schnösel aus ihrem Ort gesehen hatte – oder mal wieder einer Sinnestäuschung aufgesessen sein könnte.

Ein Trugbild, ausgelöst durch ihr verstrahltes Hirn.

Zornig dachte sie darüber nach, ob sie überhaupt je davon erfahren hätte, dass am Grenzübergang alle Autos durchleuchtet worden waren, wenn sie nicht zufällig neulich diesen Bericht darüber im Fernsehen gesehen hätte. Ihr Übergang. Und mit viel zu hoher Dosis, damit man auch wirklich jeden Winkel erfassen konnte. Gerade sie, damals ein Leichtgewicht, hatte es also besonders schlimm getroffen. Wenn sie daran dachte, welchen Mummenschanz die Ärzte heute bei Röntgenuntersuchungen trieben: Bleischürze für den Patienten und sich selbst, raus aus dem Raum. Und am Kontrollpunkt? Ohne jede Einwilligung, ohne jeden Schutz für wichtige Organe, ohne Kontrolle.

Und jetzt hatte sie mit ihren Erinnerungslücken zu tun.

Die Augen wurden immer schlechter.

Falten machten sich auf ihrem Körper und dem Gesicht breit wie Flöhe auf einem Hund.

Und seit ein paar Jahren konnte sie sich nicht mehr so schnell und elegant bewegen wie zur Zeit ihrer Volljährigkeit, als sie noch regelmäßig tanzen ging.

Lauter Folgeschäden! Das würde ihr Arzt auch bald einsehen.

Vor etwa einer Stunde hatte sie eine peinliche Begegnung gehabt, über die sie auch der gute Kaffee nicht hinwegtrösten konnte.

Im Blechen-Carrée.

Eine ältere Frau – Dame wäre nun wirklich zu viel gesagt angesichts dieser vulgären Erscheinung – sprach sie unvermittelt an.

»Hallo, Traudel! Ja, erkennst du mich nicht mehr?«

Sie war einen Schritt zurückgewichen.

Musterte die Fremde von Kopf bis Fuß und zurück. So sehr sie auch überlegte, ihr wollte niemand aus ihrem Bekanntenkreis einfallen, der so schreiend orangefarbene Haare hatte.

Selbst Trude knurrte warnend.

»Oh, tut mir leid«, hatte sie diplomatisch gestammelt, »die meisten der Damen, die ich kenne, sind grau.«

»Ja, die Farbe des Alters.« Die Finger fuhren durch die Frisur. »Ich finde auch, dass diese Farbe mich deutlich jünger macht. Toll, was?«

Zu schockiert, um überhaupt sprechen zu können, nickte Traudel nur. Beschloss gleich morgen bei ihrem Hausarzt vorzusprechen – offensichtlich beeinflusste die Krankheit auch das Farbensehen. Niemand würde freiwillig so eine Farbe … Niemals. Unvorstellbar.

»Ach, ich bin ja so zufrieden. Der Schnurr hat eine neue Mitarbeiterin, die kann auch Typberatung. Und das Ergebnis kann sich sehen lassen.«

»Oh ja!«, Traudels Stimme schwankte. »Von der Neuen habe ich schon gehört. Susi hat sich auch beraten lassen.«

»Willst du es nicht auch mal probieren? Neue Haarfarbe, gute Laune.«

»Nein«, wehrte Traudel entschieden ab. »Ich liebe Natur pur.«

»Aber deine Natur pur kennt nur grau und weiß.«

»Ja. Aber es ist unkompliziert. Du musst nun regelmäßig nachfärben. So im Rhythmus von zehn Wochen, sonst sieht man einen breiten, grauen Ansatz. Und alle Kleiderfarben passen auch nicht zu deinem Haarton.«

Vorsichtigerweise vermied sie es, die Farbe zu benennen – bezeichnete man das als grellorange? Sie war sich nicht sicher, deshalb erschien es sicherer, diesem Ton keinen Namen zu geben.

»Ach, das ist alles Quatsch! Dass Farben nicht zueinander passen, ist ja nur eine gesellschaftliche Absprache. Früher hieß es: Rot und Blau steht … Na ja. Heute ist es Mode. In Wahrheit passt also alles zu allem. Hauptsache, man gefällt sich darin. Ich zum Beispiel hatte gestern mein rosafarbenes Lieblingskostüm an. Sah grandios aus!«

»Nun, dazu gefällt mir grau.« Traudel schüttelte sich,

lachte leise, stellte sich diesen grässlich-grellen Orangeton zu zartrosa Grobstrick vor.

»Kommst du morgen zum Canasta?«

»Nein!« Um Himmels willen, war diese Frau etwa Hilde? Sie sah noch mal prüfend in die Augen und auf die Hände ihrer Gesprächspartnerin. Der Ring! Der Smaragd von Albert zur Goldenen. Das ist Hilde! Das darf doch nicht wahr sein. »Morgen nicht, meine Liebe. Ich muss unbedingt zum Arzt. Die Augen. Irgendetwas stimmt damit gar nicht«, erklärte die Gefragte hastig und wandte sich ohne Abschied um, floh mit Trude durch den hohen Gang, hinaus in die frische Luft.

Auf gar keinen Fall wollte sie mit dieser stilberatenen Person in der Öffentlichkeit gesehen werden.

45

Während Maja Klapproth und Silke mit den Friedensaktivisten sprachen, verfolgte Nachtigall einen anderen Plan.

Er fuhr nach Burg.

An der Hauptstraße lag eine Eisdiele, deren guter Ruf weit in die Umgebung reichte.

Exotische Sorten konnte man hier bekommen, klassische und extravagante.

Entsprechend lang zog sich die Schlange der Genusswilligen an der Häuserzeile entlang.

Der Cottbuser Hauptkommissar setzte sich an einen der raren Tische und wartete. Sah sich um und lauschte auf die Gespräche der Schlemmer.

Eine brünette, junge Frau mit dauergewellter Mähne und auffälliger Schminktechnik, bei der die Farbe Blau eine unpassende, wenngleich herausragende Rolle zu spielen schien, war in einen regen Austausch mit Gleichaltrigen verstrickt.

»Der Tote vom Kahn war der Bäumler. Um den ist es nun wirklich schade.«

»Alice, der war Gast. Wäre in ein paar Tagen ohnehin abgereist. Eine Liaison mit einem der Touristen hat keinen Bestand. Ist bloß ein Urlaubsflirt, mehr nicht«, erklärte die Begleiterin, eine echte Rothaarige, vernünftig.

»Ich glaube, der war anders. So zugewandt.«

»Alice, der hat jede abgeschleppt, die ihm zu Willen war. Glaub mir, das Bett neben ihm war so gut wie nie unbenutzt.«

»Woher willst du das denn wissen?«, fauchte die andere zurück. »Hat er bei dir um Erlaubnis gefragt, wenn er jemanden mitgenommen hat?«

»Nein. Ich wohne gegenüber vom Hotel.«

Eine Dritte mischte sich ein. »Der wollte den Spreewald genießen. In allen Facetten. Mir hat er vorgeschwärmt, die Spreewälderinnen seien unglaublich tolle Frauen. Fantasievoll im Bett, offen für jeden Wunsch. Natürlich hat das bei mir nicht verfangen.«

»Na, du musst es ja wissen. Ich kann genau sehen, wer kommt und geht«, erinnerte die Zweite ihre Freundin, die prompt rot anlief. »Tja. Da kann man nur hoffen, dass er immer einen Gummi verwendet hat. Seid ihr eigentlich gegen diese Papillomaviren geimpft? Sonst kann man sich ja bei so einem Dauerbrenner leicht was Ernstes einfangen – die können Cervixkarzinome verursachen.«

Nachtigall staunte, über welchen Wortschatz junge Frauen heute offensichtlich verfügten. Medizinische Fachbegriffe? Kein Problem. Man war aufgeklärt und wusste Bescheid.

Na ja, korrigierte er sich, über Männer bestanden wohl noch Wissenslücken.

Schweigen breitete sich unter den Eisliebhaberinnen aus.

»Der hat wirklich …?« Alice wollte es nicht glauben.

»Ja! Halb Burg im gebärfähigen Alter war bei ihm. Und sicher auch ein paar Zugänge aus Cottbus. Und diese blöde Ziege vom Begleitservice. Was das Personal angeht, weiß ich nicht Bescheid. Die gehen ja berufsbedingt ein und aus«, ergänzte die Hotelnachbarin mit eisiger Sachlichkeit.

Die beiden anderen senkten die Köpfe.

»Und Katarina? Hat er die auch mitgenommen?« Alice ließ das Thema nicht los. »Sie behauptet ja immer, er habe nur mit ihr gesprochen. Ihr zugehört, wollte wissen, wie er ihr helfen kann. Ihr wisst ja…«

»Katarina habe ich nie kommen oder gehen sehen. Ich denke, damit ist das nun abschließend behandelt. Ihr könnt ja zu euren Frauenärzten oder -ärztinnen gehen, wenn ihr Klärungsbedarf habt.«

Die drei bestellten je einen Cappuccino und wandten sich anderen Fragen zu. »Sag mal, wisst ihr schon, wie die Klausur letzte Woche ausgefallen ist? Ich habe die Noten noch nicht im Internet finden können.«

»Ne, die stehen noch nicht drin. Kommen erst in der nächsten Woche.«

Nachtigall lehnte sich zurück.

Wartete, bis die Gruppe sich auflöste. Sprach dann die junge Dame an, die den guten Blick aufs Hotel hatte.

»Entschuldigen Sie bitte, hätten Sie einen Augenblick Zeit? Ich würde mich gern mit Ihnen über Leopold Bäumler unterhalten. Peter Nachtigall mein Name, Kriminalpolizei Cottbus.«

Die junge Frau warf den Kopf zurück, hob den Blick. Nachtigall sah in grüne Augen in einem Gesicht voller Sommersprossen, die ihn interessiert musterten.

»Okay, Sie sehen aus wie auf dem Ausweis. Und: Sie haben uns belauscht. Meine Großmutter würde nun tadelnd den Finger erheben und darauf hinweisen, dass sich solch ein Verhalten nicht gehört. Auch nicht für die Kriminalpolizei.« Sie schmunzelte. »Aber Oma ist nicht hier. Mein Name ist Zoe Hannusch.«

»Darf ich Sie ein Stück begleiten?« Nachtigall beherrschte natürlich ebenfalls die höfliche Annäherung.

»Wir könnten uns eine ruhige Bank suchen. Vielleicht in Richtung Touristinformation.«

Nachtigall nickte.

»Sie haben Herrn Bäumler auch kennengelernt?«

»Ja. Frauen wie ich waren nicht sein Typ. Er stand auf die Pseudoselbstständigen.«

»Pseudo?«

»Na, die jungen Frauen, die sich megaabgeklärt geben und im Grunde nur den sicheren Hafen suchen. Alle scharf auf den Goldreif am rechten Ringfinger. Versorgungsmentalität, nennt meine Großmutter das. Sie meint, eine Frau muss ihre Zukunft selbst gestalten können. Deshalb braucht sie eine gute und solide Ausbildung und einen Arbeitsplatz, mit dem sie eine vielleicht notwendige Familienplanung vereinbaren kann. Finanzielle Unabhängigkeit heißt das Zauberwort.«

»Und Herr Bäumler?«

Zoe schwieg.

Sie setzten sich.

»Tja, Herr Bäumler. Er bot den Frauen, die sich danach sehnten, das Gefühl sexueller Attraktivität, anderen das Gefühl, er sei auf der Suche nach der Frau fürs Leben und sie sei in der engeren Wahl. Aber nur für diesen einen Moment, bis er sie hatte. Danach wurde ein Austausch vorgenommen. Männer wie ihn findet man nicht oft. Er war trainiert, sah gut aus, strahlte Erfolg im Leben aus. Ein Blender.«

»Die anderen jungen Damen schienen anderer Meinung zu sein.«

»Die wurden auch nicht von meiner Großmutter erzogen. Da fehlt es ihnen am notwendigen Durchblick«, lachte Zoe warm. »Außerdem ist eine Beziehung zu einem solchen Mann wie eine Fahrt mit der Achterbahn. Aufregend. Die Eltern dürfen nichts davon wissen, denn natürlich passt er im Alter nicht zu mir oder meinen Freundinnen. Alices Vater zum Beispiel. So ein Beschützertyp. Da wäre was losgewesen zu Hause.«

»Katarina war nicht in Ihrer Runde dabei.«

»Nein. Sie lebt mit ihrem Großvater auf einem Bio-Rinderhof in Naundorf, gleich um die Ecke. Er will, dass sie den Hof demnächst übernimmt. Na ja. Ihr Traum ist das nun wirklich nicht. Aber er hat sie großgezogen, beide Eltern sind gestorben. Sie studiert eifrig. Im Zweifel sitzt sie hinter dem Schreibtisch und tippt an ihrer Bachelorarbeit. Sie ist einsam – aber nicht blöd. Sicher wäre sie froh, wenn sie jemanden hätte, der ihr zuhört, sie liebevoll in den Arm nimmt, Verständnis für ihre Situation hat. So einen wird sie auch finden. Bäumler war für diese Rolle ungeeignet, und das hatte sie schnell herausgefunden. Sie hat einfach mal an zwei Abenden in meinem Zimmer am Fenster gestanden. Die Frauen gingen bei ihm ein und aus wie die Kater bei einer rolligen Katze.«

»Wissen Sie, was Bäumler ausgerechnet hier wollte? Machen Typen wie er nicht eher da Urlaub, wo der Jetset sich trifft?«

»Sollte man meinen. Doch dort trifft er auf einen anderen Typ Frau – und den hatte er vielleicht längst über. Als ich mit ihm sprach, redete er von neuer beruflicher Ausrichtung. Aber ich habe nicht ein Wort davon geglaubt. Es gibt Menschen, die kriegen das mit dem Lügen perfekt hin. Zu denen gehörte er nicht. Zumindest nicht im beruflichen Bereich.«

»Als Sie gehört haben, dass er der Tote vom Kahn ist, was haben Sie angenommen, könnte passiert sein?«

»Ehrlich? Nun gut. Ich dachte: Oh weh, nun hat Alices Vater das mit dem Bäumler doch rausgefunden und die Sache endgültig beendet. Aber dann habe ich gehört, dass er vergiftet wurde, das passt nicht zu Alices Vater. Der ist mehr der handgreifliche Typ, wenn es um seine Familie geht. Und es gibt ja inzwischen mehrere Opfer. Das passt alles nicht. Nicht zu uns.«

»Ein Täter von außen?«

»Ich kenne ja keine Details, aber keine Täterspuren, unerklärliche Motive … Ein Profikiller? Bezahlt von jemandem, der diesen Typ so richtig satt hatte?«

Da war er wieder. Der Schmerz darüber, dass Michael nicht mehr mit ihm gemeinsam ermittelte, nicht mehr an seiner Seite war. Genau diese Antwort hätte der Freund auch gegeben.

Nachtigall atmete tief durch.

»Alles in Ordnung?«, fragte Zoe leise.

»Ich habe einen Freund und Kollegen, der genau das auch gesagt hätte. Leider ist er weggezogen.«

»Sie bedauern das, er bleibt Ihnen wichtig. Den Tod Bäumlers wird kaum jemand längere Zeit betrauern. Die jungen und älteren Damen werden sich um Schadensbegrenzung bemühen und ihn so schnell wie möglich aus dem Gedächtnis tilgen.« Damit erhob sich Zoe. »Ich muss los.«

»Moment bitte. Ein paar Angaben bräuchte ich noch von Ihnen. Vielleicht habe ich noch Fragen.«

Kaum hatte er sich seine Notizen in die Jacke geschoben, hörte er Polizeifahrzeuge mit Sondersignal.

Und schon klingelte sein Handy.

»Danke. Wie Sie hören, man verlangt nach mir.«

46

Silke schwang sich hinter ihren Schreibtisch.

Sie hatte jede Menge zu recherchieren, gab die einzelnen Namen von der Liste, die sie von Jörn bekommen hatte, in den Computer ein.

»Ach. Na, das ist ja interessant«, murmelte sie.

Es klopfte. »Herein!«

Emile schob sich in ihr Büro. »Mir scheint, alle sind weg. Wir gehen inzwischen von der Hypothese aus, dass die Morde mit Waffenverkäufen oder Schiebereien zu tun haben, Bäumler also deswegen sterben musste.«

»Und die anderen Morde dienen der Vertuschung? Ernsthaft? Ist das glaubhaft?« Sie räusperte sich. »Irgendwie erscheint mir das unwahrscheinlich. Also, ich bringe einen um, mit dem ich eine Rechnung offen habe, und damit mich niemand als Mörder verdächtigt, töte ich gleich noch ein paar mehr?«

»Es kommt vor, dass Serientäter ihre Morde plötzlich beenden. Manchmal sind sie schlicht gestorben, bei einem Autounfall ums Leben gekommen, an Krebs erkrankt oder aus anderen Gründen im Gefängnis gelandet. Unser Täter mordet weiter, er ist sich sicher, dass wir den inneren Zusammenhang nicht erkennen können.«

»Wir nehmen an, dass es nur für einen der Morde ein echtes Motiv gibt. Dann ist der Täter ein eiskalter Killer. Und nur, wenn er meint, es reiche jetzt, wird er auch aufhören? Er mordet gern?«

»Es ist nicht ausgeschlossen, dass dieser Täter hofft, die

Mordserie würde unterschwellig weiter untersucht, wenn er aufhört, und er bliebe unentdeckt. Aber Vertuschung ist nicht gleich Mordlust. Er tötet nicht, weil er jemanden sterben sehen will, weil er sadistische Fantasien hat – er tötet nur, damit man ihn nicht als Täter für den einen Mord verdächtigt, der ihm wichtig war.«

»Ja, das verstehe ich schon. Aber ein Mord an jemandem, der der Rache würdig ist, ist das nicht etwas vollkommen anderes, als jemanden umzubringen, der mir nichts getan hat, nur damit ich selbst unentdeckt bleibe? Es gibt Taten, die kann ich vor mir rechtfertigen und andere, bei denen geht das nicht. Wie will ich die Vertuschungsmorde vor mir selbst gut aussehen lassen?«

»Ja, das ist ein Problem. Aber nicht vergessen: Unser Täter hat keine Skrupel. Das haben wir ja schon festgehalten. Wenn dem so ist, werden ihn die unschuldig Gestorbenen nicht weiter belasten. Kollateralschäden sozusagen. Außerdem ist denkbar, dass er Menschen auswählt, die ihm ebenfalls ein Dorn im Auge sind. Wir wissen nur zu wenig, um den möglicherweise sehr entfernten Zusammenhang herstellen zu können.«

»Ich war bei den Aktivisten. Einige können Geschichten erzählen – huh, die lassen dir das Blut gefrieren. Ich checke gerade, wer von denen Bäumler vielleicht gekannt hat. Sind die anderen noch in Burg?«

»Maja wollte sich um den Ansatz Waffenschmuggel kümmern und versuchen eine Telefonüberwachung genehmigt zu bekommen. Noch sind beide nicht zurück. Sind noch am Tatort, nehme ich an. Dort fahre ich vorbei. Danach wollte ich noch etwas anderes klären. Ich habe die Aussagen der Nachbarn von Falke gelesen. Dabei ist mir eine besonders aufgefallen, der ich gern nachgehen würde. Kommst du mit?«

Silke hielt die lange Liste mit Namen hoch.

Couvier lachte. »Okay. Ich bin sicher nicht sehr lange weg, dann können wir die Liste teilen.«

Maja war mit Silke auf dem Rückweg gewesen, als ihr Telefon geklingelt hatte.

»Ja, Klapproth.«

»Hier ist Peter. Du solltest am besten schnell zum ›Prima‹-Markt kommen. Ist ein neuer Tatort.« Nachtigalls Stimme klang bedrückt.

»Er fühlte sich doch sicher.«

»War er aber nicht. Wir hätten ihn nicht allein zurücklassen dürfen.«

»Fesseln und in den Kofferraum sperren?« Klapproth hatte kein Verständnis. Wer die Hilfe und den Schutz der Polizei ablehnte und dann ermordet wurde, war in ihren Augen ein gutes Stück selbst an seinem Schicksal schuld.

»Vielleicht haben wir nicht eindringlich genug gewarnt.« Der Kollege schien unbelehrbar.

»Gut. Der Erkennungsdienst ist schon vor Ort?«

»Ja«, kam es knapp. »Ich bin auf dem Weg nach Suckow. Nach Müschen biege ich direkt ab.« Sie seufzte, ließ den Blick über die Wiesen schweifen, murmelte: »Schade, dass ich nie Zeit habe, diese idyllische Gegend zu genießen. Immer dem Täter auf der Spur.«

Sie nickte Silke zu. »Also zum Supermarkt. Du nimmst für den Rückweg zum Schreibtisch den Wagen. Ich komme mit Peter zurück.«

Silke hielt vor der Linde, einem Restaurant und Hotel, das zur Zeit geschlossen war.

»Ich muss noch die Sache mit der Vertretung von Bäumler bei Ploch&Co rauskriegen. Und die Telekommunikationsüberwachung für den Neuen und Knappe beantragen.

Das mach ich noch schnell, bevor ich die paar Schritte zum Supermarkt laufe. Bis dann.«

Silke griff sich den Hörer erst nach dem vierten Signal.

»Silke Dreier, am Schreibtisch«, meldete sie sich, sie hatte die Nummer Nachtigalls eingespeichert.

»Oh, gut. Du bist zurück. Hat man dir weiterhelfen können?«

»Das überprüfe ich gerade. Aber ich habe viele Neuigkeiten für die Besprechung.«

»Prima. Und Emile?«

»Überprüft eine Zeugenaussage im Fall Falke. Wann kommst du?«

»Wir haben einen weiteren Mord, das weißt du ja schon. Kann also ein bisschen dauern. Maja und ich sind am Tatort.«

»Bis dann«, seufzend legte Silke auf. Tippte den nächsten Namen ein, wartete auf Informationen.

»Fehlt bloß, dass Dr. März mir wieder Gesellschaft leistet. Dann ist der Tag perfekt«, schimpfte sie wispernd vor sich hin.

Nachtigall wartete vor dem Supermarkt.

Kollegen in Uniform drängten die Neugierigen zurück.

»Es gibt nichts zu sehen. Treten Sie einen Schritt zurück. Das Absperrband ist nur die allerletzte Grenze.«

»Isser tot?«, wollte eine schrille Frauenstimme wissen. »Ermordet?«

»Das kann ich nicht beantworten. Warten Sie auf die Lokalnachrichten. Es wird sicher eine Pressekonferenz geben.«

»Wir wohnen hier! Um uns herum werden Menschen ermordet. Wer weiß, wer gerade jetzt in akuter Gefahr schwebt, getötet zu werden«, donnerte ein Bass über die

Köpfe der anderen hinweg. »Wir stehen möglicherweise alle auf der Todesliste, die dieser Psychopath abarbeitet. Wer schützt eigentlich uns?«

»Genau! Ich hab selbst gesehen, dass gestern diese beiden Ermittler noch mal hier waren. Und eine Streife ist gefahren. Jaha! Genützt hat es dem Wladimir nichts!«, kreischte ein auf einen Rollator gestützter Greis, schlug mit geballter Faust wild in die Luft. »Keiner schützt einen, wenn's drauf ankommt.«

»Der Wladimir hatte nicht mal eine Waffe im Laden. Er könne mit so was eh nicht umgehen, hat er gesagt. Und eine Waffe in der Hand eines Feiglings sei keinen Penny wert, sondern könne die Lage nur verschärfen«, berichtete eine Mutter, die eigentlich gerade ihren kleinen Sohn in den Kindergarten bringen wollte.

»Klar, weil dir der andere die Waffe dann leicht aus der Hand nehmen kann. Dann bist du plötzlich der vor der Mündung. Passiert immer wieder«, wusste eine andere, die ebenfalls mit ihrem Kleinkind auf dem Arm in der Menge stand.

»Meinen Sie wirklich, dies ist der richtige Ort für ein so kleines Kind?«, ertönte eine schneidende Stimme. Traudel war wirklich empört. Sicher, der Tod gehörte zum Leben, aber damit war eher das natürliche Lebensende gemeint. Musste man solche Winzlinge schon an einen Mordschauplatz bringen?

»Sie haben doch keine Ahnung!«, giftete die Mutter mit dem Buggy. »Wer keine Kinder hat, sollte bei solchen Themen lieber schweigen.«

Ratlos sah der Polizist von einer Frau zur anderen. Hoffentlich würde dieser Streit nicht handgreiflich, dachte er voller Sorge. Er würde sich nicht gern mit Müttern und der alten Dame auf der Straße rumprügeln. Er sah schon sein

Foto als Aufmacher auf Seite eins der Lausitzer Rundschau: »Brutaler Polizist prügelt auf Mütter ein«.

Lars Friedrich schob sich durch die Neugierigenansammlung.

»So, nun ist es aber mal gut hier! Am besten, ihr geht nun alle nach Hause, sonst lassen wir einen Wagen für Gefangenentransporte kommen und verladen diejenigen, die hier am lautesten schreien. Ihr bekommt dann eine Anzeige wegen Behinderung der Polizeiarbeit«, behauptete er, stellte sich breitbeinig vor die Gruppe und stützte die Hände über seinem beeindruckenden Polizeigürtel ab. Waffe, Schlagstock, Spray, Handschellen ... die Leute waren beeindruckt.

»Und dir, Annemarie, rate ich, ganz fix den Kleinen in den Kindergarten zu bringen. Das gilt auch für dich, Gisela, und deine Kleine. Kinder gehören nicht an einen Tatort!«, rief er mit aller Autorität über die Köpfe der Leute.

Es wirkte. Zumindest die Mütter zogen sich zurück.

»Die kommen gleich zurück«, flüsterte Friedrich dem Kollegen zu. »Der Kindergarten ist nur zwei Ecken weiter.«

Nachtigall stand sprachlos in der Szenerie, die der Täter für ihn vorbereitet hatte.

Peddersen, der Leiter des Ermittlungsdienstteams, schob sich neben ihn.

»Wir waren gestern noch hier. Hatten ihm angeboten, ihn mitzunehmen, falls er Sorge habe, angegriffen zu werden. Er hat es abgelehnt.« Bedrückt huschten die Augen des Hauptkommissars über den großen Blutfleck, die Gurken ... »Diese Morde sind »unecht«. Alles arrangiert. Wie ein Filmset. Und jeden Tag dreht er eine neue Folge mit einem neuen Hauptdarsteller.«

Maja kam hinzu. »Ja, du hast recht. Es wirkt alles durchdacht und geplant. Nicht wie eine emotional motivierte Tat.«

»Ja, deine Waffenhypothese. Es geht ums Geschäft.«

»Er hatte hinter euch abgeschlossen. Die Alarmanlage war aktiviert. Wir haben überall Fingerspuren gefunden, die Auswertung steht noch aus. Aber ich bin mir ziemlich sicher, dass sie alle vom Opfer selbst stammen.«

»Aha.« Klapproth klang irritiert. »Warum betonen Sie das? Ist doch zu erwarten, dass er sich schützt. Wir haben ihn extra darauf hingewiesen.«

»Es bedeutet, dass der Täter schon hier war, als ihr mit ihm gesprochen habt.« Couvier sah sich interessiert um.

»Wir waren mit ihm vorne im Laden. Warum hat er uns von dem Eindringling im Lager nichts erzählt?«, ärgerte sich Klapproth. »Wir hätten sofort helfen und sein Leben retten können.«

»Vielleicht wusste er nicht, dass hier jemand lauerte.« Couvier warf Peddersen einen fragenden Blick zu.

Der nickte. »Ist schon fertig gecheckt.«

Der Fallanalytiker hob die Latte an. »Ziemlich lang, ziemlich schwer.«

»Er wusste nichts von der Gefahr? Gut. Aber irgendwann war sie nicht mehr zu übersehen. Warum hat er nicht versucht, sich in Sicherheit zu bringen?« Klapproth schüttelte verständnislos den Kopf. »Müller war schmächtig. Er hätte doch weglaufen können. Wo haben Sie den Schlüssel zur Ladentür gefunden?«

Peddersen räusperte sich. »Im Schloss der Tür. Er musste nur hinlaufen und aufschließen.«

»Er hatte keine Chance zur Flucht. Der erste Schlag traf ihn, bevor er sich bedroht fühlte.« Dr. Pankratz gesellte sich ebenfalls dazu.

»Oder der Täter drohte ihm. Wenn du abhaust, bringe ich deine Tochter um. Hat Müller Familie? Hat jemand oben in der Wohnung nachgesehen?«, fragte Nachtigall, hörte den hysterischen Ton in der Frage. Aber womöglich lagen direkt über ihnen noch mehr Tote! Frau? Kinder?

»Ja. Friedrich hat das überprüft. Aber er hat schon gleich gesagt, er glaube nicht an einen Täter mit Bestrebungen, seinen Mord zu erweitern. Die Räume waren leer. Friedrich meinte, das sei zu erwarten gewesen. Müller habe seines Wissens keine Familie.«

»Es hat Drohungen gegen Müller gegeben, die wurden von den Leuten vor seinem Laden unmissverständlich artikuliert. Nun wurde er getötet. Trittbrettfahrer, der möchte, dass wir seinen privaten Mord in die Serie einrechnen und er so unbehelligt bleibt?«

»Möglich. Aber nicht sehr wahrscheinlich. Es wurde wieder Crystal verwendet?«

»Die Analyse läuft.«

»Der Täter müsste gewusst haben, wo er es bekommt, hätte eine Lieferung aus derselben Quelle erwerben müssen. Und darüber stand nichts in der Presse.«

»Können wir ihn jetzt mitnehmen?« Einer der Angestellten des Bestatters wartete ungeduldig. »Wir haben nachher noch eine Beerdigung. Also uns pressiert's schon.«

»Ja. Ich bin hier erst mal fertig.« Dr. Pankratz schloss seinen Tatortkoffer, trat zur Seite.

»Wenn jemand ihn getötet hätte, weil er glaubte, Müller habe die vergifteten Gläser wissentlich in Umlauf gebracht – dann sähe es hier nicht so ordentlich aus.« Couvier drehte sich langsam einmal um die eigene Achse. »Ich würde zerschlagene Gläser erwarten, vielleicht Buchstaben an den Wänden. Und das stärkste Motiv hätten Knappe junior und Anita Falke.«

»Aber die beiden können wir nicht mit den anderen Morden in Verbindung bringen. Mir scheint, der Täter hat ein Zeitproblem. Er will uns unbedingt mit immer neuen Ermittlungen beschäftigen.«

Nachtigall seufzte. »Ja, es sieht so aus, als wolle er uns um jeden Preis – auch den weiterer Opfer – vom wahren Motiv ablenken. Ich weiß, der Waffendeal. Wir überprüfen nochmal Knappe junior. Sehen uns genau an, wie die Gläser auf die Reise gehen. Peddersen kann unauffällig mit seinen Leuten das Ganze genauer unter die Lupe nehmen.«

Dr. März stand plötzlich mitten unter ihnen. »Der nächste Mord. Und wieder die Gurke.«

»Ja«, bestätigte Nachtigall. »Der vierte Tote.«

»Ich will ja nicht unfair erscheinen, aber denken Sie nicht, vier Morde in drei Tagen seien zu viel? Es wäre an der Zeit konkrete Ergebnisse vorzulegen?«

»Doch. Wir arbeiten mit Hochdruck daran.« Klapproth zeigte ins Rund. »Sie sehen selbst, die Spurenlage ist klar – nur zum Täter führen keine.«

»Sie informieren sich, heute werde ich zu Ihrer Auswertung dabei sein. Wenn ein Teil der Morde der Vertuschung dienen – welches war dann die Tat, die vertuscht werden sollte? Wissen Sie das?«

»Nein. Nicht einmal das können wir mit Sicherheit sagen.« Nachtigall begann sich zu ärgern. All diese Schwachstellen waren ihm nur allzu gut bekannt – und er fühlte sich ausgesprochen unbehaglich in Anwesenheit des Toten, konnte sich von dem Gedanken nicht freimachen, dass sie diesen Mord hätten verhindern können, ja müssen. Unbewusst wanderte seine Hand zur Narbe. Strich vorsichtig darüber.

Der Staatsanwalt beobachtete die Geste. »Wenn Sie sich nicht in der Lage fühlen, die Ermittlungen zu leiten, sagen Sie es!« Damit drehte sich Dr. März abrupt um und stakste davon.

Couvier sah besorgt in das zornbleiche Gesicht des Schwiegervaters. »Ey, er ist frustriert, wie wir auch. Der Hieb war unberechtigt und unfair. Vergiss den Satz sofort wieder, ich bin sicher, er bedauert ihn auch schon. Wo ist eigentlich Maja?«

»Auf ein Wort, Dr. März.«

Der Staatsanwalt blieb stehen, wartete, bis die Neue in Nachtigalls Team zu ihm aufgeschlossen hatte.

»Ja? Erzählen Sie mir jetzt nicht wieder, Sie könnten mit dem Kollegen nicht zusammenarbeiten. Mir war bewusst, dass Sie eine schwierige Anfangsphase haben würden. Aber ich dachte, Sie mit Ihrer Großstadterfahrung werden die Sache schon schaukeln. Nach Cottbus zu kommen war Ihre Idee.«

»Ja. Alles richtig. Und ich will gar nicht jammern. Das mache ich, wenn wir den Fall abgeschlossen haben. Nein! Sie kennen meine Akte, wissen, dass ich gern in Konflikte gerate. Und eine eigene Meinung habe.«

»Ja. Ich habe keine Zeit für Sie. Bei mir klingelt ständig das Telefon. Und: Werfen Sie eigentlich gelegentlich auch mal einen Blick in die Presse? Wir schaffen es nun seit Tagen auf die Titelseite! Und das ist nicht positiv gemeint.«

»Ihr Hieb gegen meinen Kollegen war unterirdisch. Er arbeitet zuverlässig, jammert nicht, klagt nicht. Seine Verletzung scheint er auszublenden. Sie sollten froh sein, einen so guten Ermittler zu haben. Und Sie glauben, Sie müssen in eine Kerbe schlagen? Von einem guten Staatsanwalt erwarte ich ein anderes Verhalten.« Damit drehte sie sich um, kehrte zu den Kollegen zurück.

Verdattert sah Dr. März ihr nach. »Arsch in der Hose hat sie jedenfalls«, murmelte er anerkennend im Weitergehen, hoffte, dass niemand diese Bemerkung gehört hatte.

»Wir brauchen ein Team der Spurensicherung bei Knappe.«

Peddersen nickte. »Ich schicke Frau Linder mit ein paar

Leuten, die sonst für die »Abteilung Schmuggel« arbeiten. Die wissen genau, wo sie suchen müssen. Die Lieferpapiere sehen wir uns auch an, überprüfen, wer, wann, wo die Ladung gegencheckt.«

Nachtigall nickte.

Couvier fragte: »Wirkte Müller gestresst?«

»Gestern Abend?« Der Schwiegervater überlegte. »Tja, vielleicht. Ich würde eher sagen, er war fast erfreut, uns zu sehen.« Nachtigall schwieg, ließ das Gespräch Revue passieren. »Ich dachte noch, der ist froh, dass wir keine verärgerten Kunden sind, die ihn anpöbeln. Als wir ihn gefragt haben, fand er es sei alles in Ordnung, und versprach abzuschließen, die Alarmanlage einzuschalten. Unser Angebot, die Streife vorbeizuschicken, schien ihm etwas überreagiert.« Traurig setzte er hinzu: »Tatsächlich hat es ihn nicht gerettet.«

»Mit dir hat das nichts zu tun. Wenn der Täter schon hier war, Müller das bemerkt hatte, dann schätzte er die Situation ganz offensichtlich falsch ein, ging davon aus, Herr der Lage zu sein. Am Ende war er dem Täter nicht gewachsen.« Couvier verabschiedete sich etwas überstürzt. »Ich muss noch was nachprüfen«, rief er dem verblüfften Ermittler zu und lief zu seinem Auto.

»Streit?«, erkundigte sich Maja.

»Nein. Er möchte noch etwas nachprüfen. Was, hat er mir nicht gesagt.«

»Vertrackte Kiste!«

Peddersen winkte sie aufgeregt in eine Ecke an der gegenüberliegenden Wand.

»Wir haben wohl die Stelle gefunden, an der der Täter gewartet hat. Wahrscheinlich hat er gehockt darauf gewartet, dass Müller nahe genug herankommt, dann ist er aus dem Versteck gesprungen und hat ihn mit der Latte … Oder: Er hat gelauert, gewartet, bis Müller ihm den Rücken zuwandte, kletterte leise aus seinem Versteck, nahm die Latte …«

Nachtigall deutete auf ein Häufchen Staub und Schmutz. »Werdet ihr darin etwas Verwertbares finden?«

»Sieht jedenfalls durchaus vielversprechend aus.« Peddersen machte ein Gesicht, als betrachte er einen sorgfältig angerichteten Hauptgang in einem edlen Restaurant. »Wer viel Fernsehen guckt … Aber es ist möglich, dass ein Teil von dem Häufchen Spuren des Täters enthält. Fasern, Erdkrümel. Mal sehen.«

Nachtigall fasste zusammen: »Er hat also möglichweise hier gelauert, bis wir wieder gegangen waren. Müller schloss ab, aktivierte den Alarm. Aber … wie ist er eigentlich rausgekommen?«

47

Silke pfiff leise durch die Zähne.

»Na, das ist ja interessant. Herr Jarek Czoski, immerhin hast du Herrn Bäumler vor dem Finanzministerium aufgelauert, bist plötzlich auf ihn zugerannt und hast ihm eine ordentliche Ohrfeige gegeben. Tolle Schlagzeile. Seite eins der Süddeutschen Zeitung. Lauter zustimmende Reaktionen aus dem Internet. Von wegen, so einem begegnet man doch nie.«

Sie klickte sich weiter durch die Kommentare und Hintergrundberichte.

»Aha. So war das also.« Sie griff nach einem Blatt Papier. 1. Jarek Czoski: Vater von Rebellen erschossen bei Auslandseinsatz der Bundeswehr.

»Also weiter: Jörn Schmidt. Dafür, dass ihr nur ganz allgemein gegen Waffen und Krieg seid, findet sich hier doch ziemlich viel persönliche Betroffenheit. Herr Schmidt, Sie haben Herrn Bäumler sogar mehrfach getroffen.« 2. Jörn Schmidt: Schwester bei einem Angriff der Revolutionstruppen auf ein Flüchtlingslager schwer verletzt worden.

»Mal die Damen. Maria Maier Hm. Nanu, warum wird mir der Zugriff verweigert? Mist!«

Sie griff zum Telefon. »Hallo, Dr. März. Ich habe ein Problem beim Checken der Namen dieser Friedensgruppe. Ja, genau. Bei einem Namen erscheint hier: Zugriff verweigert. Ich muss aber mehr über die Frau erfahren wegen einer möglichen Verbindung zu Bäumler und seinen Waffengeschäften. Ach, Sie kommen rüber?« Silke schluckte. So hatte sie sich das eigentlich nicht gedacht. »Vielen Dank!«, brachte sie mit Anstrengung zustande.

Gab dann den nächsten Namen ein: Ruth Hein.

»Das glaube ich nicht. In diesem beschaulichen kleinen Ort?« Die Mutter der jungen Frau war in einem Einsatz des Roten Kreuzes in Mali getötet worden. Erschossen.

»So, was ist mit …«

Klopfen und Eintreten waren bei Dr. März gelegentlich eins.

Und so stand er schon vor Silkes Schreibtisch, bevor diese überhaupt antworten konnte.

»So, zeigen Sie mir mal, wen Sie checken wollten.«

Silke gab erneut den Namen Maria Maier ein. »Zugriff verweigert.«

»Hm. Sieht für mich aus, als sei sie in irgendeinem Schutzprogramm. Moment…« Dr. März rief eine neue Maske auf, tippte den Namen ein – kein Zugriff.

»Gut. Ich versuche noch etwas anderes.« Kein Zugriff.

»Okay. Ich bin gleich zurück.« Damit rauschte der Staatsanwalt so schnell davon, wie er eingeflogen war.

Silke zuckte mit den Schultern.

Ihr Telefon klingelte.

»Ach, der ist also auch Opfer unseres Serientäters geworden? Ihr habt ihn doch gestern noch besucht.«

»Ja, haben wir. Aber es hat den Mord an ihm nicht verhindert. Kannst du bitte mal versuchen herauszufinden, was Wladimir Müller gemacht hat, bevor er diese ›Prima‹-Filiale eröffnete?«

»Schon dabei! Ich schicke alles auf dein Handy.«

Silke rief eine neue Seite auf, gab den Namen ein und beugte sich näher zum Monitor.

»Marktleiter ›Prima‹-Markt Burg, Wladimir Müller, geb.

in Kiew. Einreise in die Bundesrepublik 1984. Mehr gibt es nicht? Was hast du die ganze Zeit gemacht?«

Sie scrollte sich weiter durch einen Wust von Informationen.

Als es erneut klopfte, sah sie gar nicht auf.

»Stören wir sehr?«, fragte die dunkle Stimme eines Kollegen, der eine junge Frau zu Silke ins Zimmer schob.

»Entschuldigung.« Silke sprang auf. »Ich war ganz vertieft.«

»Das ist …«, begann der Kollege, doch Silke unterbrach ihn schnell.

»Ich weiß schon. Alles prima, danke.«

»Nehmen Sie doch bitte Platz.«

Ruth Hein setzte sich.

»Ich nehme an, Sie checken unsere Namen. Dann haben Sie sicher auch mich gefunden.«

»Ja. So langsam glaube ich, jeder aus Ihrer Gruppe hat Erlebnisse gehabt, in denen Waffengewalt eine Rolle spielte.«

»Nun, ganz so ist es nicht«, lächelte die schmale Frau schüchtern. »Einige sind auch aus Solidarität mit den Opfern Mitglieder.« Ihre knochigen Hände fuhren über den nicht vorhandenen Bauch, zogen das T-Shirt über der nicht vorhandenen Oberweite glatt.

Was für ein Unterschied zu Leonie, dachte Silke, bei der dreht sich alles nur ums Äußere.

Ruth scheint das eher gleichgültig zu sein. Vielleicht ist es auch bei beiden nur der Habitus, der der Erwartungshaltung der Außenstehenden entspricht, verfolgte sie diese Überlegung weiter, wer weiß, vielleicht würde Ruth auch gern mal über die Stränge schlagen oder Leonie ohne Nagellack und Wimperntusche das Überleben in der Welt testen.

»Es stimmt, meine Mutter wurde getötet. Sie war als Helferin im Einsatz, für den Aufbau einer Krankenstation in Darfur. Eines Tages wurde das Lager überfallen, fünf der ausländischen Helfer verschleppte man. Nach etwa einer Woche fand man ihre Leichen. Zwei Deutsche, zwei Franzosen, ein Schweizer. Man hatte ihnen direkt ins Gesicht geschossen.« Ihre Stimme schwankte leicht. »Journalisten berichteten über die grausige Tat. Manche bekamen sogar Preise für ihre Artikel oder Fotos. Geändert hat sich in all den Jahren nichts an der Situation der Menschen vor Ort.«

»Ich kann mich an ein Foto erinnern. Darauf sah man eine Frau, die ihren linken Arm stützte. Wenn man genauer hinsah, konnte man erkennen, dass eine Machete ihr den Daumen bis zum halben Unterarm abgetrennt hatte. Ich war schockiert und erstaunt darüber, dass sie nicht weinte. Sie muss schreckliche Schmerzen gehabt haben.«

»Manche Journalisten haben sich auf die falsche Seite geschlagen. Die Nähe zu den Waffenhändlern gesucht, weil sie glaubten, mehr Kugeln, Schnellfeuergewehre und anderes würden den Krieg schneller beenden. Später haben sie bemerkt, welch fatale Wirkung ihre Artikel hatten. Doch da war es zu spät. Einige begannen, die Leute zu hassen, die sie zu diesen Artikeln verleitet hatten.«

»Einer dieser Journalisten oder eine dieser Journalistinnen ist Mitglied bei Ihnen?«

»Ja. Aber auch er hat Leopold Bäumler nicht getötet.«

»Männlich also. Dass er mit dem Mord nichts zu tun hat wissen Sie genau?«

»Ja.«

»Und Maria? Sie hat uns ihre Geschichte erzählt, aber es blieb offen, ob sie Bäumler kannte.«

»Wir alle kannten Bäumler. Die, die ihm nicht persönlich begegnet sind, die kennen sein Foto. Es hängt bei uns in der Toilette.«

»Und dieser Journalist? Hat er Bäumler je getroffen?«

»Ja. Matthias hat ihn mehrfach zur Rede gestellt, ihm vorgeworfen, dass seine Skrupellosigkeit Menschenleben kostet. Einmal musste er dafür sogar ins Gefängnis. Aber deshalb bin ich gar nicht hier, sondern weil ich Sie warnen möchte. Wenn Bäumler hier war, dann nicht, um Urlaub zu machen. So ein Typ war er nicht.«

Silke schwieg nachdenklich.

»Ich habe seinen Nachfolger schon gesehen. Er ist bereits in Burg und wird das zu einem Ende führen, was Bäumler eingerührt hat.«

48

Couvier war überrascht.

Auf dem Gelände der Gurkenfirma standen mehrere Container, die wohl später auf LKWs gesetzt werden sollten.

Kleine Gabelstapler sausten umher, mal mit, mal ohne Kartons und Kisten.

Mario Knappe winkte schon von Weitem ab. »Keine Zeit für Sie. Sie sehen ja, was hier los ist.«

Andere LKWs hatten direkt an der großen Lagerhalle angedockt, wurden direkt aus dem Bestand beladen.

Melissa Weinert hatte den Besucher erspäht und lief zu ihm hinüber. In der Hand ein Klemmbrett mit Zahlen und Daten, ein Teil war schon abgehakt. Ihre Augen schweiften unruhig über die vielen Leute und Fahrzeuge, versuchten offensichtlich alles mit einem Blick zu erfassen.

»Hallo, Herr Couvier. Kein guter Tag heute für einen Besuch. Sie sehen ja selbst, was hier los ist. Die Lieferung ist lang geplant und hat nun ein Datum für Shipping bekommen. Nun müssen sich alle sputen.«

»Wohin reisen die Gurken denn?«

»Das darf ich Ihnen nicht sagen.« Sie lachte glockenhell. »Selbst bei sauren Gurken gibt es Firmengeheimnisse, die über das Rezept hinausgehen.«

»Schade. Sie wissen ja, ich bin Gurkenfan und an jedem Detail interessiert.«

»Ich fürchte, ich habe Ihnen ohnehin schon zu viel verraten. Demnächst eröffnen Sie ein Konkurrenzunternehmen, weil es Ihnen bei der Polizei nicht mehr gefällt.« Sie schenkte ihm zum Abschied ein strahlendes Lächeln und kehrte zu ihrem Chef zurück, der einen angespannten Eindruck machte.

Couvier trollte sich vom Hof.

Draußen stieß er auf eine Gruppe Männer, die rauchend vor dem Tor den Tag auswertete.

»Mann, erst wird es ewig nicht, dann heißt es plötzlich, presto, alles verpacken, bald geht es los – und dann – von einem Tag auf den anderen: subito! Jetzt geht es los.«

»Na, und dann auch noch alles in so kurzer Zeit sicher lagern. Wenn nachher irgendwas kippt und zu Bruch geht, sind es wieder die Transporteure, die dafür aufkommen.« Der Sprecher spuckte frustriert vor sich auf den Boden.

»Eiei, wenn der Chef das gesehen hätte«, grinste ein anderer.

»Morgen ist Abfahrt. Bin ja mal gespannt, ob wirklich bis dahin alles verladen ist.«

»Da bin ich skeptisch. Aber vielleicht hat er wieder ein paar Zusatzkräfte angemietet. Wie schon mal. Die übernehmen dann die Arbeit und schuften in der Nacht den Rest weg. Geld spielt keine Rolle, wenn's pressiert«, wusste der Spucker.

»Na, meine Schicht ist rum. Ich gehe jetzt zu meiner anschmiegsamen Frau. Die muss ja 'ne Weile auf mich verzichten.« Raues Gelächter, große Einigkeit, allgemeiner Aufbruch.

Als die Männer außer Sicht waren, schälte Couvier sich aus dem Gebüsch.

Schlenderte die Straße entlang und überdachte, was er gerade gehört hatte.

49

Günther kam wie beinahe jeden Abend auf einen kurzen Besuch bei Johannes vorbei.

Max knurrte heute, schien ein wenig genervt.

»Was hat er denn? Macht er doch sonst nicht.« Günther war fast ein wenig beleidigt. »Ey, du kennst mich nun seit Jahren. Was knurrst du mich an, Hund?«

»Lass ihn. Wir hatten gerade Besuch. Katarina. Jetzt ist sie drüben im Stall. Du weißt ja, die Helga soll kalben, aber der Nachkomme liegt nicht günstig. Die Helga hat ständig Besuch vom Tierarzt. Katarina findet das gut – Helga nicht.« Johannes zwinkerte.

»Oh, ich verstehe. Na wäre doch eine günstige Verbindung.« Günther kicherte heiser.

»Max kann den Tierarzt nicht ab. Deshalb ist er sauer, dass der dauernd kommt.«

»Na klar. Tut ja meist weh, wenn man den sieht. Max kann ja nicht wissen, dass der Herr Doktor wegen der Damen hier ist.«

Schweigen. Seufzen. Eine Flasche Schnaps und zwei Gläser tauchten aus Günthers Taschen auf.

»Prost!«

»Prost!«

»Der Wladimir ist nu auch tot. Jetzt kann wohl keiner mehr glauben, dass der Wassermann seine Finger im Spiel hat. Vielleicht eher eine der Hexen. Die alten Frauen rätseln noch.«

»Ach was, der Wladimir?« Johannes hatte wohl noch nichts davon gehört.

»Ja. Wieder mit Gift und Gurken. Ich finde, so langsam reicht's jetzt. Muss ja nicht jeden Tag mindestens einen Mord geben. Sonst ist bald der ganze Ort ausgerottet. Und wer weiß, dann schwappt das Ganze nach Naundorf über.«

»Aber ich dachte, der Wladimir hatte mit der Gurkensache nichts zu tun? Der hat die Gurken nicht vergiftet, und eine Erpressung gab es angeblich auch nicht. Warum also?«

»Tja – das weiß die Polizei wohl auch nicht. Die tappen gehörig im Dunkeln, kann ich dir sagen. Wie die Maulwürfe, hat man ja früher gesagt – aber das ist Quatsch, die Maulwürfe kommen gut klar. Nur die Menschen nicht.«

»Prost!«

»Prost!«

»Deine drei Angestellten haben wohl alle zusammen frei?« Günther schüttelte empört den Kopf. »Alle Kind krank, oder so was? Ich seh die gar nicht mehr.«

»Ne. Die sind über Tage hier. Du kommst abends. Da bin dann nur ich hier.« Johannes lachte gluckernd.

»Manchmal auch nicht.« Günther schenkte wieder nach, beschwerte sich. »Ich find dich nicht immer hier.«

»Wenn ich nicht hier sitze, bin ich im Stall. Das weißt du doch. Gerade auch wegen Helga. Hast du nicht nachgesehen? Oder wenigstens nach mir gerufen?«

»Nee. Du weißt doch, ich bin Gemüsebauer geworden, weil ich Angst vor den Viechern habe. Max ist das Größte, was mir vierbeinig keine Panik macht – und auch nur, weil ich ihn schon seit seiner Zeit als Welpe kenne. Gemüse beißt nicht, rennt dich nicht in Grund und Boden und verpasst dir keine Milzruptur oder ein Loch im Kopf. Auch Bio-Rinder treten schon mal aus, wenn ihnen was nicht passt. Kannste dich noch erinnern: der Maximilian? Beim Melken. Ein Tritt und aus war's. So ein menschlicher Schädel ist nicht wirklich stabil.«

»Ja«, grinste Johannes. »Karotten durchbohren ihren Bauern nicht. Und noch ein Vorteil: Sie rufen nicht laut nach dir. Kühe, die gemolken werden möchten, veranstalten ein Höllenspektakel, wenn der Service auf sich warten lässt.«

»Kohl, Kartoffeln, Broccoli – alle bio, alle still! Prost!«

»Prost!«

»Aber das wäre ja toll, wenn deine Katarina mit dem Doktor … Dann ist eh alles klar, sie bleibt dann gern, muss nicht überzeugt werden – und ein hergelaufener Hallodri hat keine Chance. Mann, das wäre ja nu perfekt! Ich drücke dir die Daumen. Aber du bist ja eigentlich noch ein junger Spund. Hast noch Zeit mit der Hofübergabe.« Der Nachbar lachte.

Schweigend hingen die Männer ihren Gedanken nach.

»So, es ist spät. Ich geh mal.« Günther rappelte sich auf, schwankte ein bisschen. »Hoffen wir mal, dass wir morgen alle wieder gesund aufwachen und keinen Besuch vom Gurkenmörder hatten.«

»Schlaf gut!« Johannes sah dem Freund nachdenklich hinterher, bis die Dämmerung ihn verschluckt hatte.

50

»Also, was haben wir?« Nachtigall versammelte wie immer sein Team. »Silke?«

»Ich habe die Friedensaktivisten gecheckt. Manche waren unmittelbar von Waffengewalt betroffen – und einige haben ihre Geschichten öffentlich erzählt. Zum Beispiel der Presse. Gänsehautschicksale. Beim Checken der Namen hat sich dann ergeben, dass die meisten Bäumler erkannt hätten, wenn sie ihm begegnet wären. Es hängt ein Foto von ihm bei den Aktivisten auf der Toilette. Und viele sind ihm auch tatsächlich persönlich begegnet. Wir werden also wohl die Alibis der Mitglieder überprüfen müssen.«

»Wenn sie es gemeinsam waren? Dann bräuchte ja nur immer der eine Täter für die eine Tatzeit ein Alibi. Schwierig.«

»Maria Maier kann ich nicht überprüfen. Aber sie hat mir ihre Geschichte erzählt. Der Zugang zu ihren persönlichen Daten ist nicht möglich. Dr. März wollte sich darum kümmern. Übrigens ist Mirko Fleischer auch Mitglied.«

»Ach, na dann werden wir wohl noch mal mit ihm sprechen müssen. Von wegen, ich kannte den Mann nicht. Maja und ich waren bei Wladimir Müller. Offensichtlich war der Täter schon im Lager, als wir gestern mit dem Filialleiter gesprochen haben. Getötet wurde er, nachdem wir gegangen waren. Keine Einbruchspuren an der Ladentür, an der Hintertür, an einem der Fenster. Als wir gingen, steckte der Schlüsselbund in der abgeschlossenen Ladentür. Bisher konnte am Tatort nicht geklärt werden, wie der Täter den Laden verlassen hat. Das Bild am Tatort entsprach etwa der Auffindesituation bei Falke. Der Täter unternimmt keinerlei Anstrengungen, den Mord als Unfall oder dergleichen zu tarnen – aber er bringt jedes Mal das Crystal zum Einsatz, damit wir erkennen, dass es sich um denselben Täter bei all den Morden handelt.«

»Ja, es ist ihm wichtig, dass wir gleich den Mord als den »seinen« erkennen. Der Serie folgen, sozusagen jeden Tag wieder einschalten. Die Leichen selbst sind nur Mittel zum Zweck, das Individuum hat für ihn keinerlei Bedeutung. Die Toten sind ihm seltsam unwichtig. Er legt sie ab, brennt ein kleineres Feuer ab, aber so, dass der tote Körper nicht zerstört wird und wir unsere Schlüsse ziehen können.«

Dr. März kam hinzu.

»Ich sehe, Sie werten aus. Sehr gut. Haben Sie Neuigkeiten für mich?«

»Wir haben einige Informationen, aber den Täter sehen wir nicht«, räumte Nachtigall unterkühlt ein. Ärgerte sich im selben Moment darüber, dass er seinen noch immer schwelenden Ärger über den Kommentar des Staatsanwalts nicht besser im Griff hatte. »Immerhin können wir davon ausgehen, dass man Leopold Bäumler durchaus erkannt hat, wenn er durch die Straßen ging.«

Silkes Handy vibrierte.

»Eine Nachricht aus dem Labor. Das Crystal Meth stammt aus einer Drogenküche in Tschechien. Die Zusammensetzung aller Proben ist identisch – und der Herstellungsort bekannt. Das ›Methlabor‹ wurde angeblich vor drei Wochen aufgelöst. Mist!«

Dr. März zog fragend eine Augenbraue hoch.

»Na ja. Wenn es das Labor nicht mehr gibt, haben die Dealer in der Stadt inzwischen vielleicht keine Tütchen mehr von dort im Angebot. Das heißt, selbst wenn wir die Dealer … Sie haben das Zeug nicht mehr.«

»Über ihre Kunden reden die eh nicht. Geschäftsschädigend.« Klapproth brachte ihre eigenen Erfahrungen auf den Punkt.

»Wir gehen davon aus, dass die Opfer ihren Mörder kannten. In keinem Fall hat sich der Täter gewaltsam Zutritt verschafft. Knappe hat ihn arglos eingelassen, Falke wohl auch – und bei Müller hat er sich im Lager versteckt, wartete eine für sein Vorhaben günstige Gelegenheit ab.«

»Ich habe mit einer Nachbarin von Horst Falke gesprochen. Sie hatte schon bei der ersten Befragung von einem späten Besucher erzählt. Inzwischen weiß ich, dass sie einen älteren Herrn bemerkte, der bei Falke in die Wohnung gebeten wurde. Sie hat sich nichts dabei gedacht, ging davon aus, die Tochter sei ebenfalls zu Hause. Leider konnte sie das Gesicht nicht erkennen. Arbeitskleidung, Mütze, schwere Schuhe, vielleicht gebeugte Schultern.«

»Möglicherweise jemand aus Burg. In einem überschaubaren Ort ist es leicht, gemeinsame Bekannte zu haben. Man kennt sich.« Silke nieste gedämpft in ein Taschentuch. »Heuschnupfen. Glaube ich.«

»Und das Opfer in Cottbus?«

»Er stammt von hier.« Silke meldete sich wieder zu Wort. »Wir wissen auch, dass der Täter uns glauben machen möchte, alles drehe sich um die Gurke. Aber gut möglich, dass sich alles um Bäumler dreht.«

»Ich habe mit einer jungen Dame gesprochen, die sich mit Freundinnen in der Eisdiele getroffen hatte. Bäumler hat sich jeden Abend ein anderes Mädchen ins Zimmer mitgenommen. Einige von ihnen hatten sicher schon feste Freunde, bei anderen sind vielleicht die Väter nicht einverstanden gewesen. Angenommen, das Treffen auf dem Kahn war eine inszenierte Aussprache – und alles ging schief. Ich weiß, es klingt nach … Aber als der Mann tot war, musste ein Plan her, das Motiv zu verschleiern.« Nachtigall hörte selbst, wie wenig überzeugend das klang. Und doch …

»Motiv wäre dann?«, fragte Dr. März ironisch. »Prävention?«

»Na, im weitesten Sinne.«

»Und die andere Schiene? Wie weit sind Sie damit gekommen?«, bohrte der Staatsanwalt weiter. »Wir haben morgen eine Pressekonferenz. Da brauche ich ein paar brauchbare Ergebnisse. Vier Opfer sind vier tote Menschen zu viel. Ich kann wohl kaum darüber berichten, dass mein bestes Team im Dunkeln tappt.«

»Bei Knappe auf dem Hof stehen Fahrzeuge, die beladen werden. Es soll alles sehr schnell gehen, die Fracht soll morgen schon auf die Reise gehen. Wenn wir Waffenschmuggel mit Gurken annehmen …« Couvier ließ den Satz schweben.

»Aber eine Art Razzia bei Knappe ohne Ergebnis, wäre nicht günstig, wo die Ermittlungen ohnehin nicht recht vorankommen.«

»Es gibt einen Vertreter für Bäumler bei Hauser, Ploch & Co. Und angeblich ist der auch schon gesehen worden. Da fragt man sich doch, was genau er hier vertreten möchte? Urlaubsvertretung? Partyvertretung? Er wohnt angeblich im Therme-Hotel. Checken wir mal, wer das ist.« Nachtigall wusste, dass sich sein Team mit diesem Ansatz besser fühlte. Schließlich war die Situation für alle unerträglich. Stockende Ermittlungen und jeden Tag mindestens ein neues Opfer, das war eine harte Prüfung für ihn und seine Kollegen.

Dr. Pankratz stieß dazu. Alle rückten etwas zusammen, um ihm und seinem Stuhl Platz zu machen. Es wurde eng. Maja zog ihre Arme so weit an den Körper, wie es ihr möglich war. Nachtigall registrierte diese Bewegung. Körperkontakt war der Kollegin offensichtlich unangenehm. Seltsamerweise machte sie das in seinen Augen plötzlich fast sympathisch.

»Hallo, alle zusammen. Oh, Dr. März. Guten Abend«, grüßte der asketische Rechtsmediziner mit der makellosen Glatze und klopfte auf den Tisch.

»So, nun fehlt nur noch Peddersen für die Spurensicherung. Aber der kommt sicher auch gleich«, meinte Nachtigall zuversichtlich.

»Nun, Dr. Pankratz, haben Sie neue Ergebnisse für uns?« Der Staatsanwalt war inzwischen deutlich gereizt.

»Wie man's nimmt. Ich habe Crystal Meth gefunden in einer Dosis, die zum akuten Sterben auf keinen Fall gereicht hätte. Zusammensetzung wie bei den anderen Morden. Die Verletzungen des Opfers waren diesmal unübersehbar. Der Täter geht rücksichtsloser vor, schert sich nicht darum, dass die eigentliche Todesursache offensichtlich ist. Drei Möglichkeiten: Er ist am Ende seiner Serie angekommen, Zweitens: Er will keine Zeit mehr mit Spielchen verlieren. Drittens: Er hat schon das nächste Ziel im Blick und will sich nicht sinnlos vertändeln.«

»Und welche Möglichkeit erscheint Ihnen am wahrscheinlichsten?«

»Hätten wir bei der Obduktion von Bäumler die eindeutigen Hinweise auf das Crystal Meth übersehen, wäre die Serie vielleicht gar nicht nötig geworden. Ich denke, Bäumler war das anvisierte Opfer.«

»Dann wären die anderen nur »Zugabe«? Weil Sie den ersten Mord auch als solchen enttarnen konnten?«

Dr. Pankratz nickte widerwillig. »Sieht für mich so aus. Vielleicht wollte er uns alle testen. Wir haben bestanden. Deshalb geht die Serie weiter.«

»Wenn die Serie noch nicht abgeschlossen ist: Wer könnte dann das nächste Opfer sein?«, Nachtigall trat an das Flipchart, begann mit einer Liste. »Ein Gemüsebauer?«

Gurkenopfer Bäumler, schrieb er.
Gurkenfabrikant Knappe
Gurkenkunde und Landarbeiter Falke
Gurkenverkäufer Müller

»Der Einzige, der nicht richtig passt, ist Bäumler. Wenn man davon absieht, dass er tatsächlich ein Gurkenopfer war. Aber beruflich hatte er nichts mit der Gurke zu tun«, stellte er fest. »Das wussten wir ja schon. Sollen wir nun alle Gemüsebauern in der Umgebung bewachen?« Auch Nachtigall war gereizt. Keine Spuren, kein Ansatz, kein klares Motiv. Und zu wenig Schlaf!

Wieder ging die Tür auf.

Peddersen schob sich vorsichtig durch den Spalt.

»Guten Abend, euch allen! Große Runde – also stockt die Ermittlung, was?«, grüßte er beinahe fröhlich, was so gar nicht zu der Stimmung passte, die über dem Tisch hing wie giftiger Qualm.

»Rauchende Köpfe«, grüßte Silke zurück.

Wieder rückten alle zusammen. Nachtigall blieb stehen, zog seinen Stuhl vom Tisch und schaffte Platz für den Leiter des Erkennungsdienstteams.

Alle Augen wandten sich Peddersen zu. Der ruckelte sich etwas unbehaglich auf seinem Stuhl zurecht.

»Also: In diesem Lager gibt es natürlich Spuren en masse. Staub, Fasern, Haare von Mensch und Tier, zerfallende Kartonteile. Dinge, die man dort erwarten kann. Ein Rattenskelett haben wir auch gefunden, aber mit dem Fall hat dieses Opfer sicher nichts zu tun. Eher mit Betriebsferien über mehrere Feiertage. Wir werten eifrig aus.«

»Und?« Nachtigall war gespannt. Er wusste, wenn Peddersen so anfing, hatte er eine Entdeckung gemacht.

»Und haben auch schon etwas gefunden. Und zwar einen etwas größeren Klumpen Erde. Frische Erde. Es könnte sein, dass der Täter in seinem Versteck unruhig wurde und ihm das Stück Boden aus der Profilsohle rutschte. Es gab kleine blaue Plastikfolienfetzen in unmittelbarer Nähe, die wir an keiner anderen Stelle sichern konnten. Deshalb nehmen wir an, dass der Täter Überschuhe trug. Möglicherweise auch einen Schutzanzug. Kann man in jedem Baumarkt kaufen. Beim nervösen Hin- und Herrutschen muss einer der Überschuhe zerrieben worden sein – und deshalb besitzen wir jetzt das Fundstück.«

»Hilft es uns weiter?«, hakte Nachtigall nach, als Peddersen nicht weitersprach.

»Nun, es könnte schon sein, dass wir die Quelle identifizieren. Dann wohnt dort vielleicht der Täter. Oder er ist auf dem Weg zu Müller vom Bürgersteig abgekommen. Am besten wäre, ihr findet einen Verdächtigen – und wir kommen dann vorbei und entnehmen eine Probe. Ich habe vor einiger Zeit an einer interessanten Fortbildung teilgenommen und kann euch sagen, kein Boden gleicht wirklich dem anderen. Es ist also möglich …«

»Aber zum Täter führen kann uns die Erde nicht?« Der Hauptkommissar war enttäuscht.

»Nun, das will ich so gar nicht sagen. Das Labor arbeitet noch. Sollte sich etwas Außergewöhnliches oder völlig Unerwartetes finden, dann könnte … Alles noch Konjunktiv. Also bitte ein wenig Geduld.«

Es klopfte hart an der Tür.

Überrascht wandten sich aller Augen dem Eingang zu.

»Erwarten wir noch jemanden?«

Heiko Domaschk trat ein, selbstbewusst, präsent. Stellte sich kurz vor.

»Herr Couvier?« Er schüttelte dem Fallanalytiker die Hand. »Ihr neuer Mordfall touchiert eindeutig unseren Kompetenzbereich. Ja, wir vom Zoll würden uns gern ab sofort in Ihre Ermittlungen einklinken, uns mit der Mordermittlung verzahnen wie immer, wenn unsere Landesgrenzen überschritten werden, sind wir für diesen Teil zuständig. Unsere Abteilung hat tagtäglich mit Schmuggel aller Art zu tun. Man könnte es auch so formulieren: Es ist unser Alltagsgeschäft.« Er sah sich um. Erkannte, dass allgemeine Überraschung bestand.

Nachtigall räusperte sich. »Wir haben gerade erst mit den Untersuchungen begonnen. Wir hatten nicht damit gerechnet, dass der Zoll so schnell auf unsere Anfrage reagiert.«

»Wenn wir einen Hinweis bekommen, ist so gut wie immer Eile geboten. Sind die Waren erstmal beim Kunden angekommen, wird das gesamte Verfahren manchmal sehr kompliziert – zum Beispiel dann, wenn es mit dem betreffenden Zielland keine rechtlich bindenden Abkommen gibt. Informationen zu bekommen, gestaltet sich dann schwierig. Deshalb ist schnelles Eingreifen wichtig. Es ist gut möglich, dass in diesem speziellen Fall die Lex specialis greift, das ist eine Spezialrechtsform. Das wird sich erweisen. Auf jeden Fall liegt hier ein Verstoß gegen die gesetzlichen Regelungen der Abgaben-Ordnung vor. Welcher Paragraph genau, wird die weitere Ermittlung ergeben, wenn wir die Beteiligten haben auffliegen lassen. § 372 zum Bannbruch, & 70 Steuerhinterziehung … Mal abwarten. Wir haben uns international vernetzt – Herr Mendetti, den Sie ja von einem früheren Fall her persönlich kennen, hatte recht, Frau Klapproth. Ich soll Sie herzlich von ihm grüßen, er hat mich ebenfalls kon-

taktiert. Wir sind vor einiger Zeit auf einer Fortbildungs-
veranstaltung ins Gespräch gekommen und seither ... nun,
es gibt berufliche Überschneidungen, man kennt sich.« Er
lächelte Maja freundlich zu, fuhr dann fort: »Also: Leopold
Bäumler scheint in allerhand Nebengeschäfte verwickelt zu
sein. Ein Wagen von uns ist zu Knappe rausgefahren und
beobachtet unauffällig die Lage.« Der große, breitschult-
rige Mann wartete. Seine grünen Augen glitten dabei über
die Gesichter im Besprechungsraum, wanderten zum Flipchart. Seine überraschend sinnlichen Lippen wurden von
einem Lächeln breitgezogen. Tonlos formten sie das Wort
»Gurkensalat«.

»Herr Mendetti?«, fragte Nachtigall ungewöhnlich
aggressiv nach und der Blick, der Maja traf, war scharf wie
ein Dolch.

»Ja. Er ist ein sehr guter Freund von mir. Wir haben vor
einigen Jahren als Kollegengespann an dem Fall mit den
Satanisten zusammengearbeitet. Er wechselte zu Europol.«
Die Kollegin seufzte, warf genervt die Arme hoch. »Als wir
mit den Ermittlungen begannen, habe ich wegen des Opfers
Leopold Bäumler bei ihm nachgefragt, weil ich euch mit dem
Waffenschmuggel nicht auf eine völlig falsche Fährte locken
wollte«, erklärte Maja, reckte trotzig den Kopf in die Höhe.
Erwartete offensichtlich Gegenwind.

»Gut.« Dr. März deutete an, die Gruppe möge dem Kollegen Platz schaffen, was nach vielem Räuspern und Rücken
auch gelang.

»Wir haben die Firma Knappe schon eine Weile im Visier«,
erläuterte Domaschk. »Es ist nicht so, dass euer Hinweis uns
nun vollkommen überrascht hat. Knappes Betrieb trudelte
vor einigen Jahren in echte Finanzprobleme. Die Konkur-
renz brachte extravagante Kompositionen auf den Markt –
und Knappe konnte nicht mithalten. Als das Geschäft plötz-

lich wieder positiv anlief, schob er das auf den Erfolg der Chiligurken und anderer neuer Rezepturen. Aber wir hatten inzwischen die Kontakte in Länder außerhalb der EU im Blick. Wir sind an der Stelle dünnhäutig, ja, manchmal auch viel zu sensibel, ja – aber bei Knappe scheint ja was dran zu sein. Als Bäumler tot aus dem Kahn geborgen wurde, er auch noch mit Gurken vergiftet wurde – tja, da dachten wir gleich an einen Fingerzeig für uns.«

»Hm.« Der Cottbuser Hauptkommissar war nicht wirklich überzeugt. Immer noch nicht. Maja verdrehte die Augen. »Von wem?«

»Das wissen wir nicht. Wir kümmern uns um Knappes Gurkentransporte. Er wird keine spektakulär neue Transportmethode wählen, er ist neu in dem Geschäft. Ihr findet den Mörder von Bäumler und den anderen Gurkenopfern. Ist euch ein Fremder, Tourist, Handlungsreisender oder so etwas in der Art aufgefallen, der eventuell Bäumlers Nachfolger sein könnte? Bei der Abwicklung des Geschäfts braucht man an jeder Hürde einen, der Hilfestellung leistet.«

»Wir haben eine Info, aber die ist noch nicht überprüft. Wir melden uns, sobald wir einen Namen und eine Urlaubsadresse haben«, versicherte Klapproth.

»Bitte Abstand zu Knappe wahren. Wir wollen doch niemanden aufscheuchen.« Damit stand Heiko Domaschk auf, klopfte mit den Fingerknöcheln auf den Tisch. Legte seine Karte auf den Tisch. »Falls wir uns sehr eng abstimmen müssen, mein Handy ist immer auf laut. Bitte keine Alleingänge. Wenn etwas unklar ist, bitte erst bei mir nachfragen. Vielleicht haben wir die Situation ja genau so geplant.«

»Gut. Damit liegt das Waffengeschäft nun in den kompetenten Händen der Kollegen. Aber wir suchen einen Mörder. Da wir davon ausgehen müssen, dass der Täter ein neues

Opfer sucht, das auch auf irgendeine Weise mit Gurken in Verbindung gebracht werden kann, schlage ich vor, dass wir die Gurken- und Gemüseanbauer warnen. Wir rufen sie an.«

»Was sollen wir denn sagen?«, fragte Klapproth schnippisch. »Wie Sie wissen, tötet jemand in Cottbus und Umgebung Leute, die mit Gurken zu tun haben – wir glauben, dass Sie als Nächster auf seiner Liste stehen?«

»Es ist ein klassisches Dilemma, nicht wahr? Wenn wir sie warnen, offenbaren wir gleichzeitig, dass wir nicht in der Lage sind, sie wirksam zu schützen. Sie müssen das selbst tun. Tun wir nichts, geben keine Warnung raus und einer der Bauern kommt um, wird die Bevölkerung sagen, warum habt ihr die Leute nicht vorgewarnt, war doch klar, dass es jemanden treffen würde, der mit Gurken zu tun hat. Ihr könnt eben die Bevölkerung nicht vor einem Mörder schützen, wird es heißen«, erklärte Nachtigall desillusioniert. »Ihr habt die Bauern nicht einmal gewarnt!«

51

Günther war ganz aufgeregt.

Johannes ließ ihn ein, fragte sich, was denn nur passiert sein könnte, dass Günther so aus dem Häuschen war.

»Stell dir mal vor: Die Polizei hat mich angerufen. Ich sei eventuell in Gefahr, der Mörder noch nicht gefasst. Möglicherweise habe er nun einen Gemüsebauern im Visier.«

»Und nun, was hast du vor?«, fragte Johannes und bot dem Nachbarn einen Platz am Küchentisch an.

Max kam hinzu.

Offensichtlich wollte der Hund nichts verpassen.

Seine dunklen Augen huschten von einem Gesicht zum anderen. Er spürte die Anspannung der beiden Männer deutlich, wurde selbst auch etwas unruhig.

Johannes tätschelte ihm den großen Kopf. »Ist schon gut, Max. Passiert nix!«

Zu Günther gewandt, fragte er: »Klaren habe ich nicht mehr. Nimmste auch was mit Farbe?«

»Solange das nicht grün, gelb oder rosa meint«, kicherte der Überraschungsgast.

Schnell standen zwei Gläser auf dem Tisch.

Inhalt war eine transparente dunkelbraune Flüssigkeit, die stark nach Kräutern duftete.

»Riecht wie ein Fußbad, schmeckt aber besser.« Johannes prostete dem anderen zu, sie kippten das Zeug auf einen Zug.

»Was machen die jetzt? Passen die auf dich auf, oder was?«

»Ne. Dazu haben sie nicht genug Leute. Ich soll selbst auf mich aufpassen.«

»Na, klingt doch großartig. Dann machst du das einfach.«
Johannes grinste breit.

»Ja, habe ich dem Kerl am Telefon auch gesagt. Also ehrlich, nun gerate ich in meinem Alter noch in Mordgefahr. Wo ich eh schon fast am Modern dran bin. Vergebene Liebesmüh. Und trauern wird keiner. Nur erben. Das tun se dann alle.«

»Wenn du willst, kannst du hier übernachten. Ist gar kein Problem, Platz ist genug.« Johannes legte dem Nachbarn seine schwielige Hand auf den Arm. »Ehrlich. Geht in Ordnung.«

»Ne, lass mal. Ich schlafe in meinem Bett am besten. Und Testament ist gemacht, alles geregelt. Ist ja besser so. Sonst streiten sich die Erben.« Günther war gerührt, wischte sich schnell eine Träne aus dem faltigen Gesicht, das aussah wie ein im Keller vergessener Apfel vom vorvorletzten Herbst.

»Ich habe mein Testament beim Notar hinterlegt. Ist gut. Ich habe ja erlebt, wie die Aasgeier sich gleich nach dem letzten Atemzug um die Habe streiten. Selbst um das Gebiss meiner Schwester gab es Gezänk. »Diese Vase hat sie von mir bekommen, also nehme ich die auch wieder zu mir. Unglaublich. Wenn meine Schwester nu irgendwo auf diese Töchter wartet, dann werden die ganz ordentlich was zu hören kriegen. War ja wie Leichenfledderei.«

»Kann man nur hoffen, dass man zu dem Zeitpunkt nix mehr davon mitkriegt. Kann dir ja die Stimmung ganz gewaltig vermiesen, so was.« Günther wackelte mit seinem Glas, Johannes schenkte ihm nach.

»Und du?«, fragte der Gemüsezüchter.

»Die Kühe nehmen keine Rücksicht auf das Schlafbedürfnis eines alternden Mannes. Die wecken pünktlich. Außerdem verbiete ich meinen Angestellten Alkohol während der Arbeitszeit. Da kann ich schlecht am frühen Morgen selbst mit 'ner Restfahne im Stall stehen. Und die Kühe macht der Gestank aggressiv. Bio-Rinder sind vielleicht besonders empfindlich.«

Günther lachte: »Meinem Bio-Gemüse ist die Fahne egal. Und meine Enkel vertragen ganz gut was. Potente Leber. Liegt in der Familie. Außerdem konserviert Alkohol die Starken. Bloß bei den Schwachen lösen sich Hirn und andere Organe in Wohlgefallen auf.«

»Na, wenn du das sagst, wird da was dran sein.« Johannes war heute großzügig, schließlich stand sein Nachbar womöglich auf der Todesliste, da wollte er nicht mit ihm streiten.

Günther machte Anstalten zu gehen.

»Sag mal, willst du vielleicht den Max mitnehmen? Dann bist du wenigstens nicht ganz allein in deinem großen Haus. Und der Hund schlägt an, wenn Fremde kommen.«

Günther sah den Nachbar schweigend an.

»Das würdest du für mich tun? Mir deinen Max ausleihen?«, fragte er dann vom Donner gerührt.

»Wenn es dir lieber ist, kannst du auch eine der Kühe mitnehmen«, grinste Johannes.

52

Traudel saß in ihrem Lehnstuhl vor dem Fernseher.

Fieberte den Schicksalen der Serienprotagonisten nach, machte sich Sorgen um den einen, wusste um die Intrige eines anderen und dem zum Scheitern verurteilten Liebessehnen eines anderen.

»Familienbande können so was von belastend sein«, vertraute sie ihrem Sittich an, »bloß gut, dass ich außer dir und Trude keinen Anhang habe.«

Der Vogel zwitscherte zustimmend.

Knabberte an seiner Hirse, am Käfig, an einem Stück Apfel. War insgesamt sehr mit sich beschäftigt.

»Du könntest wenigstens so tun, als würdest du dich für mich interessieren«, beschwerte sie sich. »Immerhin bin ich es, die deinen Käfig sauber hält und leckere Dinge zum Fressen für dich parat hat.«

Auch dieser Vorwurf prallte am bunten Gefieder des Tieres ab, perlte in den Vogelsand.

»Ist doch seltsam, dass es doch nicht der verdorbene Sohn des Grafen aus dieser Serie war, dem der Tote so ähnlich sah. Dabei war ich mir ja inzwischen in dem Punkt ziemlich sicher.«

Auch dieses rein menschliche Problem war dem Sittich gleichgültig. Er würde sich nicht an der Lösung beteiligen, erkannte Traudel ein wenig verärgert.

Sie streichelte Trude, kraulte sie zwischen den Ohren und bekam als Dankeschön eine Runde Zungelecken über ihre Hände.

»Wenn es nicht in dieser Familie war, dann vielleicht in der andern. Du weißt schon. Mit dem Reiterhof, den vielen Kindern – und dem grantigen Großvater, der immer geschickt alle gegeneinander aufhetzt. Wenn sie dann in ihrer Wut Fehler machen, tut er so, als habe er nichts mit der Sache zu tun.« Sie schaltete erwartungsvoll um. »Bestimmt kommt der gut aussehende Schwiegersohn diesmal auch wieder vor.« Sie kuschelte sich ein, goss sich ein Glas Sekt nach und naschte vom Käseteller. »So fühlt sich das Leben ganz gut an, nicht wahr?«

Doch auch zwei Stunden später war das Rätsel nicht gelöst.

Wem zum Henker sah dieser Bäumler ähnlich?

Wahrscheinlich gehörte das Gesicht in eine Serie, die vor langer Zeit lief.

Das Original sah bestimmt längst nicht mehr so aus, war alt und faltig geworden.

Die gute Laune war verflogen. Lustlos räumte sie die Reste ihres Abendessens weg, spülte das Geschirr, schnitt für den Sittich noch ein Stück Mango zurecht, damit er über Nacht beschäftigt sein würde, falls er aufwachte. Es hatte gelegentlich Beschwerden der anderen Mieter im Haus gegeben, weil der Sittich, kaum erwacht, laut und anhaltend nach Aufmerksamkeit krächzte.

Trude bekam als Betthupferl eine Knabberstange.

Sie deckte ein Tuch über den Vogelkäfig, wünschte allen eine gute Nacht und ging ins Bad.

Als sie die letzte der Wirk- und Deckschichten von ihrem Gesicht gemeißelt und den Rest nach Vorweichen mit lauwarmem Wasser abgehoben hatte, starrte sie gereizt in ihr natürliches Gesicht.

»Uhhh! So will doch nun wirklich niemand aussehen. Jeden Abend der Schock, den man schon am Morgen nur knapp überlebt hat.« Sie warf einen Blick über die Schulter ins Wohnzimmer. »Federn müsste man haben. Oder dichtes Fell. Nix mit Falten, Kratern, Flecken, Schwellungen. Federn oder Pelz am ganzen Körper, um auch den schauerlichen Rest zu verbergen. Immer perfekt gekleidet, schon gleich nach dem Aufstehen. Das wäre toll. Stattdessen …« Sie schnipste gegen ihren Oberarm, an der Stelle, an der früher ein straffer Trizeps alles in Form gehalten hatte, zog die Haut über dem Gesichtsschädel glatter, errechnete, dass da gut und gerne … mehrere Zentimeter Reservehaut …

»Ach du liebe Güte! Jetzt weiß ich es wieder. Nun ja, Doppelgänger gibt es ja immer wieder mal, das Internet ist voll von solchen Fotos. Und außerdem ist es gar nicht möglich.«

Als sie sich ins Bett setzte, griff sie doch nach dem Telefon.

»Susi? Schläfst du schon?«

Keine Antwort.

»Ahh, jetzt wohl nicht mehr. Irgend so ein Idiot hat dich angerufen? Ja, die Leute eben, immer unverschämter, nicht? Keine Kinderstube! Sag mal, kannst du dich noch an die Lilli erinnern?«

»Nein, kann ich nicht. Will ich auch nicht!«

»Aber der Tote …«

»Lass mich in Ruhe, Traudel! Ruf mich morgen gegen Mittag an.«

Damit war das Gespräch beendet.

Traudel starrte den Hörer wütend an.

»Na, morgen wirst du dich ärgern, dass du mir nicht zugehört hast.«

Sie wählte eine neue Nummer. Anrufbeantworter. Na schön.

»Herr Friedrich, es wäre sicher gut, wenn Sie morgen bei mir vorbeikämen oder sich wenigstens telefonisch melden könnten. Ich muss Ihnen etwas sehr Wichtiges erzählen. Es geht um Mord.«

53

Conny und Peter Nachtigall saßen im Bett und diskutierten leise.

»Nein, ich denke nicht, dass du dich um die Sache kümmern musst«, stellte Conny entschieden klar. »Deine Tochter sieht das übrigens auch so.«

»Man will ihn wegen Mordes anklagen. Ich könnte mir doch wenigstens mal die Akte ansehen. Nachschauen, ob sie überhaupt gerichtsfeste Beweise gegen ihn haben. Für mich klingt es so, als habe er niemanden auf seiner Seite.«

»Ja. Das mag durchaus so sein. Aber es ist nicht deine, nicht Jules und nicht meine Angelegenheit. Sie glauben, dass er deine Exfrau umgebracht hat. Und ich bin fest davon überzeugt, dass man in Norwegen gründlich ermittelt.«

Casanova strich nervös ums Bett. Seiner Erfahrung nach konnte es mit dem Einkuscheln noch dauern, wenn die Nacht so anfing. Domino saß auf der Kommode und wartete ebenfalls ab. Vielleicht war es besser, erst einmal auf die Couch im Wohnzimmer auszuweichen? Doch ein warnender Blick des Katers erinnerte sie daran, dass jede Störung einer solchen Diskussion die Sache nur verlängerte. Also warten.

»Er war mit ihr allein, es wird also keine Zeugen geben. Weder be- noch entlastende Aussagen. Sie ist tot, er lebt, hat nicht einmal Hilfe alarmiert. Natürlich sieht das für die Ermittler erst mal verdächtig aus. Er kann sich nicht selbst aus dem Ding befreien, glaub mir.«

Conny sah ihren Mann zornschnaubend an. Senkte ihre Stimme zu einem bedrohlichen Flüstern, das die Katzen dazu brachte, das Fell zu sträuben und die Ohren nach hinten zu legen.

»Du bist auch kein solcher Ermittler! Du würdest dich überall erkundigen, wie das Verhältnis der beiden zueinander war, herausfinden, ob der Akku in ihrem Rucksack wirklich der einzige war, den sie dabei hatten, ob sein Akku tatsächlich ausgerechnet zu der Zeit vertrocknet war, als er das Telefon so dringend gebraucht hätte. Warum denkst du, die norwegische Polizei täte das nicht?«

»Du hast ja recht.«

»Und noch eins, Peter Nachtigall: Du hast eine lebensbedrohliche Situation haarscharf überlebt. Beinahe wäre ich Witwe geworden. Wenn, dann bist du uns beiden was schuldig – nämlich Leben! Ihm schuldest du nichts!«

Damit war die Sache beendet.

Die Katzen warfen sich wissende Blicke zu.

Es schwelte. Mit ein bisschen Glück war für heute Ruhe im Schlafzimmer, doch es konnte jederzeit einen neuen Ausbruch geben. Erst als tatsächlich keiner der beiden sich wieder aus der Bettdecke schälte, stiegen die beiden Fellträger vorsichtig und leichtfüßig ins Bett um, rollten sich diskret zusammen und hofften, dass bis zum Morgen niemand ihr Eindringen bemerken würde.

Fabian wartete in Majas Wohnzimmer.

Guckte zum Fenster hinaus.

Auf seinem Schoß hatte sich Jeffrey breitgemacht. Dem Kater gefiel es gut, dass sich einer in der Familie sitzend durch Räume bewegen konnte. Das erlaubte ihm, eingerollt liegen zu bleiben, egal, was der Mensch wo tat.

Der Schlüssel klapperte in der Tür.

Jeffrey öffnete ein Auge. Schloss es wieder.

»Jeffrey? Schläfst du? Ich dachte, du wirst mich wenigstens begrüßen«, rief Maja durch den Flur.

Entdeckte beim Reinkommen ihren Bruder.

»Oh, hallo, Fabian. Deshalb kommt der Kater nicht«, lachte die Schwester.

»Die Blume ist nicht von mir«, stellte er emotionslos klar.

»Gut, dann ist sie von dem Nachbarn, der so laut gefeiert hat.«

»Prima. Der legt dir eine Blume auf den Fußabtreter und du fragst bei mir nach.«

»Hallo, komm mal runter. Ich habe bei dir nachgefragt, weil mich ja hier sonst keiner kennt. Es ist nur logisch gewesen.«

»Ich verschenke keine Blumen.«

»Dann wäre es eine besondere Auszeichnung gewesen, die erste von dir geschenkt zu bekommen.«

»Okay. Schluss damit. Übrigens: Morgen sind wir den ganzen Tag nicht zu Hause. Wir fahren in den Spreewald.«

»Prima. Viel Spaß.« Maja versuchte nicht daran zu denken, dass sie gerade dort …

Jeffrey entschloss sich, nun doch von Fabians Schoß zu springen und seine Mitbewohnerin zu begrüßen.

Kraftvoll schmiegte er sich an sie, kuschelte seinen Kopf in ihre ausgestreckte Hand. Die Hauptkommissarin ging in die Hocke, genoss es, bekost zu werden.

»Heute keinen Ärger mit deinem Kollegen gehabt?«

»Doch. Mehr als genug. Aber der Staatsanwalt hat ihn ungerechtfertigt zur Schnecke gemacht – und da musste ich mich ja für ihn einsetzen. Ich hoffe, er erfährt nichts davon. Und: Meine Hypothese hat sich rundum bestätigt. Wir lassen alle hochgehen.«

»Gratuliere.« Klang, als sei es tatsächlich ernst gemeint.

Maja sah verblüfft auf.

»Na, ist doch ein Erfolg. Dann wirst du den Fall schnell abschließen können?« Fabian zeigte sich interessiert. Das war ungewohnt für seine Schwester.

»Mal sehen.«

»Okay. Wenn du ein bisschen frei hast, sag Bescheid. Ich habe einen tollen Italiener entdeckt. Wir könnten zusammen dort essen gehen.«

»Perfekt! Das machen wir.«

Der Bruder sah zu ihr auf. »Mich beobachtet jemand.«

»Hast du ihn gesehen?«

»Nein. Aber ich spüre es. Der war schon in Köln immer in meiner Nähe. Er ist keiner von den Guten.«

»Soll ich …«

»Nein. Halt dich da raus. Es ist sicher nur ein Spinner.« Fabian lachte leise. »Oder ein Gespinst. Manchmal bilde ich mir so was auch ein. Behinderten wird nun mal gern nachgeguckt.«

Fabian rollte beinahe lautlos durch den Flur, verschwand im Fahrstuhl.

Maja kehrte zu ihrem Kater zurück. »Na, Jeffrey – Lachs oder Ente?«

Als sie im Bett lag, dachte sie über Fabians Hirngespinst nach.

Wenn er tatsächlich schon in Köln beobachtet wurde und der Verfolger ihm bis Cottbus nachreiste – war er eher nicht mit guten Absichten unterwegs.

Jule war besorgt. »Das nimmt ihn zu sehr mit. Und dann wird er auch noch von Dr. März unfair angeblasen. Der spinnt doch!«

»Die Situation war angespannt. Dein Vater und die Neue waren schließlich kurz vor dem Mord beim Opfer gewesen.

Zu der Zeit muss der Täter sich schon im Gebäude aufgehalten haben. Vier Tote! Da liegen die Nerven blank.«

»Meinst du, er kriegt es hin?«

»Ja. Er hat sich sehr unter Kontrolle. Diese Maja Klapproth nervt ihn, die benimmt sich manchmal wie ein Elefant im Porzellanladen. Er ist um diplomatisches Tasten bemüht, und sie packt den Hammer aus.« Couvier verzog unglücklich das Gesicht. »Ich versuche, ihn aus der Schusslinie zu nehmen. Aber du kennst ihn ja.«

»Ich fahre morgen zurück. Die Kinder sehen den Opa praktisch nicht, ich bin nervös, mache mir Sorgen. Wir sind dann zu Hause, wenn du kommst.« Sie schlang ihre Arme um den Gatten, zog ihn zu sich ins Bett. »Man muss die Chancen nutzen, wie sie fallen«, flüsterte sie ihm zärtlich ins Ohr und begann, sein Hemd aufzuknöpfen.

54

Lange vor dem Wecken kam Max angetobt.

Bellte laut und fordernd vor der Haustür.

Winselte.

Bellte erneut.

Johannes seufzte. Rollte sich aus dem Bett. Öffnete ein Fenster und rief: »Dir auch einen guten Morgen, Max! Du bist ja unglaublich früh dran. Hör mit dem Lärm auf, du weckst nur die Kühe! Hat der Günther dich vor die Tür gesetzt?«

Müde griff der Bauer nach seinen Hausklamotten, schlüpfte hinein. »Der Hund hat nicht mehr alle Tassen im Schrank«, brummelte er vor sich hin, während er langsam die Treppe hinunterstieg.

Im Vorbeigehen setzte er das Kaffeewasser auf.

Öffnete die Haustür. Erwartete, den Hund hereinstürmen zu sehen. Doch der blieb auf der Schwelle sitzen. Winselte. Stand auf, drehte die Schnauze nach draußen. Winselte.

»Max, was soll das? Wenn deine neue Freundin dich nicht in dein Haus begleiten durfte, kann ich doch nichts dafür. Komm mal rein. Es gibt Frühstück.«

Doch Max stand der Sinn nicht nach der ersten Mahlzeit des Tages.

»Was? Ich soll mitkommen? Ist was mit Günther?« Johannes griff nach seiner Jacke und der großen Taschenlampe, die stets griffbereit hinter der Haustür stand.

»Na, dann. Los!«

Des Kommandos hätte es gar nicht bedurft. Max rannte sofort in Richtung Gemüsehof davon.

Johannes fluchte. Der Boden war vom Morgentau feucht und glitschig, nicht der richtige Untergrund für alte, ausgelatschte Hausschuhe ohne jedes Profil. Ein paarmal musste er sich mit den Armen abfangen.

»Max, wenn du mich unnötig durch die Pampa hetzt, dann gibt es Ärger«, prophezeite er.

Schon aus der Ferne war deutlich zu erkennen, dass die Haustür weit offen stand.

»Max, vielleicht sucht er nach dir. Bist du einfach abgehauen?«

»Günther!«, rief Johannes laut. Dann noch einmal. »Günther!«

Er hielt auf den Eingang zu. Die Öffnung in der Mauer hatte nichts Einladendes wie sonst, sie wirkte eher wie der Schlund zu einer Welt, mit der man besser nichts zu tun haben sollte.

»Günther!«

Vorsichtig betrat er den Flur. Der Lichtschalter klickte, es blieb dunkel.

»Max, hier riecht es nicht gut. Hat Günther den Kräuterschnaps nicht vertragen?«

Auf dem Weg in die Küche, wäre er im Lichtkegel der Taschenlampe beinahe über seinen Nachbarn gestolpert.

»Günther? Mann, was machst du nur für Sachen?«

Doch Günther lag nur reglos in seinem Erbrochenen. Schon abgekühlt. Für immer still.

Lars Friedrich schüttelte den Kopf.

»So was hatten wir hier noch nie. Ich weiß von einem Metzger, der in seinem Kühlhaus erstochen wurde. Ist schon eine ziemliche Weile her. War auch nicht wirklich Mord – ich glaube, die Frau kam mit Notwehr davon. Schließlich hatte er sie mit dem Messer bedroht. Am Ende steckte es in ihm. Aber so eine Häufung. Hier muss ein Verrückter sein Unwesen treiben.«

Johannes sagte gar nichts.

Saß mit Max auf einer Bank vor Günthers Haus, fror, trotz der Wärme, der aufgehenden Sonne.

»Ich hab den Herd bei dir drüben abgestellt. Keine Sorge, da fackelt nix ab. Deine Angestellten werden ja auch ohne dich wissen, was zu tun ist. Oder muss man die einweisen?«

Der Bio-Viehzüchter schüttelte den Kopf.

Max drückte sich fest an die Beine seines Menschen, so, als wolle er ihm Halt geben.

Friedrich betrachtete die Situation ein wenig neidisch.

Er hatte niemanden, der sich um ihn sorgte.

Vielleicht sollte ich mir auch einen Hund anschaffen. Der könnte ja bei mir sogar mit zur Arbeit fahren. Ich würde ihm Fährtenlesen beibringen, Täterspurverfolgung. Vielleicht konnte er Leichenspürhund werden. In den letzten Tagen schien der Bedarf an Freunden mit besonderen Fähigkeiten gewachsen zu sein.

»Wo kauft man denn am besten einen Hund? Also so einen, der auch im Notfall Haus und Hof verteidigen kann.«

»Beim Züchter. Mischlinge sind meist angenehme Partner. Aber lass es besser bleiben, Lars Friedrich, solche Tiere brauchen einen Partner mit Charakter und Rückgrat.«

Der Leiter des Polizeipostens schob diese Antwort auf den angegriffenen Gemütszustand des Bauern und beschloss, auf die enthaltene Unverschämtheit nicht zu reagieren.

»Opa, Opa! Mein Gott, wie gut, dass dir nichts passiert ist!« Katarina schloss ihren Großvater fest in die Arme, drückte ihm Küsse auf die Wange, wirkte in jeder Hinsicht aufgeregt. »Ihr seid Nachbarn. Wie leicht hätte auch dir etwas zustoßen können!« Max forderte ebenfalls eine Streicheleinheit ein. Bereitwillig tätschelte Katarina seinen großen Kopf, kraulte ihn hinter den Ohren.

»Immerhin ist Max wohl ein Tatzeuge«, murmelte Johannes gerührt. »Da verdient er ein bisschen Seelenmassage.«

»Komm, Opa, ich nehme dich mit rüber. Wenn die Kriminalpolizei kommt, weiß Herr Friedrich ja, wo er euch beide findet.« Katarina half dem Viehzüchter auf die Beine, führte ihn langsam weg von Günthers Haus. Max folgte, kam mit jedem Schritt heimwärts mehr in Schwung.

»Er hat Hunger«, wusste Johannes. »Frühstück ist bisher ausgefallen.«

55

Peter Nachtigall war gründlich bedient.

Eigentlich hatte er gehofft, mit der ganzen Familie frühstücken zu können, doch wieder hatte ihm der Job einen dicken Strich durch die Planung gemacht.

Die Schaltung beschwerte sich, als er hart den nächsten Gang einlegte.

»Ja, mecker nur. Wir sind nicht meinetwegen unterwegs – sondern weil der Mörder schon wieder zugeschlagen hat.«

Er war auf dem Weg zu Maja Klapproth. Wernerstraße, Ecke Berliner Straße hatte sie gesagt. Sein Navi zeigte ihm, dass er auf der richtigen Strecke war.

Diesmal ein Gemüsebauer, kreisten Nachtigalls Gedanken um die spärlichen Informationen, die ihn erreicht hatten. Einer von denen, die gestern telefonisch benachrichtigt wurden. Wenn er das richtig verstanden hatte, gab es keine Einbruchspuren, wie bei den anderen Tatorten auch, war der Täter wohl arglos hereingebeten worden. Der Cottbuser Hauptkommissar knirschte mit den Zähnen, bemerkte es, korrigierte die Kieferposition. »Ich habe keine Zeit für einen Besuch beim Zahnarzt!«

Der moderne Würfelbau war neu.

Und er hatte Freunde. Ein ganzes Viertel war hier neu entstanden, staunte er wenig später, als er gegenüber der Kammerbühne rechts ranfuhr. Schön. Sicher helle Wohnungen, Fahrstuhl und Einbauküchen. Die Fassaden in strahlendem Weiß mit Anthrazitstreifen, die Fenster zum Teil bodentief.

Und Staatstheater, Stadthalle, Kammerbühne, Weltspiegel, Altmarkt – alles fußläufig erreichbar. Man musste keinen Parkplatz suchen.

Er stieg aus, klingelte, erfuhr aus der Gegensprechanlage, dass es nur noch einen kurzen Moment …

Als er sich umdrehte, hielt ein junger Mann im Rollstuhl auf ihn zu.

»Guten Morgen. Sie sind sicher Peter Nachtigall, der Kollege meiner Schwester. Ich gehe davon aus, dass Sie sie zu einem Tatort abholen, denn ich werde mich heute wieder um ihren Kater kümmern müssen.« Der junge Mann lächelte freundlich. »Fabian Klapproth«, stellte er sich vor, reichte dem verblüfften Hauptkommissar zwei Papiertüten. »Brötchen und ein bisschen was Süßes. Regelmäßige Mahlzeiten sind bei Ihrem Job nicht möglich, und da dachte ich, tue ich der Cottbuser Kriminalpolizei mal was Gutes.«

Hinter ihnen wurde schwungvoll die Tür aufgerissen.

»Guten Morgen!«, grüßte die Kollegin, umarmte kurz den Bruder. »Na, ich habe schon gehört, ein Gemüsebauer.« Damit preschte Maja los.

»So ist sie eben«, kommentierte Fabian den Auftritt. »Viel Erfolg!«

»Du hast einen Kater. Wie schön, das zu hören, ich bin Katzenfan«, versuchte Nachtigall den verkorksten Morgen wenigstens ein bisschen erträglich zu machen. »Bei mir wohnen Casanova und Domino.«

»Ja. Bei mir Jeffrey Dahmer.«

Die Brötchentüten siedelten auf Majas Schoß um, während Nachtigall sich in den Verkehr einfädelte.

»Von deinem Bruder. Weil wir ja sonst wahrscheinlich nichts zu essen bekommen werden, meinte er. Nett von ihm.«

»Ja. Manchmal kann er auch nett. Meist will er aber nicht. Menschen sind nicht gerade seine liebste Spezies.«

»Wir haben einen ermordeten Gemüsezüchter. Er wurde von uns angerufen, wusste also, dass wir uns Sorgen machten, es könne einen weiteren Mord geben. Offensichtlich hat auch er den Täter ins Haus gelassen. Heute Morgen hat ihn ein Nachbar gefunden. Der wiederum hatte dem Opfer seinen eigenen Hund für die Nacht geliehen, zum Schutz. Aber der Hund hat wohl nichts ausrichten können. Er ist heute sehr früh am Morgen bellend zu seinem Besitzer zurückgekehrt, und der hat dann die Leiche entdeckt.«

»Was für eine Geschichte. Mein Kater lässt niemanden in die Wohnung – außer meinem Bruder.«

»Möglich also, dass der Hund den Täter kennt.«

»Nun gut, befragen wir ihn«, meinte Klapproth und biss in ein Käsebrötchen aus der Tüte. »Übrigens«, kaute sie, »mein Bruder sitzt durch meine Schuld im Rollstuhl. Und, um noch mal ehrlich zu sein, er ist der Hauptgrund, warum ich aus Köln wegwollte.« Und dann erzählte sie Nachtigall die ganze Geschichte.

»Ich war dumm und leichtsinnig – und nun bin ich für den Rest meines Lebens schuld«, schloss sie, als der Wagen auf Günthers Hof fuhr.

»Dein Bruder sieht das anders.«

»Woher willst du das wissen?«, reagierte sie angefasst.

»Weil ich mit ihm gesprochen habe.«

Peddersen erwartete die beiden schon.

»Tja, ein ähnliches Bild wie bei den anderen Opfern. Kein Versuch, die Tat zu verschleiern. Ein geöffnetes Glas mit Gurken. Neu ist das Erbrochene – aber das ist möglicherweise einem zu hohen Alkoholkonsum geschuldet.

Die beiden Bauern haben sich abends gern gemütlich auf eine Bank gesetzt und gequatscht. Plus Schnaps.«

»Crystal Meth?«

»Haben wir noch nicht gefunden, aber vielleicht ist es im Sud gelöst oder wurde ihm anders beigebracht. Er hat eine große Wunde am Oberkopf. Dr. Pankratz meint, es handle sich um stumpfe Gewalt. Wir suchen nach der Tatwaffe – vielleicht hat der Täter sie aber auch mitgebracht und nach der Tat in einem der Fließe verschwinden lassen.«

Lars Friedrich trat hinzu.

»Der Viehzüchter, der ihn gefunden hat, ist sein Nachbar. Er wohnt dort drüben. Man kann das Haus von hier aus sehen. Sein Hund ...«

»Ja, das haben Sie uns schon erzählt. Die beiden müssen ja ein sehr gutes Verhältnis gehabt haben, wenn der eine dem anderen seinen Hund borgt.«

»Ja, ist so ungefähr ein Alter. Die beiden haben im Sommer oft abends vor einem der Häuser gesessen und gequatscht. Meist über die Enkel. Über den Tod. Übers Erben. Zwei nette ältere Herren, die ihren Ruhestand planten.«

»Warum hat der Hund nicht angeschlagen?«

»Hier im Ort kennt jeder jeden. Wenn der Täter aus der direkten Umgebung stammt, kennt der Hund ihn auch und hält ihn nicht für einen Eindringling, besonders dann, wenn der Besucher hereingebeten wurde.« Nachtigall zuckte mit den Schultern. »Woher hätte er denn wissen sollen, dass der Gast Böses im Schilde führt?«

»Katzen sind in dem Punkt wohl deutlich sensibler«, stellte Klapproth fest.

»Ja, das sehe ich auch so. Wahrscheinlich mehr Schnurrhaare«, bestätigte Nachtigall.

Zu Friedrich gewandt, erkundigte er sich: »Kinder? Enkel? Wir sollten die Familie informieren, bevor der halbe Ort Bescheid weiß.«

»Zwei Töchter, Susanne Braun und Christiane Kröger. Ich hab die Adressen schon aufgeschrieben. Dachte ich mir, dass man mich danach fragen wird.« Er reichte Nachtigall einen gelben Notizzettel.

»Ich nahm an, in der Farbe geht er nicht verloren«, erklärte er entschuldigend, als er den sonderbaren Blick des Hauptkommissars bemerkte. »Sicher ist sicher.«

»Ja. Ist bestimmt gut so. Wir fahren hin.«

Susanne Braun wohnte im Zentrum des kleinen Ortes.

Ihr Haus war nicht zu verfehlen. Direkt an der Hauptstraße, ziegelrot verputzt.

»Vielleicht haben sie hinten raus einen großen Garten, in dem lauter gelbe und blaue Blumen stehen«, mutmaßte Klapproth.

Nachtigall antwortete düster: »Und nun klingeln wir und zerstören das Idyll.«

»Guten Morgen!«, begrüßte sie eine junge Frau in Trainingsoutfit. »Papa, da ist Besuch!«, rief sie nach hinten und trabte an. »Training. Marathon Berlin!«, meinte sie im Vorbeirauschen.

»Sie sind?«, fragte ein bulliger Mann, der offensichtlich beim Frühstück aufgeschreckt wurde.

»Kriminalpolizei Cottbus. Wir würden uns gern mit Ihnen unterhalten.« Sie wiesen ihre Ausweise vor.

»Aha. Um was genau geht es hier?«, erkundigte sich der Herr des Hauses mit aggressivem Zungenschlag. »Hier werden lauter Menschen ermordet – und die Lebenden stören Sie dann beim Frühstück. Sollen vielleicht verhungern. Tolle Taktik!«

Nachtigall richtete seine fast zwei Meter Körperlänge auf, wirkte sofort beeindruckend. Herr Braun wich einen Schritt ins Haus zurück. »Na gut, dann kommen Sie eben rein.«

»Wir würden gern mit Ihrer Frau sprechen.«

»Die ist unten in der Waschküche«, Braun öffnete eine Tür. »Hier die Treppe runter, unten links. Wenn noch was ist, mich finden Sie dann in der Küche.« Klapproth folgte ihm ungebeten.

»Frau Braun!«, kündigte Nachtigall sich vorsichtshalber an, damit sich die Hausfrau nicht erschrecke.

»Ja? Ich bin hier! Zweite Tür links«, wies ihm eine Sopranstimme den Weg.

»Guten Morgen, Frau Braun. Mein Name ist Nachtigall, ich komme von der Kriminalpolizei in Cottbus.« Er präsentierte erneut den Ausweis.

Frau Braun sah gar nicht hin, schüttelte den Kopf, als müsse sie die Information erst an die richtige Stelle schieben, fragte dann: »Ist jemandem etwas passiert?«

»Es tut mir leid, aber …« Nachtigall sah sich nach einer Sitzgelegenheit für die Frau um, konnte aber keine entdecken, »aber ich muss Ihnen mitteilen, dass wir Ihren Vater heute Morgen tot in seinem Haus aufgefunden haben.«

Die dunklen Augen unter dem intensiv schwarz gefärbten Haar wichen kurz zur Seite, kehrten dann zu Nachtigalls Gesicht zurück. Mehr Reaktion war nicht.

»Er wurde ermordet«, schob der Hauptkommissar nach.

»Er ist nicht reich, baut Gemüse an, hat keine Feinde, keine wertvollen Besitztümer. Warum sollte jemand meinen Vater umbringen?«

»Wir stehen am Beginn der Ermittlungen, aber können nicht ausschließen, dass er Opfer eines Serientäters wurde.«

»Mein Vater? Sehr unwahrscheinlich. Ohne Navi findet man nicht einmal die Zufahrt zum Hof.«

Sie musterte den großen Mann nachdenklich. »Weiß Johannes schon Bescheid? Das ist der Viehzüchter neben dem Hof meines Vaters. Der wird vollkommen geschockt sein. Sie sind wie Pech und Schwefel, glucken ständig zusammen. Sind ungefähr in einem Alter, reden ständig vom Sterben.«

»Der Nachbar hat Ihren Vater tot aufgefunden.«

»Ach, das ist ja schrecklich. Ich hoffe, seine Enkeltochter ist jetzt bei ihm. Das kann er ganz sicher nur schwer verkraften. Und was ist mit Max?«

»Max ist der Hund? Den hatte sich Ihr Vater für die Nacht von seinem Nachbarn geliehen. Doch offensichtlich konnte auch der Wachhund den Mord nicht verhindern.«

»Moment. Mein Vater hatte Angst? Wieso?«, nun klang die Frau drohend. Ihre Fäuste wanderten an die Stellen, an der man die Taille vermutet hätte. Zu sehen war sie bei der eher kugeligen Gestalt allerdings nicht.

»Nun, wir suchen einen Serientäter, der sich auf Opfer festgelegt hat, die mit Gurken zu tun haben. Deshalb haben wir eine generelle Warnung an alle Menschen in der Umgebung herausgegeben, die mit diesem Gemüse zu tun haben. Zum Beispiel auch an Gemüsezüchter.«

»Und warum hat mein Vater dann nicht bei mir angerufen?«, giftete der rot geschminkte Mund angriffslustig.

»Vielleicht wollte er nicht, dass Sie sich Sorgen machen. Oder er hat die Warnung nicht wirklich ernst genommen.«

»Weiß meine Schwester schon Bescheid?«

»Nein. Wir fahren bei ihr vorbei.«

»Aha.« Sie drehte sich um und nahm ihre unterbrochene Arbeit wieder auf, hängte die nasse Kleidung über ausgespannte Wäscheleinen.

»Welche Regelungen hat Ihr Vater getroffen?«

»Sie meinen, für »den wahrscheinlichen Fall, dass er eines Tages sterben könnte« – das war seine Formulierung. Wir sprechen über das Testament?«

»Ja.«

»Warum sollte sich ein Serienmörder für das Testament meines Vater interessieren?«, fragte sie genervt.

»Diese Frage wird sich erst im Laufe der Ermittlungen tatsächlich beantworten lassen.«

»Tja, die Enkel werden erben. Wer dann den Hof übernimmt, kann ich nicht sagen. Vielleicht hat er sich entschieden, vielleicht dachte er auch, die Kinder machen das unter sich aus. Suchen Sie es einfach. Er hat es ganz bestimmt irgendwo in einer Schublade liegen. Wenn nicht, fragen Sie den Johannes. Über so was haben die beiden gern gesprochen.«

Damit war Nachtigall entlassen.

Maja Klapproth wartete schon am Auto.

»Hat er dich rausgeschmissen?«, fragte Nachtigall, bereit, sofort ein klärendes Gespräch mit dem unfreundlichen Hausherrn zu führen.

»Nein. Aber als er ausfallend wurde, habe ich ihn niedergeschlagen. Besser, wir fahren los, bevor er wieder zu sich kommt«, erklärte die Kollegin unaufgeregt, sprang auf den Beifahrersitz.

Der Cottbuser Hauptkommissar wusste nicht, was er davon halten sollte. Er traute der Neuen so ziemlich alles zu.

»Braucht er einen Notarzt?«, erkundigte er sich.

»Nein. Der kann nichts mehr für ihn tun.«

Nachtigall warf einen langen Blick zurück zum Haus.

Stieg dann ungelenk ein. Schob sich hinter das Lenkrad. Startete den Wagen.

»Und die Tochter?«

»Von Trauer keine Spur. Etwas Empörung, weil wir den Vater zwar gewarnt, aber nicht beschützt haben. Wer nun wirklich erbt, wusste sie nicht. Testament liegt im Haus, wenn nicht, weiß der Nachbar sicher, wo es hinterlegt ist. Dicke Freunde die beiden.«

»Nun, der Ehemann hatte keine Lust auf ein Gespräch. Er murrte vor sich hin. Offensichtlich hatte er Angst vor mir. Also bin ich gegangen.«

»Aha. Also weder Notarzt noch Leichenwagen notwendig.«

»Der saß da, schlürfte seinen Kaffee, gab keine Antwort, guckte ängstlich auf meine Oberarme. Sinnlos.«

»Wir werden ihn vielleicht vorladen.«

Drei Straßen weiter, ein Holzhaus am Fließ.

Auf das Klingeln mittels einer an einem Haken angebrachten Messingglocke öffnete eine kräftige Frau mit einem strahlenden Lächeln.

»Guten Morgen!«

»Guten Morgen, Kriminalpolizei Cottbus.« Wieder die Ausweise.

Das Lächeln blieb, in die Augen stahl sich etwas wie bauernschlaue Vorsicht.

»Na, kommen Sie doch rein. Was kann ich für Sie tun?« Die schwere Holztür schloss sich nahezu geräuschlos.

»Wir …«, begann Klapproth, doch die Frau ließ sie gar nicht zu Wort kommen.

»Natürlich können Sie sich stets auf unsere Diskretion verlassen. Wir leben ja praktisch von unserer und der Verschwiegenheit unserer Gäste.« Im Hintergrund klingelte ein Telefon. Schritte waren zu hören. »Oh, mein Sohn. In einem schwierigen Alter. Er geht ran. Ich zeige Ihnen gern den Saunabereich, die Bar und die Rückzugsräume. Sicher, Ihre Zeit ist etwas ungewöhnlich, aber wie die Arbeit halt so fällt, so die Pause – sag ich immer. Wenn Sie mir bitte folgen wollen.« Mit schwingendem, breitem Becken eilte sie voran.

Klapproth warf dem Kollegen einen fragenden Blick zu.

»Es gibt natürlich auch einen Zugang von außen. Der ist tagsüber geschlossen. Abends sitzt mein Sohn dort und hat ein Auge auf die Webcam. Wir müssen ja schließlich wissen, wer bei uns aus- und eingeht. Schon für den Fall, dass die Polizei mal Fragen hat.« Sie kicherte albern.

»Swinger-Club oder so was«, flüsterte Nachtigall der Kollegin zu.

Und tatsächlich: Über der nächsten Tür stand »Sauna-Club Swing and Fly«.

»Bei uns trifft sich die Crème de la Crème der Stadt. Natürlich ist es deshalb so wichtig, dass nichts nach außen dringt. Wer will schon als Prominenter, dass alles über die eigenen sexuellen Vorlieben bekannt wird, sich ganz Cottbus das Maul darüber zerreißt.«

»Mama! Mama!« Ein magerer, hochgeschossener junger Mann keuchte heran. »Das ist nicht so, wie du denkst. Die beiden sind wirklich von der Polizei. Tante Susanne ist am Telefon. Bei ihr waren sie auch schon.«

Die Mutter lief rot an. Das Lächeln blieb.

»Nun, wenn Sie also irgendwann auf unser Angebot zurückkommen wollen – unsere Tür steht Ihnen jederzeit offen. Darf ich Ihnen einen Drink anbieten? Aufs Haus versteht sich.« So schnell fand Frau Kröger aus dem Marketingmodus nicht heraus.

»Es tut uns leid, aber wir haben eine traurige Nachricht für Sie und Ihre Familie. Heute Morgen wurde Ihr Vater in seinem Haus tot aufgefunden.« Nachtigall beobachtete das Gesicht der Frau interessiert. Das Lächeln blieb. Wurde sogar eine Spur strahlender.

»Na so was. Schlaganfall? Sturz? Infarkt?«

»Mord«, lieferte der Sohn die entscheidende Information. Kalt. Ohne Regung.

»Aha. Ein Mord also. Hatten wir in der Familie noch nicht, oder?«

»Nein«, bestätigte der junge Mann.

»Und wer hat ihn umgebracht?«, fragte die Tochter und Nachtigall ging inzwischen davon aus, das Lächeln sei entweder Ergebnis einer fehlgeschlagenen Schönheits-OP oder zumindest angenagelt.

»Na, wer wohl!«, steuerte der Sohn wieder bei. »Der Gurkenmörder!«

»Aber dein Großvater hat doch mit Spreewaldgurken nichts zu tun.«

»Er baut sie an.«

»Aber doch nur ganz wenige. Die dürfen wir ernten und selbst einlegen.« Sie strahlte die beiden Kriminalbeamten an. »Wir haben da nämlich ein Geheimrezept für die Familiengurke. Meine Schwester und ich legen in jedem Jahr welche ein. Meine schmecken viel besser als ihre.« Jetzt kicherte sie auch noch.

Nachtigall spürte, wie ihm das Grauen durch den Körper strich.

Hätten Conny und Jule ähnlich reagiert, wenn die Sache im Herbst nicht so ausgegangen wäre?

Hoffentlich nicht. Nein, ganz sicher nicht!

Und plötzlich tat ihm Günther unendlich leid.

Schärfer als geplant fragte er: »Bedauern Sie den Tod Ihres Vaters denn überhaupt nicht?«

»Aber warum denn? Mein Vater ist tot – na und? Er war ein alkoholabhängiger Eigenbrötler, der sich am liebsten mit dem Nachbarn traf und es sich bei Schnaps gut gehen ließ. Nun ist er tot, irgendjemand hat uns von ihm befreit und wir werden das Land verkaufen. Reich! Der Spreewald wird immer beliebter und gerade jetzt, wo die Türkei ihre Touristen verschreckt, man in den sonnigen Urlaubsländern nicht mehr vor Terror sicher ist, da besinnt man sich auf die friedlichen Feriengebiete im eigenen Land. Berlin wird sich um den Grund prügeln!«

»Mama, du erbst nicht. Die Enkel erben.« Der Sohn wirkte plötzlich angewidert.

»Ja, das ist doch egal. Ihr verkauft und wir alle werden reich.«

Nachtigall und Klapproth verabschiedeten sich etwas überhastet.

»Puh, was für eine Familie!«, seufzte die Kollegin und plumpste wie selbstverständlich auf den Fahrersitz. »Ich fahre. Erst zum Viehzüchter zurück? Und wie man von hier aus nach Cottbus kommt, habe ich inzwischen im Schlaf drauf.«

Nachtigall erhob keinen Widerspruch.

Und dennoch: Es fühlte sich schmerzhaft falsch an, dass Maja auf Michaels Platz saß.

56

Traudel wartete neben dem Telefon.

Inzwischen war sie nicht nur ein bisschen, sondern ein bisschen sehr verärgert.

Ja, natürlich hatte die Polizei anderes zu tun, als alte Weiber zurückzurufen oder gar zu besuchen, machte sie sich bewusst, aber dennoch: Wenn man solch eine Nachricht auf dem Anrufbeantworter vorfand, konnte man die doch nicht einfach ignorieren.

Sie entschied, etwas zu unternehmen.

Für ihre Morgentoilette nahm sie sich mehr Zeit als sonst, schminkte sich nicht nur oberflächlich, sondern sehr bewusst ein bisschen intensiver als gewöhnlich, widmete ihrer Frisur besondere Aufmerksamkeit und war, als sie im Flur vor dem Spiegel den Hut in die Locken drückte und die Lippen rot nachgezogen hatte, durchaus mehr als zufrieden mit dem Ergebnis.

»Zum Glück brauche ich noch keine Typberatung von Schnurrs Neuer«, konstatierte sie zufrieden den relativ diskreten und doch wirkungsvollen Effekt, den sie erzielt hatte.

Der Polizeiposten war nicht besetzt.

Traudel konnte es nicht fassen.

Jetzt schlich ein Serientäter durch ihre Gegend und Lars Friedrich war nicht einmal auf seiner Dienststelle! Das ging doch gar nicht. Was, wenn sie recht hatte? Dann würde es weitere Tote geben, nur weil Friedrich sein Band nicht abhörte. Bodenlos!

Sie traf Susi vor der Eisdiele.

»Komm, ich lade dich ein. Cappuccino oder Prosecco oder beides – plus Eisbecher?«, fragte die Freundin besorgt nach einem Blick in Traudels von Aufregung gezeichnetes Gesicht.

Als sie in einer Ecke Platz genommen und bestellt hatte, fragte Susi: »Na, nun erzähl schon. Was ist passiert? Wo wolltest du eigentlich hin? So schick?«

»Ich wollte zur Polizei. Weißt du, ich habe Lars Friedrich auf sein Band gesprochen, aber der Polizeiposten ist gar nicht besetzt. Womöglich hat er es noch gar nicht abgehört. Zurückgerufen hat er mich jedenfalls nicht, dabei wollte ich ihm einen wichtigen Hinweis geben.«

»Hörst du denn kein Radio?«

»Wieso?« Traudel machte sich auf das Schlimmste gefasst. »Wir können uns nicht mehr vor der nächsten atomaren Katastrophe retten? Trump hat …?«

»Aber nein, meine Liebe«, beschwichtigte die Freundin. »Nein. Aber es hat einen weiteren Mord gegeben. Der Günther Weber wurde tot aufgefunden. Lars Friedrich wird wohl am Tatort sein.«

»Der Günther?«, mit ungläubig aufgerissenen Augen starrte Traudel Susi an. »Der Günther? Johannes' Freund? Aber das ergibt doch überhaupt keinen Sinn«, stammelte sie dann. »Gar keinen Sinn!«

»Das verstehe ich nicht«, gestand Susi. »Ich denke, Mord ergibt ohnehin keinen Sinn. Warum jemanden umbringen? Bei der hohen Aufklärungsquote kriegen sie dich eh. Dann wanderst du ins Gefängnis und vergeudest deine Lebenszeit. Besser, man regelt Probleme ohne Gewalt.«

»Ja. Da hast du sicher recht.« Traudel wirkte plötzlich seltsam abwesend. »Ich muss mit der Polizei sprechen.«

»Aber worüber denn?« Susi prostete der Freundin zu,

leerte ihr Glas Prosecco mit einem Schluck bis zur Hälfte. Traudel hielt mit.

Die riesigen Eisbecher wurden vor ihnen abgestellt. Herrliche Verführungen mit Obst, verschiedenfarbigen Schichten von Eis, Sahne und Waffeln.

»Mmmh. Da möchte man ja gar nicht mit dem Löffel drin stochern, so gut sieht das aus.« Susis Widerstand brach allerdings in Sekundenschnelle in sich zusammen. Begeistert und mit geschlossenen Augen probierte sie die erste Portion, ließ das Eis auf der Zunge schmelzen, spürte dem Geschmack der Sahne und der Himbeere nach. »Perfekt!«, flüsterte sie dann beinahe andächtig.

An Traudel ging dieser Genussmoment unbemerkt vorüber. Sie schaufelte Eis in den Mund und zermahlte es offensichtlich mit Zähnen und Kiefern. Das ganze Gesicht war angespannt, die Finger umkrallten den Löffel, statt ihn locker zu führen. Als sie krachend die Waffel zerbiss, zuckte Susi heftig zusammen.

»Also, Traudel, wenn dich das so belastet, dann erzähl es mir doch einfach! Vielleicht fühlst du dich dann erleichtert. Kannst wenigstens den Rest des Eisbechers genießen.«

Doch auch dieser Tadel perlte an der Freundin ab.

»Ich kenne ein tödliches Geheimnis. Wenn du noch heute sterben willst, teile ich es mit dir. Ansonsten sollte es wohl die Polizei erfahren.«

»Ja, aber was denn?« Susis gute Laune war verflogen. Komplett. Der Eisbecher hatte sogar plötzlich wieder Kalorien!

»Dass ich den Gurkenmörder kenne natürlich.«

57

Silke hatte Mirko Fleischer ins Büro bestellt.

Er trat bei ihr ein wie ein Cowboy, der aus der Filmspule gerieselt war. Breitbeinig, steifknieig, leicht schaukelnd. Was man in den Drehbüchern eben so für männlich hielt.

Silke konnte ein lautes Auflachen gerade noch verhindern. Gleich zieht er den Colt, lässt ihn auf dem rechten Zeigefinger rotieren – und schießt sich selbst in den Oberarm, spielte ihre Fantasie bereitwillig einen Film ab.

»Mirko Fleischer, hat einen Termin bei dir.« Der Kollege schloss rasch die Tür.

»Guten Tag, Herr Fleischer.« Silke wies auf den freien Stuhl neben ihrem Schreibtisch. »Bitte, nehmen Sie doch Platz.«

Mirko drehte erwartungsgemäß den Stuhl um, sodass er sich mit den Armen auf die Lehne stützen konnte, während er die Ermittlerin immer im Blick behielt.

Seine schamlosen Blicke wanderten über Silkes Oberkörper. Ein anerkennendes Grinsen breitete sich über seinem Gesicht aus.

»Ich habe Sie hergebeten, damit Sie noch einige Fragen zum Tod des Mannes in Ihrem Kahn beantworten können.« Es folgte erneut eine Belehrung. Mirko sah betont gelangweilt an die Wand. Die Kleine war ihm viel angenehmer als die toughe Frau vom letzten Mal, spürte er. Viel weiblicher.

»Na, denn fragen Sie mal los«, bot er großzügig an.

»Meine Kollegen hatten Sie gefragt, ob Ihnen das Opfer bekannt sei. Sie verneinten.«

»Dann ist das auch so.« Mirko blieb gelassen.

»Aber ich war im Büro der Friedensaktivisten. Sie sind Mitglied. Und in der Toilette hängt ein Foto des Getöteten. Jeder in dieser Gruppierung weiß, wie Leopold Bäumler aussieht. Er ist einer der meistgehassten Feinde des Friedens. So hat mir Jörn das jedenfalls erklärt.«

»Ach, der Typ aus dem Kahn war Bäumler?« Mirko tat erstaunt. »Ist mir echt nicht aufgefallen. Vielleicht sah der ja tot anders aus als auf dem Foto.«

»Nein. Ich habe hier ein Bild von ihm vor und nach seinem Tod. Man konnte ihn erkennen«, insistierte Silke gleichbleibend freundlich.

»Aber ich habe ihn nicht erkannt.« Boah, langsam ging ihm das Weibchen ganz schön auf den Nerv. Mirko stöhnte auf. »Meine Güte, so früh am Morgen! Und dann das Chaos auf dem Kahn. Vielleicht war ich mit den Gedanken beim Aufräumen. Da habe ich nicht bemerkt, dass ich ihn erkennen sollte.« Mirko lauschte einen kurzen Moment. Sonnte sich dann im guten Klang seines eigenen Satzes.

»Nun, für uns ist es verdächtig, wenn derjenige, der ein Mordopfer findet, erst behauptet, es nicht zu kennen, und wir finden raus, dass dies nicht stimmt. Es eine glatte Lüge ist!«

»Ach, nu bin ich doch verdächtig, ja? Bloß weil mir nicht gleich eingefallen ist, dass der Tote dieser Arsch war!« Mirko wurde etwas lauter. »Was muss der auch ausgerechnet bei uns Urlaub machen.«

Silke wartete drei bis vier Herzschläge.

Dann hatte Mirko es auch bemerkt.

»Ja, das soll nicht heißen, dass der Urlaub bei uns irgendwie für ihn hätte gefährlich werden können. Wir laufen nicht rum und suchen Waffenhändler, um sie umzubringen.« Ein Versuch, die Sätze umzubiegen. Vergeblich.

Natürlich.

»Sie mussten ja nicht nach ihm suchen. Er hatte sich ganz offiziell im Hotel angemeldet.«

»Ja, das wissen Sie also auch schon! Die kleine Rothaarige vom Restaurant hat mir von ihm erzählt. Geschwärmt, müsste man wohl eher sagen. Aber die war bloß ganz verschossen in den Kerl, wusste nichts von seinem Hintergrund.« Mirko atmete einmal verächtlich durch. »Scheiß-Frauenschwarm war der auch noch! Unsereiner ist der Damenwelt ja zu bieder«, schnaubte er dann. »Aber wer Marias Geschichte kennt, der kann erahnen, was für skrupellose Typen das sind.«

»Maria habe ich ebenfalls überprüft. Alles wahr.«

»Na, dann wissen Sie es ja jetzt auch.«

»Deshalb darf man den Mann dennoch nicht umbringen.«

»Habe ich ja auch gar nicht getan.«

»Was haben Sie denn in der Nacht getan?«

Mirko stöhnte erneut auf. »Hören Sie, die anderen beiden waren schon nervig. Nun dachte ich eigentlich, mit Ihnen wird es anders laufen. Weit gefehlt. Ich habe ihn nicht umgebracht! Wäre doch ausgesprochen blöd, ihn dann in meinen Kahn zu legen. Wo er mir auch noch Arbeit macht.«

»So konnten Sie eventuelle Spuren Ihrer DNA begründen, andere Spuren verwischen«, konterte die Ermittlerin.

»Pfff!« Mirko hatte das Gefühl, das Gespräch drehe sich im Kreis. »Ich war bei meiner Mutter. Es ist so, ich will nicht bis ans Ende meiner Tage Leute mit dem Kahn durch die Gegend staken. Gerade hat ein Freund von mir ein Start-up gegründet. Ich möchte bei ihm einsteigen. Dazu braucht man Geld. Ich wollte es mir von meiner Mutter leihen.«

»Name und Adresse Ihrer Mutter?«

58

Peter Nachtigall und Maja Klapproth versuchten mit Johannes ins Gespräch zu kommen.

Schwierig.

Immerhin hatte er nun bestätigt, die Leiche des Nachbarn gefunden zu haben.

Mehr hatten sie bisher nicht in Erfahrung bringen können.

»So viele Tote. Und nun auch noch Günther. Er wohnt schon immer neben uns.«

Katarina tätschelte die faltige, knochige Hand des Großvaters. »Günther war einige Jahre älter als du, nicht wahr?«

»Ja, das stimmt schon. Er hat fünf Enkel. Wir haben uns vor ein paar Tagen darüber unterhalten. Er war sehr stolz auf seine Nachkommenschaft.«

»Ich bin seine einzige Enkelin. Meine Eltern kamen ums Leben und mein Großvater hat mich großgezogen. Seit über 20 Jahren gibt es nur noch ihn und mich.«

»Und Max.«

»Das ist der Hofhund, den Opa gestern an Günther ausgeliehen hat.«

»Hatte Ihr Nachbar denn Angst, er könne das nächste Opfer sein?«

»Ach was. Opfer sind wir alle. Opfer der Währungsreformen, der politischen Entscheidungen, der Wiedervereinigung, der unterschiedlichen Bundeslandwirtschaftsminister – und natürlich von Krankheiten und schlechten Landesregierungen und Ehefrauen. Aber vor Mördern haben Günther und ich uns noch nie gefürchtet.«

»Aber den Max hast du ihm trotzdem mitgegeben. Warum?«, half Katarina weiter.

»War mehr so ein Scherz. Er ist ja gewarnt worden. Der Mörder könne einen Gemüsebauern auswählen. Er hat so gelacht. Er hat immer nur ganz wenige Einlegegurken – für die Familie. Die beiden Töchter haben da eine Art Wettstreit. Hat ihn amüsiert. Und da habe ich ihm angeboten, er könne ja den Max ausleihen, wenn er wolle. Und am Ende hat er ihn mitgenommen. Für Max ist das kein Problem. Der kennt uns beide schon sein ganzes Leben lang.«

»Günther hat sich für Bio-Landwirtschaft entschieden. Und wir haben unseren Rinderzuchtbetrieb auch auf Bio-Fleischproduktion umgestellt. Es ist nur ein kleiner Betrieb, wir beliefern Geschäfte in der Region. Drei Angestellte, ein rüstiger Fastrentner und eine studierende Enkelin reichen aus, um hier alles zu betreiben. Günther hatte es nicht so mit Großvieh. Er war Phobiker. Alles, was größer ist als eine Katze, war in seinen Augen gefährlich – mit Ausnahme von Max.« Katarinas Lippen bebten.

Johannes warf ihr einen langen Blick zu. »Ach, Mädel!«, seufzte er. »Das Leben ist von der Zeugung an endlich. Und ehrlich: Wer will schon ewig leben? Mit all den Gebrechen, Schmerzen, Krankheiten. Ne! Der Günther hat das auch so gesehen. So ein Körper fällt unter Verbrauchsmaterial.«

Maja Klapproth hörte aus den Worten des Züchters die Stimme ihres Bruders Fabian.

Dem hätte der alte Mann gefallen. Ganz Misanthrop wie er selbst.

Katarina begleitete die beiden Ermittler zur Tür.

»Die beiden waren schon lange befreundet. Günther hat sich rührend um ihn gekümmert, nach dem Tod meiner Eltern fiel es meinem Großvater nicht leicht, sein eigenes

Leben fortzusetzen. Günther redete ihm ins Gewissen, er nahm mich Kleinkind bei sich auf und zog mich groß. Insgesamt kein leichtes Leben für ihn. Und nun ist er plötzlich ganz allein.«

»Sollen wir jemanden zur psychologischen Betreuung schicken? Wir haben speziell ausgebildete Krisenhelfer«, bot Nachtigall an.

»Nein, fremde Leute mag er nicht. Ich werde bei ihm bleiben. Und Max ist ja auch noch da.«

»Nun?«, fragte sie, als sie sich wieder hinters Lenkrad schob.

»Es gibt viele Gemüsebauern im Spreewald. Einige haben große Gurkenfelder. Aber dieser Täter wählt einen Bauern, der nur für den Eigenbedarf Gurken zieht. Der Täter hat das nach Kriterien entschieden. Welche könnten das gewesen sein?«, überlegte Nachtigall.

Klapproth bog an der Hauptstraße nach links ab.

»Die Größe des Betriebs nicht, das haben wir eben ausgeschieden. Vielleicht die Lage. Man muss schon absichtsvoll zum Hof fahren, zufällig findet man ihn nicht.«

»Er kennt sich aus. Hinterlässt keine Spuren, die uns weiterhelfen. Kommt er aus der Gegend oder lebt er längst anderswo und kommt für die Taten hierher zurück?«

»Weil er sich eben auskennt. Meinst du das?«

»Ja. So viele Morde in so kurzer Zeit. Er kennt sich ganz sicher hier aus und ist unter Zeitdruck.«

Klapproth fuhr die lange Chausseestraße entlang, vorbei an der Bleiche, an der Therme, am Thermehotel. »Wir dachten, der Zeitdruck resultiere aus der Gurkenlieferung mit Zusatzanteil.«

»Aber vielleicht ist das gar nicht wahr.« Nachtigall starrte blicklos auf die Straße. »Er hat es aus einem völlig anderen Grund eilig.«

Nachtigall sehnte sich nach den Gesprächen mit Michael, die so anders verliefen als die mit Maja. Dem fiel in solchen Situationen zuverlässig immer der Profikiller ein, der sich vielleicht beeilen musste, weil anderswo ein anderer lukrativer Job auf ihn wartete.

Ob er wohl auch an seinem neuen Einsatzort von der Jagd nach einem bezahlten Killer träumte?

»Er hatte bei jedem der Opfer eine Wahl. Statt den Junior zu töten, entscheidet er sich für Knappe senior, er wählt einen Mann in Cottbus aus, der allein lebt, schließlich tötet er den ›Prima‹-Marktleiter und nun den Gemüsebauern. Er hätte immer genauso gut ein anderes Opfer aus dem »Gurkenkreis« wählen können. Haben die alle etwas zusammen ausgeheckt? Nun droht es entdeckt zu werden und jemand löst die Gruppe der Wissenden auf?«

»Knappe kannte Müller, Günther sicher auch, er hat ihn bestimmt mit Gemüse beliefert. Wir müssen Frau Falke noch mal befragen, vielleicht …«

»Aber Wladimir Müller wurde auch getötet.«

»Ja«, räumte Nachtigall ein. »Es gibt klar einen Täter von außen. Denn Bäumlers Tod passt nicht zu den anderen Morden.«

Schweigend fuhren sie aus Burg hinaus. »Da kommt ein Blitzer.«

»Ich weiß«, antwortete Klapproth fast amüsiert. »Mein Bruder und ich haben ihn schon ausgelöst. Wir warten auf Post aus Gransee.«

59

Dr. März nutzte die Pause zwischen zwei Zeugen und stand unerwartet direkt vor Silkes Tisch.

Sie fuhr heftig zusammen, stammelte »Guten Morgen!« und ärgerte sich über die Hitze, die ihr deutlich fühlbar ins Gesicht stieg.

»Entschuldung. Ich wollte Sie nicht …«

»Schon gut.« Sie hörte ihr Knurren und entschied sich für einen versöhnlichen Zusatz. »Halb so schlimm.«

Dr. März legte eine Akte ab.

Vorsichtig.

Als sei sie zerbrechlich oder es könne etwas Tödliches herausfallen.

Dickschwanzskorpione vielleicht, Wasserskorpione …

»Dies ist die Akte zu Maria Maier. Sie ist deshalb streng vertraulich, weil die junge Frau von uns geschützt wird. Sie wurde Zeuge von gewalttätigen Vorfällen, war Zeugin in einem Prozess. Seither steht ihr Leben – um es mal sehr salopp zu sagen – auf Messers Schneide. Wenn man sie enttarnt, können wir sie kaum mehr vor diesen Leuten …«

Silke nickte. »Verstehe. Sie sitzt draußen, weil sie Mitglied dieser Friedensaktivisten ist. Andere habe ich ebenfalls zu einem Gespräch eingeladen. Ihre Anwesenheit hier ist also nicht ungewöhnlich oder unerwartet.«

»Fassen Sie sich kurz. Wenn sie weiterführende Fragen haben, wenden Sie sich direkt an mich.«

Lautlos, wie er gekommen war, verließ er das Büro auch.

Silke atmete auf.

Schlug die Akte auf, blätterte sie durch, überflog die Zeilen.

Pures Grauen auf jeder Seite.

Maria hatte jedenfalls dramatisch untertrieben, als sie Maja ihre Geschichte erzählte.

Silke schob die Unterlagen unter ihren Schreibtisch, verschloss die Schublade, als könne sie so vermeiden, dass die Bilder sie erreichten, öffnete die Tür, nickte Maria zu.

»Ja, ich weiß. Sie wissen nun, dass ich Bäumler kannte. Wie praktisch alle, die unsere Toilette benutzen«, setzte sie hinzu. Ihre Augen blitzten. Schalk war ganz sicher auch dabei, stellte Silke erfreut fest. Wenn der Fall abgeschlossen war, würde sie versuchen mit dieser jungen Frau in Kontakt zu bleiben, nahm sie sich vor.

»Nun, bei den ersten Befragungen haben alle behauptet, den Mann aus dem Kahn nicht zu kennen. Und nun stellt sich heraus, dass er sogar für sehr viele Leute kein Unbekannter war. Da müssen wir natürlich nachfragen.«

»Ja. Und da ich schwarze Haut habe, bin ich besonders verdächtig. Wenn es eine Drogenkontrolle an der Schule gab: Ich wurde von den Beamten rausgepickt. Hat jemand etwas geklaut: Meine Taschen wurden durchwühlt, mein Spind durchsucht. Kontrolle an der Grenze: Nur ich werde rausgewinkt. In der Stadt: Sieht man mir misstrauisch nach. Sitze ich im Café, wird am Nachbartisch laut darüber schwadroniert, dass man sich in der eigenen Stadt nicht mehr zu Hause fühle – zu viele Asylanten! Und nun wird Bäumler, den viele gehasst haben, getötet: Ich bin verdächtig.« Sie zuckte mit den Schultern. »Dabei bin ich Deutsche. Aber wenn die Hautfarbe nicht stimmt, nutzt das gar nichts. Ein normales Leben wird es für mich nicht geben.«

»Ich verstehe. Mir ist die Hautfarbe der Zeugen herzlich egal. Wir müssen mehrere Morde aufklären. Bäumler ist nur ein Opfer von mehreren. Sie sind wie all die anderen Aktivisten hier, die ein Hühnchen mit Bäumler zu rupfen hatten. Sie erzählen mir davon und gehen nach Hause. Wie die anderen auch.«

»Wissen Sie es schon?«

»Ja. Einen Teil. Maria ist nicht Ihr Geburtsname. Sie kamen mit einer Ziehmutter zu uns, Josefine Meyers. Die Namen wurden geändert. Maier blieb, aus Mayla wurde Maria und aus Josefine Magdalena. Sie haben sich für den Spreewald entschieden, weil sie beide in Berlin nicht sicher waren. Kommen Sie mit den Leuten gut aus?«

»Ja. Die meisten sind sehr, sehr nett zu mir. Sicher, ist wie überall: Einige gehen mir aus dem Weg. Aber die Gemeinde freut sich über meine Stimme im Chor.« Sie strahlte. »Josefine war sehr religiös. Und deshalb wurde ich Maria. Sie hat mit Begeisterung deutsche Kirchenlieder gelernt. Oft haben wir gemeinsam gesungen, und so wurde der Chor auf uns aufmerksam. Auch bei ihrer Beerdigung vor vier Jahren haben alle an ihrem Grab gesungen. Es war sehr berührend.«

»Und Bäumler?«

»Ich bin ihm nach der Sache damals nie mehr begegnet.« Die Fröhlichkeit war ausradiert.

»Sie haben ihn nie mehr gesehen?«

»Aber nein! Er hätte mich womöglich auch wiedererkannt. Meine Tarnung wäre aufgeflogen.«

»Sie wussten nicht, dass er hier Urlaub machte?«

»Doch. Deshalb war ich so gut wie gar nicht mehr zu sehen. Eine Schwarze hier in diesem kleinen Ort, die hätte er sich vielleicht genauer angesehen. Nein, bloß kein Risiko eingehen.«

»Kann jemand bezeugen, dass sie untergetaucht waren?«

»Nein. Ich war ja auch nicht untergetaucht, sondern habe gut aufgepasst, dass ich niemandem begegne, wenn ich auf die Straße gehe. Nur mit den Aktivisten habe ich mich getroffen.«

»Sie haben sicher das stärkste Motiv, ihn zu töten. Deshalb wäre es schön, wenn Sie ein Alibi für die Mordnacht hätten.«

»Habe ich. Tatsächlich habe ich bis weit nach Mitternacht mit einem Freund über Skype gesprochen. Ralf schreibt seine Doktorarbeit und brauchte noch ein bisschen Hintergrundwissen über philosophische Aspekte von Schuld, Sühne und Bereuen.« Sie zog einen Zettel aus der Tasche und notierte Namen, Telefon- und Skypenummer des Freundes. »Natürlich weiß auch er nichts über mich«, mahnte sie.

»So wird es auch bleiben.« Silke zog eine Visitenkarte aus einer kleinen Kiste auf dem Tisch, drehte sie um, notierte ihre private Telefonnummer und reichte sie der jungen Frau. Wenn Ihnen nach Reden ist, nach einem Glas Wein oder nach einem Kinobesuch – egal was, rufen Sie mich an und wir treffen uns, unternehmen etwas gemeinsam.«

Überrascht nahm Maria die Karte, steckte sie sorgfältig in ihre Brieftasche.

»Perfekt!«, lachte sie dann und ging.

Der nächste Zeuge war verschlossen.

»Sie haben als Journalist gearbeitet, hatten dabei mit Bäumler zu tun. Warum haben Sie ihn auf unserem Foto nicht erkannt?«

»Weil er sich gar nicht ähnlich war.« Matthias Peter zuckte mit den Schultern.

»Aha. Was hatte sich denn verändert?«, bohrte Silke nach.

»Nun – vielleicht hatte der Tod ihn seltsam aussehen lassen. Entspannte Muskulatur erweckt einen anderen Gesamteindruck.«

»Er war also sonst eher angespannt? Verkniffen?« Silke ließ nicht locker.

»Nein. Er war immer jovial – das gehört dazu, wenn man verkaufen will. Aber er hat auf sein Äußeres sehr großen Wert gelegt, hat sich diskret geschminkt, kleine Schönheitsbeeinträchtigungen entfernen lassen oder zumindest gekonnt überschminkt. Auf dem Foto sah er sich irgendwie nicht ähnlich. Es hätte jeder Emporkömmling im Alter von Mitte 30 bis Mitte 40 sein können. Austauschbar.«

»Sie mochten ihn nicht.«

»Stimmt.«

»Warum nicht?«

»Er hat mich gelinkt. Meine Unerfahrenheit als junger Journalist mit Lust auf Karriere ausgenutzt. Man bot mir an, eine Reportage über den Konzern Hauser, Ploch & Co zu machen. Mein Ansprechpartner war Bäumler. Er sollte mir alle Informationen zur Verfügung stellen, die ich für den Artikel bräuchte. So weit, so gut. Aber seine Infos waren falsch. Es würde nicht in Krisengebiete geliefert, die Waffensysteme dürften nicht zur Bereinigung politischer Auseinandersetzungen eingesetzt werden … blablabla. Man unterstütze die Guten. Kaum war mein Artikel erschienen, gab es Berichte über Waffenlieferungen der Firma in Kriegsgebiete. Von wegen nur zur Verteidigung, zum Schutz der Zivilbevölkerung. Ich stand da wie ein Idiot. Karriereende noch vor Start.«

»Grund genug, ihn umzubringen.«

»Ja. Damals schon. Heute nicht mehr. Ich habe die Branche gewechselt, bin im Marketing der Kosmetikfirma »Seidig«, verfasse die Texte für Radio- und Fernsehspots, bin verantwortlich für die Anzeigenwerbung. Bäumler habe ich seine linke Tour nie verziehen. Vielleicht war das sogar der Grund dafür, dass ich bei den Aktivisten eingestiegen bin. Aber umgebracht habe ich ihn nicht.«

»Dann können Sie mir sicher erzählen, wo Sie in der Mordnacht waren.«

»Nein. Nicht genau. Männerabend bei einem Freund, Gelage. Mitten in der Nacht muss mich jemand vor meiner Haustür abgeladen haben. Filmriss.«

»Dann brauche ich den Namen des Freundes – und, falls Sie sich daran erinnern können, die Namen der anderen Gäste.«

60

Lars Friedrich saß Traudel in ihrem überladenen Wohnzimmer gegenüber.

Trude behielt ihn scharf im Auge, selbst der Sittich starrte zu ihnen hinüber.

»Na, wie schön, dass man auf der Polizeistation den Anrufbeantworter wenigstens gelegentlich mal abhört«, der faltige Mund im spitzen Gesicht wirkte angriffslustig, die grauen Augen schimmerten kalt.

»Ja, tut mir leid«, gab er sich zerknirscht. »Aber ich wurde in aller Herrgottsfrühe zu einem Einsatz gerufen. Als ich zurückkam, habe ich Ihre Nachricht gehört – und schon bin ich hier.« Er lächelte die alte Dame an, war beeindruckt von dem Aufwand, den sie offensichtlich jeden Morgen trieb, um dem Gesicht jugendliche Farbe und Ausstrahlung zu verleihen. In dem Alter! Intensiv blauer Lidschatten, stark betonte Augenbrauen, knallrote Lippen. Wobei man beim Sprechen Farbreste an den Schneidezähnen des Gebisses sehen konnte, störende Farbreste.

»Wenn Sie die Nachricht abgehört haben, wissen Sie ja auch, dass es um den Mord auf dem Kahn geht. Das kann Sie ja nicht unberührt lassen, denn schließlich ist dieser Mord genau wie die anderen noch immer nicht aufgeklärt.« Nicht nur die Lippenstiftfarbe war giftig, auch Traudels Ton. Trotz der Entschuldigung.

Auf dem Spitzendeckchen, das sich mittig auf dem runden, viel zu großen Esszimmertisch befand, lag ein Fotoalbum.

»Ich werde zusammenfassen, wie ich darauf gekommen bin. Das Foto des ersten Opfers ging durch Presse und Internet. Natürlich war es kein scharfes Bild, wahrscheinlich sogar eines, das illegal geschossen worden war. Eigentlich mag die Polizei es doch gar nicht, wenn solche Schnappschüsse gemacht und veröffentlicht werden«, begann Traudel die offensichtlich längere Geschichte.

Schnappschuss, überlegte Friedrich, hm, dieses Wort hätte er wohl nicht für solch eine Aufnahme gewählt. Machte man Schnappschüsse nicht eher im Urlaub? Oder von besonders schönen, idyllischen Orten oder emotional berührenden Begegnungen zwischen Menschen?

»Und schon beim ersten Gucken kam mir das Gesicht bekannt vor. So, als hätte ich es vor längerer Zeit gesehen. Also begann ich zu überlegen. Aus der Gegend? Och, irgendwie nicht wirklich. Schließlich dachte ich, ich müsse mich täuschen, würde den Toten sicher mit irgendeinem Schauspieler verwechseln. Möglicherweise aus einer Soap. Aber das stimmte auch nicht. Die Sache beschäftigte mich, wie Sie merken. Das ist ganz ähnlich wie mit Namen. Man sieht einen Schauspieler und denkt, ach das ist ja der … und schwupp ist der Name weg. Vor einer Sekunde lag er einem noch auf der Zunge, dann ist er nicht zu greifen. Kennen Sie das auch?«

Lars Friedrich nickte vorsichtig.

»In solchen Fällen gucke ich schon mal im Internet nach. Wenn ich mich an einen Filmtitel erinnere, dann ist es in der Regel kein Problem, die Liste der Darsteller hilft dann dem Gedächtnis auf die Sprünge und ich kann schlafen.« Sie registrierte die Überraschung in den Augen des Beamten. »In Ihrem Alter kennt man das Problem vielleicht noch nicht. Na ja, manchmal beschäftigt mich solch eine Frage derart, dass ich die ganze Nacht darüber grübeln muss, ich beginne mich zu ärgern, weil ich doch gerade noch wusste, wie der Schauspieler heißt. Da ist es allemal besser, die Frage vor dem Schlafengehen zu klären, nicht wahr? Und so ging es mir eben auch mit dem Opfer und der Frage, an wen es mich erinnert.«

»Sie haben den Namen desjenigen im Internet gefunden?« Lars Friedrich staunte nicht schlecht. »Was für Suchbegriffe haben Sie denn eingegeben?«, erkundigte er sich heiser und überlegte, wie er das nun seinem Vorgesetzten erklären sollte. Im Internet!

»Nein, selbstverständlich nicht!« Traudel konnte gerade noch verhindern, dass ihr »Sie Idiot« über die Lippen rutschte, aber Friedrich hörte den Nachschlag auch ungesagt.

»Also?«, hakte er reserviert nach.

»Im Fotoalbum natürlich!«

Sie griff nach dem abgewetzten Album, schlug es auf. Deutete mit ihrem faltigen Zeigefinger und dem rotlackierten Fingernagel auf ein Schwarz-Weiß-Bild mit eingerissenem weißen Rand. Vom Zahn der Zeit angefressen, assoziierte Friedrich und gab sich alle Mühe, auf dem vergilbten kleinen Foto etwas zu erkennen.

Traudel bemerkte, dass sie ihm schon wieder auf die Sprünge helfen musste, tippte energisch auf einen Mann, der offensichtlich neben seinem Trabant stand. Saharabeige. Kaum zu sehen zwischen all dem Gilb.

»Aha.«

»Na, sehen Sie denn die Ähnlichkeit nicht? Dabei ist er auf dem Bild fast im selben Alter wie das Opfer.«

»Eben«, meinte Friedrich ratlos, »eine Verwechslung halte ich demnach für völlig ausgeschlossen.«

Traudel schüttelte vehement den Kopf.

»Er ist der Mörder!«

61

»So, bitte alle zusammenkommen. Wir werten die Ergebnisse aus und planen das weitere Vorgehen.« Nachtigall war deutlich gereizt. »Wir ersticken in Informationen. Zu viele Morde, zu viel Recherche.«

»Ich ruf mal eben bei Dr. Pankratz durch, vielleicht kommt er dazu.« Silke beugte sich weit über ihren Schreibtisch, angelte nach dem Hörer.

Couvier hatte eine umfangreiche Akte dabei, legte sie vor sich auf den Tisch.

Maja und Silke suchten sich einen Platz um den Tisch, allgemeines Stühlerücken sorgte für eine Atmosphäre der Energiegeladenheit.

»Silke, kannst du mal beim Erkennungsdienst nachfragen? Vielleicht hat einer Zeit und kommt zu uns.«

Silke tippte rasch eine SMS in ihr Smartphone. »Okay.«

»Heute Morgen wurde eine weitere Leiche in Naundorf entdeckt. Es handelt sich um den Gemüsebauern Günther Weber. Wir hatten gestern eine Warnung rausgegeben – die ihn auch erreichte. Er besuchte noch seinen Nachbarn Johannes Brendel, der ihm seinen eigenen Hund als Bewacher anbot. In aller Frühe kehrte der Hund zu seinem Herrn zurück, ganz offensichtlich aufgeregt. Also wollte Brendel sich davon überzeugen, dass es dem Nachbarn gut ging. Er fand dessen Leiche. Verständigte die Polizei. Obduktionsergebnis steht noch aus, aber die Auffindesituation entspricht den anderen Taten aus den letzten Tagen.«

»Dieser Gemüsebauer baut nur für den Eigenbedarf Einlegegurken an. Seine Töchter verarbeiten sie. Die Familie wirkte nicht gerade schockiert, als wir die Todesnachricht überbracht haben. Es ging erschreckend schnell um die Frage der Erbberechtigung«, fasste Maja zusammen. »Es erben wohl nicht die Töchter, sondern die Enkel.«

»Und der Nachbar hat nichts bemerkt?«, fragte Couvier.

»Nein. Sie sind zwar Nachbarn, aber räumlich bedeutet es doch eine ziemliche Entfernung.«

»Warum hat der Hund nicht seinen Besitzer alarmiert?« Silke sah von ihren Unterlagen auf. »Ich denke, er ist ein Wachhund?«

»Ja, das haben wir den Besitzer auch gefragt.« Nachtigall sah in interessierte Gesichter. »Er hat sich ebenfalls gewundert. Allerdings ist es gut möglich, dass der Täter das Tier am Weglaufen hinderte. Möglich, dass er ihn in einem der Räume eingesperrt hat und erst viel später freiließ – oder der Hund einige Zeit brauchte, um sich selbst zu befreien.«

Frau Linder trat unauffällig ein, setzte sich.

»Brendel hatte relativ engen Kontakt zu Weber. Man traf sich wohl so gut wie jeden Abend auf einen Gute-Nacht-Schnaps oder auch mehrere Schnäpse. Gestern war der übliche Klare ausgegangen und man wich auf Kräuterschnaps aus. Brendel dachte erst, seinem Freund sei der Sortenwechsel nicht bekommen. Aber als er sich über ihn beugte, wurde ihm klar, dass er nicht am Alkoholkonsum gestorben war.« Klapproth blieb bei ihrer unbeteiligten Haltung. »Mir schien, der Nachbar war der Einzige, der wirklich betroffen war. Diese Familie ist zumindest sehr anstrengend. Ich hatte den Eindruck, die warteten schon länger auf seine Todesnachricht.«

Dr. Pankratz nahm am Tisch Platz.

»Gibt es aus der Rechtsmedizin etwas Neues?«

»Dr. März war bei der Obduktion anwesend. Oder eher nicht – aber er war da. Günther Weber, 70 Jahre alt, von der Arbeit gezeichnet. Deutliches Übergewicht. Rücken, Gelenke – ziemlich verschlissen. Jede Bewegung schmerzhaft. Die Leber nicht mehr richtig fit, Anzeichen einer Zirrhose. Kein Hinweis auf eine Herzschädigung, Arteriosklerose im altersentsprechenden Normbereich. Wir fanden ausgedehnte Prügelverletzungen am Kopf und über den gesamten Körper verteilt.« Er gab ein Papier herum. »Ich habe die Stellen für alle markiert. Stumpfe Gewalt. Das Werkzeug konnte noch nicht gefunden werden. Sieht nach aufgestauter Wut aus. Das war bei den anderen Opfern nicht der Fall. Crystal Meth wurde ihm direkt ins Herz gespritzt. Und in einem Glas mit Gurken befand es sich ebenfalls. Label wie bei den anderen. Aber die Dosierung hätte allenfalls für eine besondere Drogenerfahrung gereicht. Es wurde kein Versuch unternommen, den Mord zu verschleiern – auch wie bei den anderen Taten. Blut fand sich reichlich auf dem Boden. Es stammt aus den Gewalteinwirkungen gegen den Kopf. Dabei ist außerdem Hirn ausgetreten. Sicher ist, dass der Täter mit voller Wucht geprügelt hat. Mit der unbestreitbaren Absicht zu töten. Wie bei den anderen. Es bestand nie ein Zweifel daran, dass er seine Opfer wirklich tot zurücklassen wollte.«

»Das erste Opfer wurde nicht erschlagen. Da war nur die Droge Tötungsmittel«, wandte Klapproth ein.

»Ja. Ich denke aber, er wusste genau, was er tat. Ein Überleben war auch für Bäumler nicht vorgesehen. Ich könnte mir sogar vorstellen, dass er am Ufer gewartet hat, bis er sicher sein konnte, getötet zu haben. Möglicherweise mit einer Schlagwaffe in der Hand, die er notfalls hätte zum Einsatz bringen können«, erläuterte Couvier. »Erst als alles vorbei war, zog er die Plane über die Szene. Auch das hat er nur bei diesem Mord getan.«

»Wir haben im Umkreis des Hauses nach Spuren gesucht, Schuheindruckspuren vom Nachbarn gefunden, Hundetrittsiegel, eine Reifenspur – die stammt vom Postauto, das wissen wir schon. In der Nähe der Leiche ein paar schwarze Baumwollfasern auf dem Rauhspund, frische Erde im Eingangsbereich des Hauses. Vielleicht von Brendel, der brav die Schuhe auszog und auf Socken ins Haus ging. Die Tür war nicht abgeschlossen, der Riegel von innen nicht vorgelegt. Es gibt an keinem Fenster, keiner Tür Einbruchspuren. Entweder kam der Täter überraschend, noch bevor Weber verriegeln konnte, oder er ließ ihn ein.« Frau Linder zuckte mit den Schultern. »Wie an den anderen Tatorten.«

»Er ist von uns gewarnt worden, das habe ich doch richtig verstanden?«, fragte Couvier, und alle nickten. »Wen würde ich als alleinwohnender älterer Herr in mein Haus lassen, nachdem ich von der Polizei gewarnt und mir sogar den Hofhund des Nachbarn zum Schutz ausgeliehen habe? Doch sicher nur absolut vertrauenswürdige Menschen. Meinen Freund, meine Familie, die Polizei.«

»Von uns war keiner dort. Vielleicht weiß Friedrich etwas.« Silke war sich ganz sicher. »Aber der konnte niemanden schicken, die Kollegen sind Streife gefahren.«

Nachtigall rief bei Friedrich an. »Ach gut, na dann bis gleich!«

»Er ist ohnehin auf dem Weg zu uns.«

»Bleiben der Freund und die Familie.« Couvier dachte laut nach. »Die Familie war nicht schockiert, man hatte eh schon darauf gewartet, erben zu dürfen. Das heißt doch, dass es nicht unbedingt notwendig erschien, selbst Hand anzulegen.«

»Nun, das hängt von deiner finanziellen Situation als erbberechtigter Enkel ab. Große Krisen erfordern eben Taten.« Klapproth sah Silke an. »Wir sollten unbedingt die Konten der Enkelchen überprüfen. Offensichtlich hatte Opa mit der Erbinformation nicht hinterm Berg gehalten. Alle wussten vom Geldregen. Aber das müssen wir checken. Wie viel ist der Hof wert? Kann man ihn gut veräußern?«

Silke schrieb eifrig mit.

»Wenn der Opa unerwartet einem Gewaltverbrechen zum Opfer fällt, sind die Erben verdächtig. Aber wenn ich eine Serie nutzen kann …«, ließ Klapproth den Satz aus Nebel im Raum stehen.

»Und so schnell wäre Weber nicht freiwillig verstorben. Vom Auto überfahren zu werden, wäre eine reelle Chance gewesen. Er hatte jede Menge Probleme, aber akut war sein Leben nicht in Gefahr«, machte der Rechtsmediziner deutlich.

»Und der Freund?«

»Die beiden waren nach Aussage der Enkeltochter von Brendel wirklich eng befreundet. Warum sollte Brendel Weber umbringen?«

»Vielleicht gab es Spannungen, von denen niemand etwas wusste. Die Enkel interessierten sich sicher nicht für das Gezänk der Opas.«

»Bei den Friedensaktivisten habe ich einige, die auf Bäumler nicht gut zu sprechen waren. Manch einer hätte vielleicht Lust darauf haben können, ihn sogar zu töten. Aber ganz ehrlich: Die einen haben ein Alibi, andere keinen Grund, und keines der Mitglieder scheint mir skrupellos genug, um aus dem einen Mord eine Serie zu machen.« In Silkes Ton lag feste Überzeugung.

Die Tür öffnete sich und Heiko Domaschk trat ein.

»Guten Tag. Da bin ich wieder.«

»Ja?« Nachtigalls Miene zeigte Überraschung.

»Und dieses Schreiben weist mich als befugt aus, Ihnen Informationen über den Fortgang der Ermittlungen zu geben. Tatsache ist, wie schon erwähnt, dass wir die Firma Knappe schon länger beobachten. Der Kontakt zu Hauser, Poch & Co besteht schon seit zwei Jahren. In der letzten Zeit verdichteten sich für uns Hinweise, dass man einen Transport tatsächlich plane.«

Couvier nickte dem Mann zu, bot ihm einen Platz an. »Ich habe Herrn Domaschk zu uns gebeten, wegen der besseren »Verzahnung«.«

»Wir lassen den Transport der Gurken zu. Es werden fünf Lastwagen den Hof der Firma Knappe verlassen. Unsere Leute nehmen sie bei der Einschiffung ins Visier. Wir wissen sehr genau was wo versteckt wurde.«

»Woher?« Klapproth fragte wie immer scharf.

Nachtigall nickte Domaschk aufmunternd zu.

»Unsere Leute haben die Maße der Container. Wir haben beim Verladetrupp der Knappes zwei unserer Mitarbeiter eingeschleust. Sie haben in einem unbeobachteten Moment die Innenraummaße genommen. Mit einem Lasermessgerät, das fällt praktisch nicht auf. Und wenn doch, hätten sie behauptet, es ginge um die günstigste Anordnung der Pakete im Container. Aus der Diskrepanz zwischen tatsächlichem Maß und vorgegebenem Maß der Containerfirma ergibt sich ein ausreichend großer Stauraum für Gewehre oder Panzerfäuste, die dazu dienen könnten, Rebellenarmeen auszurüsten. Es wird in der Regel zerlegt geliefert. Aber auch wenn es in diesem Fall nicht so wäre –… Platz ist genug.«

»Wie kommen die Waffen denn in den Container? Sind die schon drin?«, fragte der Cottbuser Hauptkommissar.

»Ja. Die Gurken werden vor einer eingezogenen Zwischenwand am Ende der Metallhülle gestapelt. Nicht neu, nicht besonders originell, aber es klappt immer wieder. Im Moment checken wir, ob auch eine Bodenplatte eingezogen wurde – für Kleinteile zum Beispiel. Die Seitenwände fallen weg, man würde beim Öffnen der Türen sofort die Manipulation erkennen. Aber mit etwas Geschick, könnte man am Boden … Und eben, wie gesagt, an der Rückwand. Dass es weniger Kartons sind, als eigentlich im Container Platz hätten, würden die Männer am Zoll nur bemerken, wenn sie wirklich alles durchzählten und umrechneten. Und wer sollte auf die Idee kommen, einen Gurkentransport für Waffenschmuggel zu benutzen?«

»Es gab doch gerade einen Fall, da wurde Rauschgift transportiert«, warf Klapproth ein.

»Ja. Wir befürchteten schon, Knappe könnte kalte Füße bekommen und die Sache abblasen. Und nun wurde auch noch der Kontaktmann getötet. Aber die Vertretung ist angereist, Knappe hat ihn in Cottbus auf dem Altmarkt getroffen. Egbert Samuels. Wir haben das Gespräch mitgehört. Richtmikrofon. Gibt es heute auch in winzig. Und natürlich haben wir uns Zugriff zu seinem und Knappes Smartphone verschafft. Da geht keiner einen Schritt mehr ohne uns. Ich bin hier, um Ihnen zu danken. Wir hoffen sehr, dass Sie die Ermittlungen zu den Mordfällen bald abschließen können. Mit dem Waffenhandel haben diese Taten nichts zu tun – alle Akteure haben und hatten wir auf dem Schirm. Aber wenn wir sonst irgendetwas, zum Beispiel Bewegungsprotokolle oder Mailinhalte, beitragen können, rufen Sie einfach an.«

»Aber Bäumler ist tot!«, insistierte Maja. »So ganz scheint das mit Ihrem Schirm nicht zu funktionieren. Er war am Mordabend ein blinder Punkt für Sie.«

»Er hatte an diesem Abend seine Schlüssel an die Begleiterin weitergegeben. Damit auch den Peilsender. Vielleicht hatte er gehofft, sie würde trotz des Streits im Hotel auf ihn warten. Wir wussten nun zwar ganz genau, wo sie ist, aber ihn hatten wir nicht mehr. Inzwischen haben wir das Bund zurück, aber natürlich für die Ermittlungen zu spät.«

»Mit wem er verabredet war, wissen Sie auch nicht?«

»Nein. Es wäre auch für uns wichtig zu wissen, wen er in jener Nacht getroffen hat. Schon um sicher zu sein, dass keine Informationen über den Deal weitergegeben wurden.«

»Mit wem führte Bäumler Gespräche wegen des Deals?«, erkundigte sich Nachtigall.

»Mit Knappe junior. Die beiden kannten sich persönlich gut, bevor der Deal eingefädelt wurde. Wir wissen das, weil Bäumler immer direkt bei Knappe junior anrief – nie den Senior.«

»Und wie geht es nun weiter?«, fragte Couvier.

»Wir kriegen sie. Das Geschäft wird verhindert, alles fliegt auf. Wir haben die Angelegenheit unter Kontrolle. So, ich muss los!« Er schob Nachtigall seine Visitenkarte über den Tisch zu. »Falls sich etwas ereignet und Sie mich schnell erreichen müssen.« Dann klopfte er auf den Tisch und verschwand.

»Aha. Nun gut, wir werden uns in deren Nachforschungen und Vorgehen nicht einmischen. Halten Abstand zu Knappe.«

Es klopfte und Lars Friedrich keuchte ins Zimmer.

Unter dem Arm das dicke Fotoalbum Traudels.

»Im Polizeiposten wartete eine Nachricht auf dem Anrufbeantworter. Traudel Stein hatte eine Entdeckung gemacht, wolle sie mit mir teilen, denn sie wisse, wer der Täter sei. Ich fuhr zu ihr. Auf dem Tisch dieses Album. Und sie zeigte mir ein spezielles Bild. Nämlich das hier.«

Mit theatralisch großer Geste schlug er das dicke Buch auf. Wies mit dem Finger auf das Foto.

»Man muss schon genau hinsehen.«

Die Versammelten schoben das Fotobuch von einem zum anderen um den ganzen Tisch herum.

Ratlos warfen sich die Ermittler fragende Blicke zu, zuckten mit den Schultern.

»Sehen Sie es denn nicht?«

Das Album drehte eine zweite Runde.

»Es geht um die frappierende Ähnlichkeit zwischen dem ersten Opfer und dem Mann auf dem Foto.«

»Johannes Brendel!«, rief Nachtigall aus. »Verdammt noch mal! Silke, wo wohnte die Mutter von Bäumler, als sie entbunden hat?«

Silke wühlte in ihren Aufzeichnungen, lief rot an. »Das weiß ich nicht. Entbunden hat sie im Virchow-Klinikum, Berlin.«

»Finde die Wohnadresse heraus. Wenn das nicht funktioniert, suche nach ihren Geburtsdaten.«

Silke sprang auf und lief den Gang entlang.

Alle hörten ihr nach, bis die Bürotür hinter ihr zuschlug.

»Worum geht es denn hier so plötzlich?«, fragte Kati Linder.

»Gar nicht plötzlich. Ein Leben lang! Wir waren so blind! Es drehte sich die ganze Zeit um Familie und Erben. Damit wir das nicht erkennen, hat der Täter für uns einen neuen Pfad gelegt. Die Gurke. Wir sollten glauben, es ginge um die Spreewaldgurke. Ohne jeden Skrupel tötete er in seinem Umfeld. Als er den Eindruck hatte, wir kämen näher, starb Falke in Cottbus, um die Gurkenspur zu manifestieren. Ich bin sicher, wenn wir nachforschen, kannten die beiden sich, weil Falke früher auf dem Hof von Weber gearbeitet hat. Natürlich ließen ihn alle rein. Man kennt sich ein ganzes

Leben lang. Nur, dass die Opfer nicht wussten, dass ihres mit diesem Treffen tatsächlich vorbei war. Das Crystal Meth war ein geschickter Schachzug, denn wer würde schon glauben, dass ein älterer Herr wie Brendel so eine Droge kauft.«

»Halt! Ich verstehe den Zusammenhang nicht!« Frau Linder schüttelte den Kopf.

»Brüder! Bäumler und Brendel sind Brüder. Die Mutter verließ die Familie, floh in den Westen, das Kind wurde dort geboren. Wahrscheinlich heiratete sie einen Herrn Bäumler, der das Baby als seines anerkannte. Das wird Silke uns gleich genauer erzählen. Dann kam die Wende. Brendel wollte mit diesem Bruder nichts zu tun haben. Er hatte sich ja nie um den Hof gekümmert, das Erreichte allein sein Verdienst. Und er wollte den Hof seiner Enkelin vererben. Ein Bruder hätte da nur gestört. Er konnte ihn ja nicht ausbezahlen.«

»Und nun taucht der Bruder plötzlich in Burg auf«, übernahm Couvier. »Für Johannes stand alles auf dem Spiel. Nach dem Tod seines Sohnes und der Schwiegertochter war ihm doch nur die Enkelin geblieben. In jener Nacht traf er sich mit Leopold. Doch der war uneinsichtig. Wollte jetzt sofort die Hälfte des Hofs für sich reklamieren. Später den ganzen Hof besitzen und allein bewirtschaften. Wahrscheinlich hatte Johannes schon geahnt, dass das Treffen so enden würde, war vorbereitet, tötete den Bruder. Er ist sehr strukturiert, plant alles lange im Voraus.«

»Silke erzählte ja von den vielen Beziehungen, die Bäumler in den paar Tagen hatte. Und Peter, Zoe konnte das von ihrem Fenster aus sogar beobachten. Stellt euch vor, er habe sich an Katarina rangemacht. Ihr eine rosige Zukunft gemalt, an seiner Seite, eingeführt in die Gesellschaft, Geld und Ansehen. Peter, hat dir Zoe nicht erzählt, Katarina habe sich mit Bäumler unterhalten? Vielleicht wurde sie zufällig vom Großvater dabei beobachtet. Johannes hätte dann auch noch den einzigen Menschen verloren, der ihm geblieben war!« Klapproths Stimme war schwer. Nachtigall verstand nur allzu gut, was gerade in ihr vorging. Er berührte sie leicht am Arm, wie zufällig.

»Nun, ich würde vorschlagen, wir fahren hin und fragen ihn«, meinte Nachtigall und angelte den Wagenschlüssel aus der Tasche, warf ihn Klapproth zu.

»Warum musste der einzige Freund sterben, der ihm geblieben war?«

»Weil er hinter das Geheimnis gekommen war, zum Risiko wurde. Es war geschickt, ihm den Hund zu leihen. Das gab Brendel einen Grund, nochmal bei Weber vorbeizuschauen. Zum Beispiel mit einer Dose Futter. Natürlich wurde er hereingebeten.« Couvier war wütend auf sich selbst. Die ganze Zeit über hatten sie es gesehen und waren doch blind gewesen. Die Skrupellosigkeit, das Zurückgezogene, das nur auf das eigene Selbst Konzentrierte! Brendels Rechnung war komplett aufgegangen.

62

Der Bio-Hof des Viehzüchters lag schwarz in der hereinbrechenden Dämmerung.

»Kein Licht. Ob er schon schläft?« Maja parkte den Wagen direkt vor dem Haus.

»Nein, das glaube ich nicht. Dort drüben steht das Auto von Katarina.«

Ein sonderbares Gefühl breitete sich in ihm aus.

Seine Pulsfrequenz stieg.

Er erlaubte sich einen kurzen Augenblick der Angst, lauschte in sich hinein, spürte sich durch seinen Körper. Er wusste, diesen Schmerz, wenn sich Blut unkontrolliert durch ein Gefäß wühlte, Platz beanspruchte, der ihm nicht zustand, das Feuer, wenn die Gefäßwand einriss, würde er immer identifizieren können.

Nichts.

Und doch wusste er mit überwältigender Sicherheit, dass er auf etwas Furchtbares treffen würde, hinter dieser Holztür, hinter den dunklen Fenstern.

Im Stall muhte es leise, raschelten die Tiere.

»Max bellt nicht.«

»Stimmt. Müsste er ja eigentlich. Vielleicht sind sie drüben auf dem Weber-Hof.« Klapproth versuchte zu erkennen, ob auf dem Gemüsehof Licht brannte. »Zu weit weg.«

Nachtigall klopfte.

Alles ruhig.

Klinkte die Tür auf.

Trat in den finsteren Flur.

Am Ende ein Licht! Eine Kerze. Einsam auf einem Tisch.

Die beiden Ermittler tasteten sich durch den Gang.

In der Stube saß Katarina. Weinte leise. Hielt einen Brief in der Hand.

»Wo ist Ihr Großvater?«, erkundigte sich Nachtigall sehr leise.

»Ich weiß es nicht. Hölle?«

Sie reichte Nachtigall den Brief, den sie gelesen hatte. »Ist an uns beide!«

Maja durchsuchte das Haus, leuchtete in jede Ecke, unter jedes Bett, in alle Schränke. Johannes Brendel war nicht hier.

Leise verließ sie das Haus, um im Stall nachzusehen.

Liebe Katarina, Hallo, Herr Nachtigall,

dieser Brief bedeutet, dass ich nicht mehr am Leben bin. Vielleicht ist das eher ein Grund zur Freude denn zur Trauer. Immerhin habe ich einige Menschen auf dem Gewissen. Obwohl – Gewissen habe ich keins, Seele auch nicht, nichts von all dem, was den Menschen beschwert. Vielleicht ging das Zeug verloren, als meine Mutter uns verließ. Vater hat das verändert. Er wurde hart gegen alle, unerbittlich. Und er hat das nicht wirklich lange überlebt. Ich habe sie suchen und ihr mitteilen lassen, dass er gestorben ist. Reagiert hat sie nicht. Aber ich habe erfahren, dass ich einen Bruder habe. Na prima. Ein Leben lang hatte ich Angst, er könne plötzlich vor der Tür stehen. Bei jedem Klopfen zu denken, jetzt verlierst du den Hof, zermürbt. Meine eigene kleine Familie löste sich in schwarzes Nichts auf. Einzig meine Enkeltochter blieb mir erhalten. Ihr wollte ich eine schöne Zukunft bauen. Aber im Leben mancher Menschen geht wirklich alles gründlich schief. Zum Beispiel in meinem. Vor einiger Zeit tauchte Leopold hier auf. Vorzustellen brauchte er sich nicht – er war mir wie aus dem Gesicht geschnitten. Typ Edelgroß-städter. Waffen verkaufte er für einen Großkonzern. Aber er wurde der Sache langsam überdrüssig, suchte nach einer neuen Aufgabe. Bauer zu werden, schien ihm verlockend.

Katarina, ich musste doch deine Zukunft schützen! Der Hof sollte dir gehören – das war immer so abge-macht zwischen uns. Und da kommt der Herr Möch-tegern hierher und will dir den Hof wegnehmen. Ich warf ihn raus.

Er kam wieder.

Traudel erzählte mir beim Einkaufen bei Müller, sie habe dich mit einem feschen jungen Mann gese-hen. Einem, der dir sicher eine tolle Zukunft bieten konnte, fernab von Viehgestank und harter Arbeit, wenig Lohn und viel Anstrengung. Sofort war klar, was er wollte. Du solltest ihm als Faustpfand dienen. Also verabredete ich mich mit ihm. Auf dem Kahn, in dem er dann auch gefunden wurde. Ich vergif-tete ihn, die Gurken – und er starb. Ich habe dabei zugesehen, es war höchst befriedigend. Und ich war sicher, die Sache sei ausgestanden. Ich arrangierte alles so, dass man hätte glauben können, es handle sich um einen natürlichen Tod. Wenn alle gutwillig gewesen wären, hätte es keine weiteren Toten gege-ben. Aber Friedrichs Profilneurose verhinderte das, der Mord wurde ruchbar.

Doch Günther hatte bemerkt, dass ich nicht auf dem Hof war. Er wollte wie immer … Nun, ich redete ihm ein, ich sei beim Vieh gewesen, Helga, die trächtige Kuh, habe meine Anwesenheit gebraucht. Ob er es schluckte, weiß ich nicht. Ich beschloss, die vergifteten Gurken als Ablenkungsmanöver zu verwenden, damit die Polizei eine falsche Fährte verfolgen würde. Hat geklappt. Die Presse schreibt über den Gurkenmörder.

Das mit dem Waffengeschäft mit Knappe hat Leopold mir auf dem Kahn erzählt. Das Letzte, bevor er den Hof übernehmen werde, wie er sagte. Also war Knappe, der auch noch freundlicherweise ein Glas seiner eigenen Gurken bei Müller gekauft hatte, mein zweites Opfer – auch das war ein voller Erfolg, denn nun gerieten die Friedensfreunde unter Verdacht. Ich wählte eine andere Methode bei Knappe, mein Crystal Meth wurde knapp und Vertuschung war ja nicht mehr notwendig. Dann war ich der Meinung, der Radius könne gern ein bisschen weiter gefasst sein, und besuchte Falke in der Schillerstraße. Schöne Wohnung. Er erkannte mich gleich, war ja mal auf dem Hof von Günther beschäftigt. Er hat sich sehr gefreut, mal Besuch zu bekommen. Als er ins Wohnzimmer vorausging, war alles schon vorbei. Noch schnell ein bisschen Crystal, ein Glas Gurken von Müller, der Kassenbon auf der Anrichte. Fertig.

Bei Müller wäre ich beinahe aufgeflogen.

Er hatte mich bemerkt, und ich hörte, wie er mit den beiden Polizisten sprach. Er sei in Gefahr, verstand ich und freute mich sehr. Klar war er in Gefahr – durch mich zu sterben. Als die beiden abgezogen waren, schloss er zu und aktivierte den Alarm.

Nun ja, alles Weitere stand in der Zeitung. Nur war

es eben kein aufgebrachter Bürger, der glaubte, Müller verkaufe vergiftete Gurken – nur ich.

Langsam hatte ich richtig Spaß an der Sache.

Günther kam zu mir auf die Bank und kaute mal wieder an meinem Ohr. Er ging mir schon lange auf die Nerven. Dieses ewige Geschwätz über seine tollen Enkel, sein Mitleid, weil ich nur eine Enkelin habe … Jeden Abend dieselbe Leier. Und nun erzählte er mir, man habe ihn vor dem Gurkenmörder gewarnt. Na, die Chance ihn und seine vielleicht wiederkehrende Erinnerung an meine Abwesenheiten auszulöschen. Max war mein Anker, um ihn später noch einmal besuchen zu können.… Alles lief perfekt.

Doch nun ist es für mich Zeit zu gehen.

Viel davon wäre mir ohnehin nicht mehr geblieben. Das wird die Obduktion ans Licht bringen.

Der Acker ist für dich bestellt, meine geliebte Enkeltochter!

Die Hürden sind weggeräumt und deinem Glück steht nun nichts mehr im Weg.

Max, meinen wunderbaren Freund nehme ich mit. Mich finden zu wollen, wäre keine gute Idee – behalte mich als liebevollen Großvater in Erinnerung, der alles zu deinem Besten gefügt hat.

Das Testament liegt beim Notar. Er meldet sich bei dir und macht den Rest klar.

Ich denke, du wirst dich sehr freuen und kannst nun deine Zukunft in die eigenen starken Hände nehmen – bei dir ist der Hof gut aufgehoben. Es hat mich immer erstaunt, aber tatsächlich sind wir beide uns ähnlicher, als es dein Vater und ich je waren!

In Liebe, Dein Opa Johannes und Max

»Ich kann nur hoffen, dass er sich in Bezug auf unsere Ähnlichkeit gründlich täuscht.«

»Das tut er bestimmt. Er wollte, dass es so ist.« Nachtigall faltete den Brief ordentlich zusammen. »Den muss ich mitnehmen. Aber Sie bekommen ihn natürlich zurück. Haben Sie eine Idee, wohin Ihr Großvater gegangen sein könnte?«

Katarina schüttelte den Kopf.

»Kann ich jemanden für Sie anrufen, bei dem Sie übernachten können?«

»Ich bleibe hier. Vielleicht kommt er ja zurück und stellt sich.«

»Nein!«, Maja Klapproth stapfte durch den Flur heran. »Das ist vollkommen ausgeschlossen.«

»Aber ich habe oben mein Zimmer.«

»Sie werden von uns in einem Hotel untergebracht. Vielleicht besser in Cottbus als hier im Ort.«

Klapproth war sehr bestimmt, und Nachtigall wurde schlagartig klar, dass sie den Großvater gefunden haben musste.

»Das Vieh muss versorgt werden. Morgen früh kommen unsere drei Helfer, jemand muss sie einweisen, die Aufgaben für den Tag verteilen. Und Helga soll kalben, da muss ohnehin immer jemand auf dem Hof sein. Notfalls muss der Tierarzt verständigt werden.«

»Sie können morgen früh wiederkommen. Aber ab sofort ist das ein Ort polizeilicher Untersuchung«, blieb Maja unerbittlich. »Die Kollegen werden gleich hier sein. Dann wird es für Sie ungemütlich.«

»Morgen muss um 4.30 Uhr gemolken werden. Und gefüttert. Das ist sinnlos, nach Cottbus zu fahren.« Katarina konnte auch starrköpfig sein. Nun gut, dachte Nachtigall, dann sollen die beiden sich mal auseinandersetzen.

»Gut. Dann anders. Sie bleiben in Burg – aber nicht allein.«

Sie trat zur Seite und telefonierte hektisch, legte auf, wartete auf den Rückruf. Dann drehte sie sich zu Katarina um. »Sie übernachten im Thermehotel. Gleich kommt eine junge Frau Sie abholen, die über Nacht bei Ihnen bleibt und Sie am Morgen zum Hof bringt. Packen Sie ein, was Sie für eine Nacht brauchen, vielleicht auch für zwei, falls das hier dauern sollte.«

Katarina verschwand.

»Bolzenschussgerät. Nicht mehr viel zu erkennen. Erst den Hund, dann sich selbst. Sie liegen auf dem Feld bei Webers Haus«, fasste Maja knapp zusammen.

»Und wer kümmert sich um Katarina?«

»Maria von den Friedensaktivisten. Silke und ich haben sie kennengelernt, sie ist eine tolle Person.«

Ein Auto hielt vor dem Haus.

»Hallo? Ist da jemand?«, rief eine sympathische Stimme.

Maria tastete sich durch den Flur auf die Kerze zu.

»Guten Abend! Silke Dreier hat mich angerufen.«

Katarina stutzte einen Moment, als sie herunterkam. »Maria? Wie lange haben wir uns nicht mehr gesehen? Na, die Nacht wird ganz sicher kurz.« Katarina drehte sich um. »Vielen Dank, Ihnen beiden.«

Wenig später kamen die Kollegen, und die beiden Ermittler überließen ihnen Haus, Hof und die beiden Leichen auf dem Feld.

Maja fühlte sich wie zerschlagen.

Was für ein Fall.

Ausgerechnet in dieser ruhigen Gegend: Leid an allen Ecken, Gier, Egoismus, Sadismus, Narzissmus. Sie könnte endlos weiter aufzählen, ließ es aber bleiben.

Schüttelte sich.

Lief wie immer die Treppe hinauf, dachte daran, dass die Kollegen sicher wenigstens das Waffengeschäft verhindern würden. Ein Lichtblick.

Als sie den Treppenabsatz erreicht hatte, keuchte sie leicht.

Nicht ganz deine Zeit für sportliche Aktivität, amüsierte sie sich über sich selbst.

Vor ihrer Wohnungstür ging sie in die Hocke.

Auf dem Fußabtreter lag eine Rose.

Schwarz.

Samtig.

Einzigartig.

Wunderschön.

Wie beim letzten Mal ein Zettel daran. »Maja«.

Ganz vorsichtig nahm sie die Blume auf, schnupperte an der Blüte, war verzückt von ihrem zarten Duft.

Maja schloss die Tür auf, klopfte dem Rad, das an seinen Platz stand, freundschaftlich auf den Sattel und begrüßte Jeffrey.

Noch bevor sie den Napf des Katers füllte, versorgte sie die wunderbare Rose, stellte sie in einer eigenen Vase neben die ebenfalls wunderbare Tulpe. Vielleicht wollten solche Edelpflanzen jede ihr eigenes Wasser, es nicht mit anderen teilen, hatte sie sich überlegt und beschlossen kein Risiko einzugehen.

Jeffrey Dahmer tat natürlich zunächst so, als sei er tief beleidigt, doch Maja erklärte ihm die Sache mit den beiden pflanzlichen Schönheiten, während sie sein Lieblingsfutter aussuchte und ihn später gründlich mit Streicheleinheiten verwöhnte.

Alles gut, dachte sie zufrieden.

Fabian emanzipiert sich – daran werde ich mich auch noch gewöhnen.

Und ich werde Zeit für ein eigenes Privatleben haben. Wäre ja auch was Neues.

Wenige Minuten später war sie mit dem großen Schnurrer auf dem Schoß eingeschlafen.

Die Pause sollte nicht lange währen.

Doch sie nutzte sie zum Träumen.

Von Blumen, Verehrern und der sonderbaren Tatsache, dass außer Fabian niemand im Haus wusste, wie sie mit Vornamen hieß. Auf dem Klingelschild und am Briefkasten stand nur »M. Klapproth«.

63

Jesse und Piet waren früh auf.

Getreu der Hoffnung, dass der Spruch »Der frühe Vogel fängt den Wurm« sich auch auf Fische umdichten lassen würde.

Für den Abend hatten sie nämlich Freunde zum »Fischgrill« eingeladen.

Grill, Kohle, Salat und andere Leckereien waren schon eingekauft – nur der fangfrische Fisch, selbst erbeutet versteht sich, war noch beizubringen.

Ausgerüstet mit Jacken in gedeckten Farben, Köderbox und professionellem Angelgerät würde es sicher nicht lange dauern, bis sie die Eimer gut gefüllt hatten.

Jeder hatte eine Hand in der Trageschlaufe des Schlauchboots. Um diese Zeit war noch nicht viel los am Gräbendorfer See, da konnte man schon mal die gesamte Breite des Wegs benutzen.

»Vater schwört ja bis heute auf die Gummibärchen als Köder.« Jesse grinste breit. »Hat bei mir allerdings noch nie geklappt.«

»Könnte daran liegen, dass du die bunten Bärchen immer schon aufgegessen hast, bevor du überhaupt die Angel auswirfst«, stichelte Piet und deutete mit dem freien Arm Jesses beeindruckenden Bauchumfang an. »Sport könnte da helfen.«

»Ach was! Sport! Bei mir liegt das an den Hormonblockern, die inzwischen irgendwie überall drin sind. Waren die nämlich früher auch schon. Und gerade Babys und Kleinkinder sind da anfällig für. Und jetzt wissen die Forscher, dass das Zeug dick macht. Da bist du einfach chancenlos. Ich bin unschuldig.«

Piet kicherte.

»Ey, du hast da eine Kleinigkeit übersehen.«

»Hä?«

»Nun ja. Also zehn Prozent über normal macht das Zeug vielleicht aus. Nicht 50 Prozent! So, und noch wichtiger: Wir sind eineiige Zwillinge. Selber Papa, selbe Mama, selbe genetische Ausstattung, dieselben Aufzuchtbedingungen, dieselbe Ernährung. Und ich sehe neben dir aus wie ein Strich in der Landschaft.«

»Es geht doch nix über den Gräbendorfer«, lenkte Jesse ab. »Kurz nach Anbruch des Tages einfach toll.«

Sie hielten auf ihren Einstiegsplatz zu.

Ließen das Schlauchboot ins Wasser gleiten.

»Was mit der Ruhe heute los ist, versteh ich gar nicht. Ist noch keiner da, aber die Möwen schreien schon rum.« Piet war irritiert. »Die hören sich irgendwie aufgebracht an.«

»Wenn die weiter so rumbrüllen, dann verjagen sie noch unsere Beute. Ich sehe uns schon frischen Fisch beim Händler kaufen«, maulte Jesse.

»Sparen wir uns das Ausnehmen.«

»Du wieder!«

Sie richteten sich auf dem Boot ein.

»Hier sieh mal. Sind neue Köder. Diesmal habe ich mich beraten lassen. Sollen ja im Moment wie wild beißen, da braucht es einen Extrahappen am Equipment.«

»Zeig mal. Aaahhh. Maden und Bienenmaden. Na, schau'n wir mal.«

Piet begann die ersten beiden Bienenmaden auf den Haken zu schieben, sicherte sie dann vor dem Abrutschen mit einer Extrafliegenmade. »Auf die Viecher müssen wir gut aufpassen. Ich hab die extra in einer Porzellandose, weil die sich durch Kunststoff fressen können. Und es sind echte Parasiten. Können ganze Bienenvölker auslöschen. Also bloß keine von denen entkommen lassen!«

Nach kurzer Zeit nahm der Lärm der Möwen an Dramatik zu.

Die Brüder legten mit dem Boot ab, glitten lautlos übers Wasser.

»Was ist denn dort drüben? Muss ja mega spannend sein. Der Aufreger des Monats. Da liegt doch bloß das Café.« Piet war beunruhigt. »Ach, stimmt ja. Da war doch früher die Tauchschule. Umgebaut in ein schickes, schwimmendes Haus. Und am Steg liegen Hausboote oder schwimmende Häuser, wie meine Süße behauptet. Vielleicht sollten wir nachsehen, ob alles in Ordnung ist. Am Geierswalder haben sich doch mal welche losgerissen, sind abgetrieben und kollidiert. Könnte ja so 'ne Art Notfall …«

»Bei dir piept's wohl!« Jesse wedelte mit seiner aufgespannten Hand vor der Stirn hin und her, um deutlich zu machen, für wie bescheuert er diesen Vorschlag hielt. »Ich setz dich ab. Wir haben heute Grill. Und wenn ich dich erinnern darf – noch keinen Fisch.«

Jesse steuerte vorsichtig zum Ufer zurück. Piet sprang aus dem Boot. »Okay. Ich lauf schnell rüber. Weit ist es ja nicht.« Er grabschte sein Handy aus der Provianttasche und lief los.

Jesse beschloss, schon mal die Angeln im Uferbereich auszuwerfen. Vielleicht träumte da ein Fisch, der beim Aufwachen plötzlich Hunger bekam.

Piet fand, der Lärm der Vögel klang nach Gezänk, fast schon wie Wutgeheul.

»Ich weiß ja, dass ihr besondere Möwen seid, genetisch einzigartig, eine neue Art, die hier auf der Vogelinsel lebt –

aber ihr klingt in meinen Ohren wie andere sich streitende Möwen. Ich wette, hier geht es um Futter.«

Fasziniert beobachtete er das Herabstürzen der Tiere vom Himmel.

Ziel war ganz offensichtlich eines der schwimmenden Häuser.

»Na, da hat wohl jemand vergessen, den Tisch auf dem Oberdeck abzuräumen.« Piet ging langsam bis zum Steg.

Dann noch ein paar Meter über den Anlegesteg in Richtung der schwimmenden Häuser.

»Was zum Teufel…?« Doch da kannte er die Antwort bereits. »Ach du heilige Scheiße!« Er duckte sich ein wenig, damit er nicht ins Visier der Vögel geraten würde, und alarmierte die Polizei.

Das Team des Erkennungsdienstes blieb wie angewurzelt stehen und starrte zum Sonnendeck des Hauses hoch.

»Ja«, meinte Piet. »So ging es mir eben auch.«

»Wie haben Sie denn bemerkt, was hier los ist?« Frau Linder, die Leiterin des Teams, sah den Zeugen verwundert an.

»Sie verlieren Stücke … ein Auge …«, presste Piet mühsam hervor.

»Wenn Sie sich übergeben müssen, dann …«

»Weiß ich schon.«

»Okay. Wir haben Ihre Adresse. Und die Handynummer. Wenn die Kollegen von der Mordkommission Fragen an Sie haben, werden sie sich bei Ihnen melden.«

»Ich bin noch eine Weile hier. Wir fischen mit dem Schlauchboot. Heute ist Grillabend bei uns, aber die Fische fehlen noch«, antwortete Piet, der ungesund grün aussah.

»Hallo, Herr Nachtigall! Ja, ich weiß, dass Sie gar nicht eingeteilt sind. Aber das andere Team ist ebenfalls bei einem Leichenfund.«

»Wo?«, maulte Nachtigall.

»Gräbendorfer See. Wissen Sie, wo früher die Tauchschule war? Dort. Unsere Fahrzeuge sind ja nicht zu übersehen.«

Nachtigall weckte telefonisch Klapproth.

»Ja – Widerstand ist zwecklos. Wir fahren hin, gucken und gehen wieder ins Bett.«

Leise schlüpfte er in seine Kleidung.

Legte einen Zettel auf den Frühstückstisch.

Fütterte die Katzen.

Holte Klapproth in der Wernerstraße ab.

»Ich fahre«, forderte die Kollegin, und Nachtigall fügte sich.

»Wir fahren raus über Süd in Richtung Senftenberg. In Drebkau biegen wir ab nach Casel, durchqueren den Ort und sind dann bald am Ziel.«

Klapproth fuhr los.

»Eine halbe Stunde, meint das Navi«, erklärte sie und unterdrückte ein Gähnen.

Im Licht der Sonne wirkte die Szene noch surrealer als im Dämmerlicht.

Die Möwen hatten den Rückzug angetreten. So viel Menschenpräsenz war offensichtlich nicht nach ihrem Geschmack.

Nachtigall starrte auf die Szene.

Zwei Segeltuchliegestühle.

Eine Frau in dem einen, ein Mann in dem anderen.

Zwischen den Stühlen ein Tisch mit frischem, von den Vögeln etwas zerfleddertem Fisch, einer Schüssel Salat, zwei

Gläsern Wein, von denen die Vögel wohl eines umgestoßen hatten. Das Brot aus dem Korb war komplett verschwunden, es fanden sich nur Krümel überall. Eine Kerze, geschützt hinter Glas, ähnlich den Nachtwächterlampen früherer Zeiten. Jede Person hatte ein Buch auf dem Schoß.

Die Haut der Opfer war versengt.

Beiden fehlten die Augen.

Ausgefranste Löcher wiesen auf die Arbeit der Möwen hin.

»Ein Ehepaar?«

»Möglich. Keine Ringe. Aber das bedeutet ja heute nichts. Ausweise mit unterschiedlichem Familiennamen.«

Eine leere Vase. An ihr lehnte ein Polaroidfoto.

Eine Mitarbeiterin des Spurensicherungsteams brachte den beiden Ermittlern das Bild.

»Alles sehr geschmackvoll gedeckt, ein idyllischer Ort, guter Wein, gutes Essen, anspruchsvolle Literatur.« Sie reichte Klapproth das Foto.

Majas Hände zitterten vehement.

»Nur die Blumen aus der Vase fehlen. Die Vögel haben sich dafür bestimmt nicht interessiert. Vielleicht hat der Täter sie wieder mitgenommen, nachdem er den Moment aufs Bild gebannt hatte.«

»Nein«, sagte Maja mit heiserer Stimme. »Diese beiden Blumen stehen auf meinem Couchtisch.«

Scheiße!, dachte sie, der Tod der beiden hat eng mit mir zu tun!

ENDE

DANKSAGUNG

Es hat wieder viel Spaß gemacht mit Claudia Senghaas am neuen Text zu arbeiten. Herzlichen Dank für deine Gründlichkeit bei der Suche nach Zeichensetzungs – und Tippfehlern, unsauberem Formulieren, irreführenden Details.

Diesmal gilt mein ganz besonderer, herzlicher Dank meinem Freund Rico Zinke, der mir bei den Feinheiten der Arbeit des Zolls mit Rat und Telefon zur Seite stand.

Auch bei Frank, der mich in dieser Saison bei den Krimi-Kahn-Touren durch die Nacht gestakt und der mir all meine Fragen zum Kahn geduldig beantwortet hat, möchte ich mich gern bedanken.

Weitere Titel finden Sie auf den
folgenden Seiten und im Internet:

WWW.GMEINER-VERLAG.DE

Anett Diell
Das Zimmermädchen vom Adlon
Roman
384 Seiten, 12,5 x 20,5 cm,
Broschur
ISBN 978-3-8392-8018-8

Berlin 1921: Das Hotel Adlon ist ein Ort der Träume
und des Glamours. Für die junge Irabella Keller bedeutet die Stelle als Zimmermädchen die Chance auf
ein besseres Leben. Klug und unerschrocken bringt
sie frischen Wind ins Haus, überzeugt den Hotel-
besitzer Louis Adlon mit ihren Ideen und erobert die
Herzen von Gästen und Kollegen. Doch als Maxim,
ein charmanter Restaurant-Erbe, und Charles, ein
sensibler Dichter, ihren Weg kreuzen und die Unge-
wissheit der Zeit ihren Tribut fordert, muss Irabella
entschlossen dafür kämpfen, ihr Leben weiterhin
selbst zu bestimmen.

GMEINER SPANNUNG

WWW.GMEINER-VERLAG.DE
Wir machen's spannend

Christoph Elbern
Elite Code –
Sie manipulieren auch dich
Thriller
528 Seiten, 13,5 x 21 cm,
Klappenbroschur
ISBN 978-3-8392-8001-0

Hacker Oskar hat sich befreit – von einem System, das nicht für Fragen gemacht ist. Die stillgelegte Bohrinsel in der Nordsee, von der er flieht, ist Testgelände der geheimen Organisation »Excellence Society«, die eine Künstliche Intelligenz mit beunruhigendem Einfluss auf Politik und Gesellschaft entwickelt. Während Oskar untertaucht, um die Wahrheit zu finden, wird PR-Profi Martha auf das Projekt angesetzt. Doch was als prestigeträchtiger Auftrag beginnt, bringt sie an ihre Grenzen – beruflich, moralisch, existenziell. Als ihre Wege sich kreuzen, steht mehr auf dem Spiel als ein Menschenleben.

GMEINER SPANNUNG

WWW.GMEINER-VERLAG.DE
Wir machen's spannend

Heike Gerdes; Peter Gerdes
**Inselmorde zwischen
Sandburg und Strandkorb**
Kriminalroman
256 Seiten, 12,5 x 20,5 cm,
Broschur
ISBN 978-3-8392-8058-4

Wer glaubt, auf den Friesischen Inseln gäbe es nur
Sonne, Sand und das tiefblaue Meer, irrt gewaltig.
Denn so sicher wie die Ebbe auf die Flut folgt, lauern
hinter Dünen und Deichen tödliche Rivalitäten,
mörderische Intrigen und tückische Gezeiten. Hu-
morvoll erzählt und unerwartet tiefgründig führen
die Ermittlungen auf eine spannende Spurensuche
zwischen Sandburg und Strandkorb.

GMEINER SPANNUNG

WWW.GMEINER-VERLAG.DE
Wir machen's spannend

Anja Eichbaum
Inselklänge
Kriminalroman
416 Seiten, 12,5 x 20,5 cm,
Broschur
ISBN 978-3-8392-8090-4

Norderney feiert sein erstes Sängerfestival. Urlauber
lauschen den Chören am Strand, am Kurplatz und
auf der Thalasso-Plattform. Doch der plötzliche Tod
einer jungen Sängerin zerreißt die Harmonie. Insel-
polizist Martin Ziegler rätselt: Wer ist die Frau, die
kurz zuvor durch Pöbeleien aufgefallen war? Auch
seine Frau Anne ist erschüttert, denn das Opfer war
ihre Patientin. Hätte sie den Tod verhindern können?
Kaum beginnen die Ermittlungen, wird Ziegler brutal
außer Gefecht gesetzt. Absicht oder Zufall? Hinter
der idyllischen Kulisse lauert das Unheil – und die
Zeit drängt.

GMEINER SPANNUNG

WWW.GMEINER-VERLAG.DE
Wir machen's spannend

Susanne Ziegert
**Der kleine Pferdehof am Deich –
Gegen den Sturm**
Roman
304 Seiten, 12,5 x 20,5 cm,
Broschur
ISBN 978-3-8392-8051-5

Nach einem turbulenten Jahr haben Lara und André
die Bedingungen für die Erbschaft erfüllt und sind
stolze Besitzer des Pferdehofs an der Nordsee. Doch
der Hof ist hoch verschuldet und ein Investor hat es
auf das Anwesen und die Ländereien abgesehen. Ein
Filmprojekt soll für Einnahmen und die Rettung des
Hofes sorgen. Doch Streit, Eifersucht und Rück-
schläge bringen alles ins Wanken und stellen ihre
Beziehung auf eine harte Probe. Lara und André
kämpfen für ihre Vision – den gewaltlosen Umgang
mit Pferden. Werden ihr Hof und ihre Liebe den
Sturm überstehen?

GMEINER SPANNUNG

WWW.GMEINER-VERLAG.DE
Wir machen's spannend